家族血缘

SANG FAMILLE

[法]米歇尔·普西（Michel Bussi）著　陈潇 译

湖南文艺出版社
HUNAN LITERATURE AND ART PUBLISHING HOUSE　博集天卷 CS-BOOKY

Sang famille, by Michel Bussi
Une première édition de ce roman a paru en 2009 aux éditions des Falaises. Cette nouvelle
édition a été revue et corrigée par l'auteur.
© Michel Bussi et Presses de la Cité, un département de Place des Editeurs, 2018.
Simplified Chinese edition arranged through Dakai Agency Limited

著作权合同登记号：图字 18-2023-070

图书在版编目（CIP）数据

家族血缘 /（法）米歇尔·普西（Michel Bussi）著；
陈潇译 . -- 长沙：湖南文艺出版社，2023.3
ISBN 978-7-5726-0256-6

Ⅰ . ①家… Ⅱ . ①米… ②陈… Ⅲ . ①长篇小说—法
国—现代 Ⅳ . ① I565.45

中国国家版本馆 CIP 数据核字（2023）第 026790 号

上架建议：畅销·外国文学

JIAZU XUEYUAN
家族血缘

著　　者：［法］米歇尔·普西（Michel Bussi）
译　　者：陈　潇
出 版 人：陈新文
责任编辑：刘雪琳
监　　制：邢越超
策划编辑：郭妙霞
特约编辑：彭诗雨
版权支持：辛　艳　　张雪珂
营销支持：文刀刀　　周　茜
封面设计：梁秋晨
版式设计：李　洁
插图绘制：Lewis
内文排版：百朗文化
出　　版：湖南文艺出版社
　　　　　　（长沙市雨花区东二环一段 508 号　邮编：410014）
网　　址：www.hnwy.net
印　　刷：三河市鑫金马印装有限公司
经　　销：新华书店
开　　本：875 mm × 1230 mm　1/32
字　　数：327 千字
印　　张：11.75
版　　次：2023 年 3 月第 1 版
印　　次：2023 年 3 月第 1 次印刷
书　　号：ISBN 978-7-5726-0256-6
定　　价：49.80 元

若有质量问题，请致电质量监督电话：010-59096394
团购电话：010-59320018

莫尔塞岛

（开往大陆的）渡轮

马萨林劳教所
（监狱）

半岛荒地

墓地

海鸥湾

圣－安托万
修道院遗址

嗜血者工地

圣－安托万
十字架

下莫村

红宝石湾

锁链灯塔

圣－阿让市中心

圣－阿让港口

献给我的父亲

目 录
Contents

前言

从虚构到神奇……

《家族血缘》是我的早期作品之一。在我的第一本小说《奥马哈罪行》出版之前，这本小说的情节和人物已经初见雏形。如果追本溯源，《家族血缘》应该算是我创作的第一个故事。

这本小说的诞生很简单。你们应该都有过类似的经历：遇见一个人，有那么一瞬间，你觉得他似曾相识……然后你意识到自己很蠢，因为你认识的这个人其实已经死了。你的想象力比理性跑得更远。这个身影，这个轮廓，这个声音，甚至连这个笑容都不可能是你的祖父、童年的玩伴，或者说以前的女邻居。

这部小说便是出自这类混乱的经历。

《家族血缘》已经出版 10 多年，再版修订时，我惊奇地发现这部小说涵盖了我近年来多部小说的主题：身份之谜、亲子关系、青少年、精神控制，以及最终可以用逻辑解释清楚的非理性行为。我尤其偏爱幽禁、小岛，以及无法逃脱的迷宫类题材，纠结于隐瞒多年的身份之谜。

除开这些悬念，这本小说还描绘了芸芸众生，虽然他们只是配角，但都为剧情发展贡献了一份活力和幽默……我花了很大心思来描绘德尔佩什、克拉拉、马迪哈和阿尔芒……

跟我的大部分小说或者说最初几部作品一样，《家族血缘》书中的秘密跟真实历史有关，代表性事件就是"疯狂马萨林"：一群寻宝人拿着加密的地图踏上寻宝之路，迷失在地下长廊里……这样看来，《家族血缘》是一部具有启发意义的解密之作。我却认为它是我最私人的一部作品。主人公科林悲惨的命运被优雅的笔触淡化了。这个青少年主人公不能相信任何大人，直至最后成功脱逃。

《家族血缘》第一次出版是 2009 年，几年内几千本全部售出。借此再版之际，我几乎重新写了整本书，不仅仅是格式上的调整。我坚持要做一个重要的修改，那就是在上一版中，科林有两个男性同伴，一共三个男孩构成的快乐组合，这是源自我青少年时期的野营经历和童年时的阅读体验。

现在看来这个组合缺少一个女性角色。这些年来，我一直想把马迪哈这个角色加到故事里，创作一个三人组合：阿尔芒＋马迪哈＋科林，一个更加充满活力的组合。我这样做对吗？你们读过两个版本之后可以告诉我答案……

我非常耐心地处理这本小说里的小毛病，噩梦般的剧情让我颇为苦恼。我希望它不是其他作品的复制品。我更希望它是一部跨年龄段的作品，既有年轻读者为之着迷，也有更加成熟敏感的读者为之神往。

这部作品既是我最私人的一部作品，又是唯一一部发生在一个虚构地点的作品。可以看到其中的矛盾之处吗？

从虚构到神奇并不遥远。没有其他任何一部小说可以让我如此放飞想象力。没有这部小说，就不会有其他小说。

米歇尔·普西

一

回到莫尔塞岛

1. 结局

莫尔塞岛

锁链灯塔的光突然照亮了这个肮脏的房间。一秒过去，又陷入一片黑暗。探照灯灰蒙蒙的光射进来，就像是成千上万的虫子爬上了这束微光。

我会死在这里，死在这个脏兮兮的地方。

我对这一点很确定。

只剩下一个问题，那就是：他们会折磨我吗？为了让我招认，他们会走到哪一步？会揭开我的伤口吗？在我的血肉里寻找和夺取他们窥视已久的记忆？

他们是一群记忆的侵犯者。

一切都明朗了。几分钟前，我把碎片拼凑到一块儿，想起了所有的事情，所有的细节。

他们是怎样意识到这一点的？

死一般的寂静。莫尔塞岛上没有一点儿声音可以穿越这里厚厚的石头缝。我只听得到刽子手缓慢的呼吸声。他们有四个人，三个男人和一个女人。我现在跟他们一样都是成年人了，按照他们的布局，我应该盲目地相信他们。但事实并非如此，甚至与我想象的背道而驰。

唉，没办法。

手枪对准了我。其他人靠着墙站，纹丝不动。我只能看见他们的影子。他们还能坚持多久？

他们跟我一样，都知道有十来个警察被派到莫尔塞岛上寻找我们的踪迹。警察也许已经开始搜索地下通道。整座小岛应该都被翻遍了，然而警察们找不到我们，至少在短时间内找不到。所有的迹象都被小心掩盖了。这一切都早有准备。绑架我的人没有留下任何线索。

我还有一丝希望吗？

海面上连一个瓶子都没有。只有几个小时前散落的几片红色纸片，被拉芒什海峡的大风吹散了。也许我信赖的那几个人可以猜到。也许吧。

他们要如何找到我……

灯塔的灯又射过来了，就像一道闪电。白光闪瞎了我的眼。三个面色苍白的刽子手，就像是修道院里从未见过光的怪兽一样紧紧盯着我，毫无怜悯之情。只有那个女的靠在烟囱旁，目光落在别处。

碎掉的玻璃瓶口在隐隐发光，我唯一的武器离我脚边3米远。

我会死的。

他们不会放过我。我对此很确定。我紧紧盯着他们的脸，想看清他们真正的模样。这四天来一切发生得太快了。还有其他不值得一提的烦恼。

我跟同龄的青少年别无两样。

平庸至极。

很难如实描绘我的想法和情绪，这些天发生了太多变故。一小时过去了，一分钟过去了，我越发无法控制自己的想法。我想到了参与这次冒险的同伴们：西蒙·卡萨诺瓦，马迪（马迪哈的昵称），阿尔芒。

我还是想搏一把。

2. 退役

送货车从莫尔塞岛的渡轮下来，停靠在海边，距离马萨林劳教所还有 1 公里。杰里米一脸羡慕地看着在拉芒什海峡穿行的上百艘帆船，这些船几乎堵住了小岛和陆地之间的航道。几艘 OP 级帆船[①] 排成一纵列，极力对抗渡轮的最后一波尾浪。还有几艘皮划艇在帆船冲浪者之间出没。

杰里米心想：8 月中的莫尔塞航道就像是高速公路。

尽管如此，面对这番热闹的景象，杰里米也想加入到冲浪者的行列中，把帆船开到时速 20 海里以上。

再等两个小时。他自我安慰。再过两个小时，他把马萨林监狱的钥匙扔进钥匙洞，把制服挂在衣架上，把武器存放在武器库里，然后就退役啦！永别了，盎格鲁 – 诺曼底岛！他要穿上帆布鞋和印花短裤，朝目的地日安岛的耶尔度假村出发。

他身旁的吉尔达开得很稳。做这一行 30 年了，他乘坐了上千次渡轮穿越于"莫尔塞监狱—格朗维尔法院"之间，对渡轮的时间表熟记于心，也习惯了海岸线上长长的等待队伍。

杰里米转过身，看了一眼货车的后方。两个犯人戴着手铐，面对面坐在那里。他们都很平静。他看了一眼左边那个家伙，若纳斯·诺瓦科斯基，一个沉默寡言的壮汉。他多次持枪抢劫，这一次还向穿着制服的警察开枪，被判了 7 年。这家伙绝对是个危险分子。对面那个就不是一个级别的。让 – 路易·瓦雷利诺，税务诈骗犯，从公共事业

[①] OP 级帆船，全称是 Optimist，适合于青少年帆船起步训练，国际上规定 15 岁以下的青少年可以参加这个项目的训练和比赛。最高级别的比赛就是 OP 级世界锦标赛。——译者注（如无特殊说明，本书脚注皆为译者注）

中谋取私利。一个小小公务员野心倒是不小。不过两个月他就自由了，他绝对有理由谨言慎行。

货车停靠在莫尔塞公墓的墙壁旁。下午时分，这条通往监狱的省道几乎没人。大家应该都在睡午觉吧！

白天很漫长。一旦退休，他就可以拿上滑水板……还可以睡个午觉。带上6个月大的女儿利一起去度假。

杰里米面露难色。他得跟另一半莉迪反复强调这点：不，冲浪对他来说不是一个爱好或者一项运动，而是他生命的一部分，是他生活的意义，是生活必需品，就像是水、太阳和氧气一样。他这份监狱看守员的工作还要值夜班，他可以坚持下去的理由就是他有时间出海，去海上冲浪。冲浪对他来说是本能需求。

他觉得自己一半是鱼，一半是鸟。

莉迪听他说了许多。虽然听不懂，但还是接受了。跟往常一样，她不开口争辩。

货车来了个急刹车，杰里米从沉思中醒来。

"该死！"吉尔达吼道，"你在发什么呆？"

杰里米迅速转过身。若纳斯·诺瓦科斯基蜷缩成一团，浑身抖动个不停，口水一直流到了脚边。

吉尔达赶紧把车停稳。杰里米拿出他的西格手枪，从驾驶室下来。吉尔达跟在他身后。

杰里米一脸狐疑地打开门。若纳斯·诺瓦科斯基是个惯犯，他经验十足，很会上演这种越狱的戏码。吉尔达给自己的枪上了膛。杰里米感觉肾上腺素激增，心跳加速，就像是在滑水板上滑过了35海里，身体到了极限。

若纳斯·诺瓦科斯基因为痛苦而号叫。杰里米弯下身检查他的状况，吉尔达在车子外面盯着，手枪对准这个身体还在颤抖的囚犯。他应该是癫痫病犯了。这种病在囚犯身上很常见。在医生到来之前要避免他伤害到自己。

"给我拿一条毛毯。"杰里米对他的同事说,"在座位后面。枪口还是要对着他。"

吉尔达爬到车厢里,跟诺瓦科斯基保持一定的距离,后者一脸痛苦的表情。吉尔达空出来的手拿到了一块棕色毛毯。

突然,吉尔达后背炸了。不知道从哪里冒出的暗枪射中了他。

他整个人倒在地上,肋骨骨折。

手枪从手里滑落下来。他在跌落的过程中看到诺瓦科斯基跳起来,用手铐扣住了杰里米右手腕的手枪。

杰里米的枪还在手里。

两个人在货箱里滚来滚去,一片混乱。

吉尔达在灰尘里挣扎,他得站起来。

就算是爬也得爬起来。

他得去帮他的同事。西格手枪就在地上,离他2米远。

他得忘记疼痛,忘记受伤的肩膀和碎掉的骨头。伸出手,就几米远……

一个影子靠近了,捡起了手枪。

"开枪啊,该死的!"诺瓦科斯基在尖叫,"瓦雷利诺,干掉他们!"

让-路易·瓦雷利诺是唯一站着的人,被手铐扣住的双手拿着一把枪。

"开枪啊,浑蛋!"诺瓦科斯基还在叫。

囚犯试图困住杰里米。他们在争夺第二把枪。瓦雷利诺轮流把枪指向两个守卫,他脸上布满密密麻麻的汗水,声音也在颤抖:

"手铐的钥匙。快点儿,不然我就照他说的去做。我发誓。"

吉尔达硬撑着不回复。杰里米拒绝交出他的枪。诺瓦科斯基缠住他不放。

"开枪啊，浑蛋！"

瓦雷利诺没开枪。他浑身颤抖，没法冷静下来。

"该死的！"诺瓦科斯基继续吼道。

他张开嘴巴，咬住了杰里米的手腕，都咬出了血。看守员大声尖叫，手松开了。诺瓦科斯基趁机从他手中夺走了手枪。他退后两步，没有看瓦雷利诺。

他握紧了手中的枪。

"手铐的钥匙！你们有 3 秒钟。"

杰里米握着流血的手腕，试图止住血。他的回复异常坚决：

"你在一座岛上！莫尔塞岛，一个巴掌大的地方，你认为你能逃到哪儿去？"

"1！"

杰里米扭过头看着瓦雷利诺，一副乞求的眼神。这个家伙比较好说话。他只需要在监狱待上两个月而已，他不会冒这个风险。诺瓦科斯基迟早会处理掉他，等他不需要他的时候。怎么让他明白这点呢？瓦雷利诺不敢看他。

"2。"

算了。

"前方 1 公里就是监狱。"杰里米大喊，"十几个警察不过几分钟就可以抓住你。你们逃不掉的……"

"3！"

若纳斯·诺瓦科斯基冷静地朝杰里米的大腿开了一枪。子弹穿透了杰里米右边的屁股，他很想出声骂一句，但实在是太疼了，说不出话，只能躺在地上。

"好的，好的！"吉尔达颤抖着说道。

他递给他两把钥匙。

"给。但我们会抓到你的。"

瓦雷利诺惊恐万分，抢过了钥匙。

"我们赶紧跑，诺瓦科斯基。你不该开枪的。他们会报复你的。"

若纳斯·诺瓦科斯基出奇地镇定。这次越狱应该让他想起了之前持枪抢劫的场景，接下来就是警笛响起，车灯亮起，而他得抓紧时间逃命。他伸出手腕让瓦雷利诺给他打开手铐。

杰里米的头倒向一边，仿佛失去了意识。但他只是做做样子。

他的手在动，沿着可以活动的左脚缓缓下移。吉尔达看到了他的小动作，他知道杰里米在脚踝上方藏了一把匕首用来应对近身搏斗。但是这一次不同，杰里米准备拿一把小刀对付两个拿枪的家伙，他是在逞英雄吗？让他们逃走吧，至少自己可以活下来。再说在夜幕降临前就能把这两个逃犯抓回来。

两副手铐落在地板上。让–路易·瓦雷利诺扯了一下若纳斯·诺瓦科斯基的胳膊。

"我们撤吧。"

诺瓦科斯基退后几步，转了个身，一脸狐疑的表情。

杰里米的手还在往下滑，紧紧贴在匕首上。如果他刺中了诺瓦科斯基，瓦雷利诺也不会做什么。他不会开枪，估计会投降。诺瓦科斯基只是单打独斗而已。他只需要在他转过身时把匕首插进他的背后。

诺瓦科斯基往前走了一步，缓缓转过头，享受着自由的空气。

就是现在！

杰里米忍着痛一跃而起，手臂挥了出去。

太快了！

匕首刺中了车厢关着的半边门，离囚犯的胳膊还有 20 多厘米。武器掉落下来，就像是失去控制的指南针。

"游戏结束。"诺瓦科斯基低声说道。

他再次举起西格枪，对准了杰里米。

警察知道自己这次会死掉，他才 29 岁，太蠢了。他再也看不见莉迪，留下她独自一人抚养才 6 个月大的利。他的宝宝甚至记不住他的样子，只有留在照片上的影像。

手枪放低了点儿。

若纳斯·诺瓦科斯基在从格朗维尔到莫尔塞岛的传送过程中，一直在观察杰里米的表情，观察他盯着海上帆船出神的模样。

他这一次开了两枪。第一枪打穿了这个警察的左膝盖，第二枪打穿了他的右膝盖。杰里米痛苦的呻吟声一直传到了监狱那头。

杰里米在失去意识之前明白他可能再也站不起来了。也许有一天，他可以忍受痛苦爬起来。但是喝醉倒下这事估计不会再发生。

再也无法上天下海。

从今以后做个软体动物。

3. 回到莫尔塞岛

2000 年 8 月 16 日，星期三，下午 2 点

莫尔塞岛，圣 - 阿让港口

8 月的太阳高高挂在空中，整个圣 - 阿让港口没有一丝阴凉的地方。我也不是傻瓜蛋，当然会躲在堤坝后面乘凉。我知道如果我抬起头，阴森的风会吹皱我的脸。

更不用提水里的温度……

只有 18 摄氏度。

光是想想就浑身哆嗦。帆船运动是属于疯子的游戏。在拉芒什海峡里玩帆船就是遭罪，特别是 8 月的盛夏。阿尔芒坐在我身边。我们两个躲在堤坝后，盯着对面大科莫兰酒店的露台。拉芒什海峡的海风吹动了游客的裙摆，露出了晒成古铜色的大腿。

"80!"阿尔芒大叫,"11点方向。"

"什么?哪里?"

我转向11点方向。什么都没有!

阿尔芒说道:

"虚假警报!你真的以为有个女孩儿光着上身在港口散步吗?"

"说不准。"我有点儿心虚。

无论如何,没必要跟他争执。10天前,我们开始玩这个游戏。其实这是个弱智的游戏:第一个发现穿着上空比基尼①的女孩儿可以拿1分。目前我84分,阿尔芒79分。只需要比较隐晦地说出具体方位,例如:9点钟方向我再拿1分就是85,11点钟方向阿尔芒再拿1分就是80……

我继续盯着大科莫兰酒店的露台,但其实内心并没有抱太大希望。

这该死的海风!

这次总共有18人参加青少年夏令营,大家聚集在堤坝后面瑟瑟发抖,等着帆船教练出现。

下午2点5分。

悠悠跟往常一样迟到了!

3分钟后,悠悠从帆船学校出来,跟他一起的斯蒂芬妮·帕梅拉穿着红色的泳衣,上面写着"马里布警报"。阿尔芒看见穿着泳衣的斯蒂芬妮便开始尖叫:

"嘿,帕梅拉,快点儿,我要淹死了!"

斯蒂芬妮惊讶地看着他。她那副世界冠军一样的身材迷倒了整个夏令营的男生,但我除外。我觉得她的身材过于健美,不是我的菜。我喜欢更加丰满的。好吧,必须承认这个斯蒂芬妮的确是个尤物。但如果我在小团体里说我对她不感兴趣,例如"斯蒂芬妮?哦,这个嘛……她不是我的菜……",其他人也不会相信我。

---

① 上空比基尼(monokini)也称作三点式比基尼,是连体泳衣和比基尼的混合款式。

莫尔塞岛上有三个成年人负责照顾我们。杜瓦尔神父是夏令营的负责人，他手下有斯蒂芬妮和悠悠两个组织者。我们最喜欢争执的问题就是：悠悠和斯蒂芬妮在谈恋爱吗？十天来大家一直在纠结这个问题。我是否定派那边的。

悠悠露出了一个大大的笑容，对我们说：

"走啦，小家伙们，上路了，我们今天练习左舷风行驶。"

阿尔芒从堤坝后面站起来，说道：

"如果我们已经会了，可以留在港口泡妞吗？"

17岁的学员们没忍住，笑出声来，他们亲眼见过阿尔芒玩420级帆船①。阿尔芒才15岁，但身形看起来才刚刚12岁。两条光溜溜的大腿在宽大的裤衩里晃荡着。身上也是白白净净的。一颗大脑袋，戴着一副滑稽的眼镜。悠悠笑了，他很喜欢阿尔芒。他走到小家伙身边，从高处俯视他，故作严肃地说道：

"这里我说了算。要在港口泡妞，得经过我同意。"

悠悠开始分发帆布。阿尔芒抬起头说道：

"如果非要你同意……那就说明这个港口的女孩子们都还是处女！"

大家哄堂大笑。斯蒂芬妮是第一个笑出声的。我盯着她，看来她很欣赏他回击悠悠的方式。悠悠盯着阿尔芒的眼睛，说道：

"嘿，小家伙……一旦下了海……我就淹死你！"

打闹结束了。悠悠发完了帆布。我拿到了自己那个。

真是重啊！

帆布比我的个头大两倍。从堤坝后走出来，刺骨的冷风吹得我皮肤生疼。风呼呼地吹，潮湿的帆布把我整个人裹住了。

该死！

我艰难地前行。每前进一步，就像是要飞起来一样。我尽量不把帆布抬得太高，让桅杆下端在港口的人行道上拖曳着前行。斯蒂芬妮

---

① 420级，帆船级别之一。双人驾驶。属稳向板型帆船。船身长4.20米，宽1.90米，重100千克，主帆面积10.20平方米，前帆面积3.3平方米，球帆面积13平方米。

看着我的眼神仿佛在说："天啊，别搞坏了桅杆！"

扛起帆布，穿过港口，来到停车场中央，避开所有的车辆，下到码头，再登船，就这么简单的活儿，还要小心球鞋不被弄湿。

简直就是磨难！

每天的行程都是如此。跟往常一样，我是最磨蹭的人之一。我后面只有阿尔芒一人。悠悠在我们身后，随时准备给我们的屁股上来一脚。

狗屎假期！

我又走神了。我的桅杆挂在一辆黑色小车的后视镜上。悠悠开口骂人：

"注意点儿，浑蛋！"

我在停车场里继续走着。目的地是港口，冰冷的波浪拍打着脏兮兮的沙滩。我在帆布后面什么都看不见。马迪哈把帆布扛起来，然后开始大骂。她是我们小组的反叛领袖，几乎每个夏令营都有一个这样的角色。她有自己的一套规则，高个子，性格直率。我可不敢跟她叫板。

"抱歉，马迪……"

马迪哈看着我，我就像是她面前飞来飞去的蚊子，她犹豫着要不要拍死我，然后转身离开。

前方的帆船虽然被锚牵引着，但一直晃荡个不停。船舱进了沙子，我的球鞋进了水，浑身哆嗦。

十天来天天如此。

而且还是我自找的。

我自愿的。

海上的风逐渐平息下来。我们穿着救生衣，晒着太阳，身上也暖和多了。跟往常一样，我跟阿尔芒两人在 420 级帆船上。他躺在甲板上睡觉，幻想着他看到的第 80 对胸部，或者是跟斯蒂芬妮进行人工呼吸。长久以来，阿尔芒已经放弃了学习掌舵、辨别风向、扬帆起航，或者其他航海技能。阿尔芒绝对是这个团队里最聪明的小孩儿，但是他对冲浪毫无兴趣。他撞在帆船的横桁上好几次，永远搞不清风向。事实上，他父母是为了惩罚他才送他来的。我也不知道他犯了什么事。阿尔芒看起来不像是会犯事的，他瞧着应该是班上的精英分子啊。太奇怪了！

我握着舵柄，装出感兴趣的样子，悠悠和斯蒂芬妮开着他们的"黄道号"经过。他们俩没有开帆船，而是开着气垫船轮流给大家上帆船课。本来大家都要参加一个计时赛，从橙色的游泳圈开到黄色的游泳圈。但是我跟阿尔芒很久以前就放弃了这个比赛。悠悠对我们放任不管，但是斯蒂芬妮还在坚持。她看着我们大声喊道：

"你们可以的！你们不比其他人笨。你们父母花了钱让你们来学习的……"

我只能无奈地笑了笑。阿尔芒甚至没睁开眼睛。

"算了，斯蒂芬妮。"悠悠说，"他们就是笨蛋！"

你说得对，悠悠，我也是这样想的。算了，斯蒂芬妮。我父母也不管我的。我学不学开船，他们无所谓。

他们就在那里。

皮划艇又出发去找其他愿意学习的学员了。

海浪滚滚，太阳羞羞答答没有露脸。阿尔芒还在睡，其他学员已经开到很远的地方去了。我感觉还不错。这么长时间以来第一次觉得不错。

独自一人。

终于是一个人了。

我在这里做什么来着？

我回想起2月份邮递员送来的夏令营手册，当时我一下子冲过去抓住了手册。蒂埃里和布丽吉特没有给我其他选择：

"这个夏天，你去这里吧！跟你同龄的年轻人一起去！"

是的，他们迫不及待想摆脱我。其实我并不会打扰到他们。我平时很安静，喜欢一个人宅在卧室里。给我一本书或者一个遥控器，我可以好几个小时不打扰他们。后来想想，也许这才是让他们烦恼的地方。我们之间没有交流，但这又不是我的错，我情有可原。再说我又不欠他们什么！全世界的借口加起来都无法说服我，我才不想去什么青少年夏令营……但说实话，这样安排也好。蒂埃里和布丽吉特从来不去度假，夏天就是电视、书和网络。就连最孤僻的我也觉得 7 月加 8月实在是太漫长。

那个 2 月的晚上，我从学校回来，看到了这本青少年夏令营的目录。一本厚厚的目录。我随手翻了一下，全是我不喜欢的：滑水、骑马、徒步、帆船……我想去的夏令营是：戏剧、电影、马戏，还有表演。

真是太绝望了！

我把手册的一角折起来。在奥弗涅的一个中世纪城堡里学习表演，想想就流口水。这才是我喜欢的。然后我还看了 37 页上面的介绍：莫尔塞岛 17 天帆船夏令营。莫尔塞岛是盎格鲁 - 诺曼底群岛中最热的小岛，手册上是这样介绍的。组织者是杜瓦尔神父。夏令营有 25 年历史之久。团员们在帐篷里过集体生活，每天下午在拉芒什海峡玩帆船。

目录差点儿从我手里滑落下去。

我又看了一眼简介：帆船，集体生活。

刚刚看漏了一个词，一下子直击心脏。

命中注定无法错过的——莫尔塞岛！

我的过去，我的故事。

我未完成的故事。

我应该把这个手册扔进垃圾桶吗？一页页撕碎，然后烧掉？

我能想象一旦选择了这个夏令营，就要走上一段谎言之路。一阵狂风会卷走我所有的信誓旦旦，最隐私的事情会被全部曝光。

然而回头再想，就算我有过一丝疑虑，设想过最糟糕的结局，我还是会做出同样的选择。

我必须找到事情真相。无论这个真相多么让人难以想象或者无法接受，我都要去做。

4. 骑警

2000年8月16日，星期三，下午2点48分
莫尔塞岛，修道院大街

西蒙·卡萨诺瓦在莫尔塞岛上担任公路安全负责人一职。现在正值度假高峰期，25岁的他很高兴能在诺曼底海边找到这样一份工作，虽然这份工作跟他的公法学专业没有直接联系。

他顶替那些出门度假的市政府同事们的空当。他是唯一在岗的，任务也很简单——负责度假者的公路安全。为了更好地完成任务，市政府给他配备了一辆高性能的山地车，红宝石色的，跟莫尔塞岛首府圣–阿让市政府的颜色一样。盎格鲁–诺曼底风格的骑警！西蒙骑着单车在小岛上巡逻，专门应对各种公路隐患，例如：没有牵绳的狗，放在沙滩上的单车，在人行道上玩滑轮，在自行车道行驶的摩托车。

预防、干预、协商。

这就是他的工作流程。

西蒙·卡萨诺瓦作为公路安全负责人，并没有警察的执法权。这份工作着实无聊，但他可以遇见不同的游客。这个小麦肤色的高个儿，留着金色寸头，骑着那辆红色的山地车实在是够滑稽！在路上，他经常遇见一大家子游客。其中有陪着孙子孙女的祖父母，小朋友们玩了一天怎么也不愿意离开沙滩。等到晚上下班之后，他才有空跟游客们聊天。他从不告诉他们两件事情：首先是他的姓氏卡萨诺瓦，这个姓氏听起来太沉重；然后是他的岗位——公路安全负责人。他最怕到处拉屎的狗。他还会检查学生证。他本身是公法硕士生在读，公共政策专家。

以后做什么好呢？

他在犹豫，是律师？委员？还是法官？他极力避免一毕业就失业的困境，虽然他这个专业的就业前景的确堪忧。

他很有耐心，成功地让那些度假者回到了他们的住处——大科莫兰酒店，但他也意识到一点，那就是他不可能在莫尔塞岛的游客里找到他这辈子的爱人。西蒙·卡萨诺瓦在感情方面比较谨慎。

他连续三天在圣-安托万修道院遗址的前台见到同一个女孩儿康迪斯。她是大学生，来自阿拉斯，金发美女，带一点儿轻微的北方口音，人们误认为是北欧口音。她跟其他露营者交流比较多。夜幕降临时，他跟她在红宝石湾有个约会。康迪斯在准备历史教师资格证的考试，但是他不确定他们两个是否会在月光下讨论本笃会的生活方式，或者是马萨林主教半岛上的文化古迹。

西蒙学业优秀，对待感情也很认真。他拿齐了必要的证书。他外表是个充满活力、健美的男子汉。他性格坚韧，身边亲近的人都不会怀疑这一点。他对自己充满信心，等着有机会大展身手。这两个月的暑假，他很期望能遇上这样的机会。

下午3点前，他在修道院大街的单车道上骑山地车，顺便给一个大家庭好好上了一课。他们家的几个孩子大概在4到8岁之间，都没有戴安全帽。父亲面带歉意，但是母亲却觉得麻烦。大女儿非常可爱，皮肤晒成了古铜色，总是低着头，黑色的刘海遮住了眼睛。西蒙觉得她心思很深。她一整天跟家人们在一起肯定无聊死了，就等着晚上其他人睡着后，偷偷溜到沙滩上找小伙伴们鬼混。他们会违规生火，阻止他们这样做也是西蒙的工作之一。半夜骑一辆红色山地车，在沙滩上围捕一群青少年划水者，这份工作更像是圣－特罗佩市的警察干的事。

他也没有别的选择。

他继续说个不停，跟整个大家庭重复小岛上安全行车的守则。大女儿还是低着头，在父母面前是乖乖女，心里肯定想着她晚上要见的荷兰帅哥。西蒙还在滔滔不绝讲述自行车安全常识，讲到了山地滑坡，直到他别在腰上的手机振动起来。

"不好意思。"

西蒙往后退了几步。他看了一眼屏幕上的名字：克拉拉。她是市政府的秘书，旅游局唯一没有去度假的员工。

"喂，克拉拉。"

"卡萨。看守所附近发生了一件麻烦事。游客们给市政府打电话投诉。"

克拉拉的声音听起来很慌乱。

"麻烦事是什么意思？"

"他们也不太清楚。但是有交火声，尖叫声。就在监狱附近的坟墓前。"

克拉拉不是没见过世面的人。西蒙匆匆告别了这个大家子，还试着最后一次捕捉那个大女儿的眼神。

天啊！西蒙使劲踩着单车，肾上腺素激增，这座小岛终于发生了什么好玩的事情吗？

西蒙花了不到十分钟来到了坟墓前。一切看起来很平静。路上没有行人，没有任何交火的痕迹，甚至是丢弃的烟花。一只蜥蜴一动不动地贴在坟墓灰色的墙上，西蒙把单车靠上去时，它爬走了。

没有围观的人群。

没有任何交火场景。

什么都没有。

实在是太安静了。有点儿不太正常的安静，就像是牧师、老师或者是导演要求现场一片肃静。只有海风吹动了斜坡高高的草丛。

西蒙·卡萨诺瓦看了一眼正前方，小岛的西北处是游客们最少去的地方。那里曾经是城堡，后来被改造成监狱。

那里出事了。

除了几个像蚂蚁一样模糊的身影，他看不出什么东西。他又骑上了单车，前方还有 600 米到达监狱。

一座巨大的八角大房子出现在眼前，沃邦①风格的城墙，斜坡上是泛黄的草坪。跟圣瓦斯特 – 拉乌格或者塔迪霍岛的城堡一模一样。200 年前，这座城堡被改造成苦役犯监狱，是前往圭亚那、留尼汪岛、新喀里多尼亚岛监狱的中转地。"二战"之后，这座城堡被改造成监狱。靠海的一面是陡峭的岩石，靠陆地的一面被十几米深的水沟围住，还有双重刺网。一座巨大的拱顶穿过城墙，一座水泥桥将两边连接起来。

一个穿着土黄色制服的家伙挡住了他的路。那人手里拿着冲锋枪，看起来更像是刚从乍得回来的雇佣兵，而不是司法部门的公务员。

西蒙对自己说，不要被吓到了。他用坚定的语气开口说道：

"我是莫尔塞岛的公路安全负责人。有居民报警说……"

全副武装的雇佣兵举起了他手里的武器，他腿边有把刀，子弹带斜挎在肩上，脖子上挂着望远镜，对讲机发出吱吱的声音。西蒙注意

---

① 塞巴斯蒂安·勒普雷斯特雷·德·沃邦（Sébastien Le Prestre de Vauban），法国波旁王朝时期军事工程师，陆军将领。沃邦一生共修建 33 座新要塞，改建 300 多座旧要塞。

到有30来个同样全副武装的士兵从监狱出来，急匆匆上了吉普车。每辆车4个人，其中一个男子拿着望远镜，两个举着冲锋枪，还有一个在开车。已经有两辆吉普车开出了监狱。

夏天，小岛监狱上的警卫一般都比较低调。要一大早起床才能在单车道上遇见这样一群士兵，他们剃了光头，肌肉发达，满身是汗。

克拉拉说得对，发生了一件大事。乍得雇佣兵的武器指向西蒙。

"先生，您不能留在这里。"士兵神色严肃。

西蒙不高兴了。

"我是小岛公路安全负责人。我跟您说过了，我是莫尔塞市政府的工作人员。"

西蒙拿出了他的工作证。士兵认真研究了上面的市政府印章，并不是很相信他。

西蒙不耐烦了。

"至少我能跟你的上级谈谈吗？"

士兵看起来松了口气。他朝对讲机说了几句听不懂的话。接下来，一个40来岁的男子出现在拱桥下，整个人直挺挺的，一副世界末日突击队造型——蓝色制服，帽檐压得低低的，鹰一样的眼睛，似乎可以捕捉到刚露出水面的潜望镜。

他检查了西蒙的证件，然后还给他，露出意味深长的笑容。

"我是迪兰上尉。谢谢您的到来，卡萨诺瓦先生。但是您不用担心。一切都好。常规检查而已。"

常规检查？

那就走着瞧！

5. 孤儿

　　帆船在海面轻轻摇晃，我陷入了回忆中。阿尔芒一直睡在我身边，他蜷缩成一团，就像是摇椅里睡着的宝宝一样露出了微笑。我看着沿岸的风景，莫尔塞岛各种颜色混合在一起，就像是一幅印象派画作，悬崖上矗立着深色花岗岩房子，上百平方米渐变的绿色原野中隐约可见几个小红点。

　　这就是莫尔塞岛。

　　我未完成的过去。

　　我在这里度过了我的童年，6 岁才离开。我的父母是考古学家或者说是历史学家，他们当时负责小岛中央圣 - 安托万修道院的翻修工作。他们一干就是十来年。80 年代初，他们带着一帮年轻人一起干，其中有我的舅舅蒂埃里和舅妈布丽吉特。4 年后，我出生了，我是这个科学家群体里唯一的孩子。我还记得模糊的阳光和散落的灰尘，跟大人们一起坐在大桌子旁，吃吃喝喝，大声欢笑，我是唯一不合群的孩子。

　　这就是我 6 岁的回忆。

　　一切在 1990 年突然结束了。

　　一天早上，我在学校。课间休息时，我在院子里看到我保姆的丈夫。他一大早来干吗？他让我跟他走，没说原因。他对我说事出紧急，不要提问题，而我却在为我手里的皮球发愁。他一把牵过我的手，我把球扔给了一个同伴。我记得他应该是叫洛朗。我跟他不太熟，从那一天之后我就没见过他。他甚至没时间把球扔回给我。

　　他应该一直拿着那个球。

　　保姆的丈夫一路开车把我带到他家。他们给我吃的，陪我玩。他们过分的殷勤，让我觉得一切很假。到了今天，我已经不记得那天中午吃了什么，或者在电视上看过什么节目，玩了什么游戏。但我还记得那天奇怪的气氛，那种不自在的感觉，以及在我身边表现得过分友好的人们。

我的保姆马蒂娜下午才来看我。她哭了，这是我第一次见她哭。她对我说我父亲出了事，他去天上了，要我勇敢一点儿。我不记得她的原话，但是我记得她重复了好几次：

"是一场事故。是一场事故。"

我没哭。我还不太明白。

父亲，天上？

这是什么意思？我再也见不到他了吗？好吧，我知道了。但是我不觉得悲伤，只是觉得不自在，生活失去了平衡。我不知道该怎样应对眼前这一切，没人教过我。我不知道发生了这件事后，我是否还可以继续骑单车或者打开电视机，我什么时候可以恢复正常的生活。

直到今天，我在想这样的反应是正常的还是可怕的。死亡在我看来是大人的事，是我无法理解的成年人的世界。死亡跟性一样，是一个禁忌的话题。这是我的体会，一件龌龊、隐蔽的事情，是只有大人能提及的话题。

我没有哭。我不知道是否需要哭。我从那以后就再也没哭过。是的。

在我的小脑瓜里，我只明白一件事情，也是我唯一能把握的事情：

是一场事故。

保姆一直在重复说："是一场事故。"

然而，我觉得不对劲。保姆没必要强调这一点。我并不在乎这是否是一场事故，跟我这样的小孩儿没关系。

但是如果她一直在强调这点……那就说明这不是一场事故。

我那时才 6 岁，在她开口说出"是一场事故"时，我就知道她在撒谎。

她不会撒谎，她从没撒过谎。

所以那个时候我确定她在撒谎，我的世界从此天旋地转。

我没有哭，只是有一肚子问题。发生了一件可怕的事情，一件极其悲伤的事情，但是没人愿意告诉我。他们不让我知道事情真相，他们对我隐瞒了一个秘密。我的小脑袋瓜是这样推理的。

这不是一场事故……

我的父亲不是死于一场事故。那么，既然他不是死于一场事故……

也许他根本就没死。

两天后，我的舅舅蒂埃里和舅妈布丽吉特来接我。我们迅速离开了莫尔塞岛。我坐在他们的雷诺5后座，看着眼前的风景飞逝。记忆变得模糊，只有闪回的片段。远处是圣 – 安托万修道院的十字架，那里是小岛最高处，我记得那里。然后我们坐渡轮离开小岛，后来的路程我就不记得了。我在车上睡着了。头两年，我跟舅舅舅妈在一起住在蓬图瓦兹的低租金住房，但是我一点儿都不记得了。然后他们买下了帕里西地区科尔梅耶市①的独门小院，被阿让特伊大街和迈松拉菲特大街围住。邻居们都是笨蛋，包括我同龄的小孩儿。

无聊死了。

他们花光了所有的钱，估计直到退休都要还债。我不怪他们。这也不是我希望的。

我在蓬图瓦兹的低租金住房见过一次我母亲，那是从小岛离开后第一次见到她。我已经记得不太清楚了。她是晚上到的，我正在浴缸里。我已经不记得具体的画面或者话语，只有一些闪回的片段。

最深刻的印象是母亲让我感到害怕！

① 法兰西岛大区瓦勒德瓦兹省的一个市镇，距离巴黎市区 17 公里。

她表情很严肃，我想可能是因为晚上又黑又冷。她很忧伤，就像是行尸走肉。她没有哭，但是可以感觉到她之前一直在哭个不停，哭了好几天。她在我面前硬撑，就是笑不出来。我盼了好久，希望一切恢复往昔。

从黑夜里走出来。

摆脱谎言。

生活恢复常态。做一个正常的孩子。做一个可以玩乐的孩子。

但是这个跪在我浴缸前的女人，我的母亲，就像是死了一样。我认不出她。她说了一些很严肃的话，我一点儿都不想听。

你要勇敢点儿。你长大了。你是个男子汉。

不，我既没长大，也不勇敢。

不要！

她晚上留下来吃饭。三个成年人让我在卧室睡觉，但我睡不着。我贴在墙边听他们说话，但我听不懂。至少，我想不起来了。除了他们经常提到的我父亲的名字。

让。

他们在谈论他。他们每次提到他的名字"让"，我就在床上哆嗦，好像他们提到的不是一个幽灵，而是一个活人。

夜深了，母亲走进我的卧室。我应该睡着了。她把我叫醒，试图对我微笑。但是她的脸……这些年来，我找不到比"僵尸"更合适的词。我后来一直做噩梦，每次我看见的都是她这张脸。她弯下身拥抱我，戴着戒指的手在颤抖。这是我记忆中她最后的模样。一张让我害怕的脸孔，就像是幽灵一样。她最后说的话也很奇怪。

科林，你爸爸去了远方，很远的地方。但不要悲伤，要耐心点儿。你会再见到他的。某一天，你会与他相遇。

某一天，你会与他相遇……

从那以后，这个问题让我百思不得其解。母亲说这些话是为了缓解我的痛苦吗？她只跟我提到了天堂，那些让孩子们安心的童话故事。

那些我从不相信的蠢话。

第二天，布丽吉特来见我。我应该睡了很长时间，已经是下午了。我对时间没什么概念。她跟我解释说我母亲上了天堂，去找我父亲了。她说得很快，说我母亲遇上了一场交通事故。她没有受苦。她本来也想去见我父亲的，他们终于团聚了。

我一下子相信了布丽吉特，我相信她说的每句话。不是天堂，而是事故。这样说起来符合常理。我想起母亲那副行尸走肉的模样。布丽吉特对我说，从现在开始，我跟她还有舅舅一起生活。她没说要勇敢或者其他的废话，也没有问我是否悲伤，是否想父母。其实从我的角度出发，我更喜欢这种方式。布丽吉特什么都没问我。蒂埃里也没开口，他在隔壁的客厅坐着。

10年过去了，我们再没有提及这个话题。日子一天天过去了，再也没有机会提及我的父亲和母亲，让和安娜。

我们之间达成了协议。

这两个名字成了禁忌。

我如今明白了，绝口不提我的父母，这是布丽吉特和蒂埃里能为我做的最好的一件事。不让过去的阴影缠着我，也不去看心理医生。

绝口不提，封存记忆，落个清净。

我对舅舅和舅妈没有特别深的感情。他们不是我这一路的，他们的小资世界容不下我。他们日常的歧视随处可见。尊贵的朋友圈，平庸的人际关系。还好他们从不拿我父母的事来烦我，或者上演一出稀里哗啦的苦情戏。他们从不在请客的时候说废话，例如："可怜的小家伙，他失去了父母，他才6岁……我们收留了他。小家伙，你觉得很艰难吧，是吗？"

舅舅和舅妈，谢谢你们没有让我经历这种尴尬的时刻。

6. 逃避的本能

2000 年 8 月 16 日，星期三，下午 4 点 2 分
莫尔塞岛，马萨林监狱

西蒙·卡萨诺瓦和迪兰上尉看着对方，沉默了片刻。两辆吉普车离开了监狱。上尉脸上一副意味深长的笑容，希望能得到西蒙客气的回复，他不想再多做解释。

"卡萨诺瓦先生，您别搞错了。只是操练而已。"

"操练？"西蒙很惊讶。

上尉还在微笑，他走过来用神秘的口吻说道：

"没错，卡萨诺瓦先生。操练而已，或者说军事训练。"

"您的手下们看起来像打了鸡血一样，只是操练而已吗？结束后还在沙滩上准备了烟花和吉他吗？"

上尉差点儿没忍住，拳头握紧了点儿。

"卡萨诺瓦先生，我不需要跟您透露过多细节。我们信赖您。真的。您的工作对这个岛上的居民还有游客来说很重要。我是真诚的。我向你们担保没有发生任何危险的事，不需要担心。"

我的工作很重要？岛上的公路安全负责人？西蒙·卡萨诺瓦觉得对方在敷衍他。

三个警卫牵着三条德国牧羊犬走出来。这些狗看起来像是服刑了20年，等不及出门放风。

"这些狗也是出来训练的？"西蒙吹了个口哨，"它们的爪子也得热身吗？"

警卫一动不动。西蒙试着捕捉上尉隐藏在帽子下的眼神。

"上尉，请说实话吧。如果您希望我合作的话，至少要告诉我实情。"

迪兰上尉整了整帽檐，其实他的帽子完全没有移动过。他的眼皮就像是铁幕一样闭上了，深吸一口气，嘴角露出了笑容。就像是课间休息快结束时的督学，他把腰板挺直了。

"我已经跟您说了您需要知道的一切，卡萨诺瓦先生。我们每个人都有自己的工作要做。我做好我的工作。您做好您的工作，那就是不要让莫尔塞岛的人陷入恐慌。"

警卫牵着狗往正南方的荒野跑去，后面还跟着十几个人，他们保持着整齐的队形。西蒙·卡萨诺瓦还不肯退让，一副咄咄逼人的口气：

"有人听到了交火声，就在坟墓附近。游客们给市政府打了电话。"

迪兰上尉打算训斥这个唐突的家伙，但是他没时间。一辆红白相间的标致 106 风尘仆仆地赶来。

西蒙认出了车门上的 LOGO（标识）"小岛人"，这是莫尔塞岛上的日报。还没等到车上的司机有所反应，三把冲锋枪就对准了他。

司机从车厢里出来，举起双手，一脸镇定，还带着笑容。

"嘿嘿，冷静点儿，年轻人……"

警卫围住他，枪口对准了他的白色衬衣。

"我是莫尔塞岛日报《小岛人》的老板，迪迪埃·德尔佩什。我不是战地记者。"

西蒙知道迪迪埃·德尔佩什这个人，听说过他的名字，他是这个小岛唯一的日报《小岛人》的老板。《小岛人》本来是周报，在夏天的两个月期间变成了日报，发行量翻了十番，最多可以卖出好几千份。迪迪埃·德尔佩什曾经在《自由报》做过，后来创办了《小岛人》。德尔佩什这些年一直在岗位上坚持，做报纸可不容易。他认识岛上所有人。他就是莫尔塞岛上的万事通。平时总是在圣-阿让港口溜达，社交能力极强，有着强大的记忆力，握手的时候很坚定，无论是行贴面礼还是与人拥抱都非常自在。另外，他也有写作天赋，文风犀利风趣。西蒙不得不承认他的报纸内容不错。

德尔佩什还是个帅哥。虽然已经 50 多岁，头发花白，但光彩依然。牙齿和衬衫一样洁白。活脱脱一副狩猎者的造型。夏天是他狂欢的日子，拿着一台照相机四处采风，撰写令人抓狂的占星专栏。报社每个角落都堆满了材料。整个夏天德尔佩什都笔耕不辍，这是他的高光时刻。

记者还举着手。白色衬衣有三颗扣子敞开着，就像是一尊自由神像，手无寸铁面对暴政，像极了戈雅笔下的油画角色。

迪兰上尉靠近了记者，跟之前同一套说辞：没事，岛上没有发生任何需要担心的事情。只不过是例行训练。不，岛上的居民没有任何危险。

德尔佩什听他说完，面对枪口一脸淡定，仿佛迪兰在说他的手下准备在小岛的主保瞻礼上表演芭蕾舞《天鹅湖》。

"我希望你们都是有责任心的人。"迪兰上尉同时对迪迪埃·德尔佩什还有西蒙·卡萨诺瓦说。

上尉没有等他们回复。最后一辆吉普车从灰尘中冲出来。迪兰上尉戴着手套的手在空中指了个方向。三秒钟内，最后一批装备齐全的士兵们回到了监狱里，除了两个在桥上站岗的，看起来就像是白金汉宫门口的警卫。马萨林监狱又恢复了平静。我们又可以听到海鸥在天空盘旋，骚扰监狱里的犯人，嘲笑他们没有自由。

"你在想什么，小家伙？他们完全忽视了我们，是吗？"德尔佩什说。

西蒙很生气。这个记者居然叫他"小家伙"，而且他还自问自答。然而他也只能点点头表示赞同。

"在你看来，他们在密谋什么？"德尔佩什继续问，"我觉得是监狱里的犯人越狱了。他们在跟时间赛跑，希望能在军号吹响前把犯人抓住，不想让大家陷入恐慌。沙滩上那么多度假的人……你说是不是风险太大？"

西蒙打断了记者的话。

"我觉得还好。一方面这个岛面积并不大，另一方面，我刚刚看到一批装备齐全的士兵走过，如此兴师动众，逃犯插翅难逃。"

德尔佩什打量了他一番。

"你是新来的吗？"

西蒙不喜欢他的口吻，但还是忍住了。

"你是夏季临时工，负责游客们的公路安全，是吧？小家伙，你要知道越狱可是大事。你对莫尔塞岛的了解仅限于夏令营、滚球比赛、单车、穿泳衣的女孩子们。但也不要忘记僧侣们花了 8 个世纪修建了一座地下迷宫，从圣－安托万修道院到小岛最深处。没有人见过地下迷宫的地图。"

西蒙本来想开口，但是德尔佩什没给他机会。

"也不要忘记 1794 年到 1946 年期间，莫尔塞岛就是一所苦役犯监狱。长期以来，莫尔塞岛上居民的邻居们一直都是最凶险的囚犯，他们来自法国还有西班牙北部的纳瓦尔自治区。你看到这之间的联系了吗？小家伙，你肯定很难相信，你觉得我是在为我的报纸打广告，但其实莫尔塞岛就是全法国罪犯密集度最高的地方。如果说有囚犯越狱，事发突然，警察就算有望远镜和警犬也会被打个措手不及。放心，纸是包不住火的！"

德尔佩什笑了。他拿出一台相机，拍了几张监狱的照片。西蒙觉得德尔佩什有点儿夸张，但不得不说报纸贩卖焦虑是很有市场的。

不过西蒙不是这么容易上钩的人。记者转过头对他说：

"你在市政府工作？我见过你。你也许可以帮我收集信息？"

西蒙叹了口气。德尔佩什不会就此放过他。

"小家伙，你看起来是个固执的人。你……"

西蒙的手机响了。

是克拉拉。

西蒙走远了几米。记者试着读他的唇语。

"卡萨，我是克拉拉。快回市政府，我需要你。"

"很着急吗？我在监狱这边……"

"快回来！听我的。就是跟监狱有关。我收到了最新的消息，非常糟糕的消息。我们遇上了大麻烦，卡萨！"

7. 爸爸！

2000 年 8 月 16 日，星期三，下午 4 点 37 分

莫尔塞岛，圣 - 阿让港口公海

睡在我身边的阿尔芒睁开了眼睛：

"你不睡吗？"

"不，我在思考。"

"没错，这样可以防止痴呆。喝开胃酒的时候叫醒我？"

阿尔芒再次闭上眼睛，转向另一边。手无意识地滑到了泳裤里，嘴角露出猥琐的笑容。夏令营最聪明的家伙其实是个色鬼。

我在这里干吗？

海面上三角形的白色帆船若隐若现。第一次，我感受到了大海的平静，陷入了深深的思索。

6 个月前的那份夏令营宣传单，看似无趣的帆船夏令营地点居然是……莫尔塞岛。

回忆如洪水般涌来。确切地说是片段的闪回。阳光，大人们的餐桌，圣 - 安托万十字架的影子，石头和灰尘。还有监狱、灯塔。其他想不起来了。坐在舅舅的高背扶手椅仿品里，我陷入了沉思。

我迫切地想寻回过去的记忆，心里有个急切的愿望，那就是回到莫尔塞岛！

　　自从保姆向我宣告父亲的死讯后，我心里总有一个疑问。她坚持说"是一场事故"，她重复说了很多次。

　　在那以后我总是想不通。如果不是一场事故，那么我父亲就是自杀。这就是我这些年来得出的结论，这也是蒂埃里和布丽吉特讲的悄悄话给我的感觉。修道院那边发生了一场灾难，一场严重的事故，一场悲剧。整个团队被迫关闭现场，离开小岛。我父亲是工地负责人，某个协会的主席。他自杀谢罪。我的母亲无法承受这一切，开车自杀了。第一次是官方事故，第二次是非官方事故。

　　这就是我 10 年来经过多次偷听和思考得出的结论。

　　最可能的版本……

　　他们希望我相信的版本。

　　长期以来，我还设想过这是一场刑事案件。他们是为了保护我免受坏蛋的伤害！我的父母是被暗杀的。他们迅速把我送到了保姆身边，接受庇护，从莫尔塞岛撤退，也许暗中还有一群警察在护送我，只是我没注意到而已。我当时很小，身处险境，就跟哈利·波特的遭遇一样。我去上学的时候，还会观察是否有秘密警察跟在我后面。

　　那段时光已经结束了。在记忆中，我注意到身边的成年人偶尔会陷入恐慌。在床上，我竖起耳朵，听到大街上传来的尖叫声、爆胎声和警报声，好像警察们随时会上门找我。

　　这种执念已经消失了，而回到莫尔塞岛的愿望越发强烈。

　　这些年来，我的内心深处萌生了另一个想法。本来只是很小的疑惑，如今越来越清晰，变成了一种信念，那就是：

　　我父亲还没死！

　　一系列的迹象让我坚信这一点。例如我的舅妈布丽吉特没有在纸质通讯录里划去我父亲的名字。她每年都会换一本新的通讯录，在字母 R[①] 下面把我父亲那边的人名再写一遍：马德莱娜·雷米（我奶

[①] 雷米的法语拼写为 Rémy。

奶）……让·雷米（我父亲）。10 年来，上面都是同一个地址：修道院大街 1012 号，以及同一个电话号码。我没敢打电话或者写信，我害怕得到一个粗暴的回复。在现实面前，我退缩了，我习惯了缄默。

我承认这条线索看起来比较渺茫，只是通讯录里的一个名字和地址而已，别无其他。但是，当我看见青少年夏令营上面的"莫尔塞岛"字样时，我顾不上那是帆船夏令营还是戏剧夏令营，心里只有一个想法：这是命运的召唤，必须把握住唯一的机会，千万别错过。当晚，蒂埃里和布丽吉特回到家，我跟他们说了我的想法，我想去夏令营，不想整个夏天在他们身边，这是我的选择。

舅舅和舅妈高兴坏了。

当我说想去帆船夏令营时，他们觉得事情不对劲。我可不喜欢帆船。然后，我把宣传手册给他们看，这是 10 年来我第一次这么勇敢。

"我想去那里！"

他们脸色苍白。

"你觉得这是个好主意吗？"蒂埃里问道，他不敢太直接，或者说打破禁忌。

那个时候，我真是快要爆发了，他们从不提及我父亲。不行，我们三个都知道我是一定要去莫尔塞岛的，以及为什么他们不想让我去。我们还是不提那些禁忌的词语，这样的讨论有什么意思？真是滑稽至极，但是也毫无他法。

"我就想去那里。"我非常坚持。

我的态度既冷静又坚定。

布丽吉特翻了一下手册，建议我去戏剧夏令营，她了解我的喜好。但他们很快明白我不会退让。蒂埃里，总是蒂埃里下决定，他决定退让。

"好吧，既然他想的话……"

于是，2000 年 8 月 16 日，我来到了这里，坐在 420 级帆船上，位于拉芒什海峡中央，屁股都冻僵了。一个傻子在我头顶大喊大叫，因为我不听命令。

十天来天天如此！

阿尔芒还在睡。我把手放进水里，感受海水的冰凉。

我真不擅长帆船。远处正西方，我看到了锁链灯塔的轮廓。一瞬间，莫尔塞岛上的苦役犯被暴力押解到海外苦役牢房的情景出现在我脑海里。有时候，杜瓦尔神父晚上会给我们讲这个岛的历史。他讲的的确不错，但也阻止不了大部分青少年在故事会上调皮捣蛋。

几个世纪以来，上千个苦役犯，他们对这个小岛最后的印象应该就是这座灯塔。

离开莫尔塞岛。

回到莫尔塞岛？

在回到这座小岛之前，我把布丽吉特通讯录上父亲的旧地址抄了下来，修道院大街 1012 号。修道院大街我绝对不会错过。这座沿海大道直通小岛的首府——圣 - 阿让，是渡轮的终点站，要经过小岛中央的圣 - 安托万修道院。唯一的问题是这座大街上没有 1012 号。

房子的编号是按米来计算的，1012 号意味着房子位于离圣 - 阿让市政府 1012 米远的地方。但是那里如今是一块田地，一块小小的玉米地！往前是 987 号，一座农场。往后则是 1225 号，另一个农场。

这两个农场之间什么都没有啊！

我是不会错的，我们每天走这条路往返。我还问过其中一个农场主，他很确定两个农场之间没有建过房子。修道院大街的终点是 1521 号，左边就是修道院，右边是我们夏令营安扎的半岛。

太神秘了……

也许布丽吉特抄错了地址？也许吧……

我回到莫尔塞岛，到底想寻找什么？我本来以为回忆会像雪片一样落下，这些地点会让我想起过去。比如：圣 - 安托万修道院、圣 -

阿让港口、锁链灯塔、马萨林监狱、红宝石湾、半岛荒地。我以为我会想起在这里度过的 6 年。

结果令人失望。

我的回忆没有找回来。

我想不起过去那 6 年发生的事。

我认不出这岛上的事物。修道院是一片废墟，迷路的游客会误入其中。圣 – 阿让港口附近的建筑杂乱无章。到处都是露营的人群。监狱、灯塔、海湾跟我 8 年来在帕里西地区科尔梅耶市的家里偷偷收集的照片一模一样。一切都是陈词滥调，没有新意。

一座平庸的度假小岛，被夏季的游客淹没了。

一个刮着大风且无趣的小岛。

我讨厌这里的一切。一群穿着平底拖鞋的乡下人，一座人满为患的小岛。完全没有独处的机会。在出发之前，我还相信能在这里找到父亲的踪迹，以及他失踪事件背后的黑幕。

我去修道院找过线索，翻遍了整座小岛。

结果什么都没有！没有一点儿线索。

我讨厌这个夏令营，我不属于这里。一天天过去了，事情真相在我面前揭晓：我这场小小的个人冒险是极其无聊的。我在这座小岛上度过了最初的 6 年时光。有一天，我父亲在一场事故中去世了。他也许是自杀的。母亲也许也是自杀的。我成了孤儿。我们离开了小岛。没有人记得这个故事。

或者大家都不在乎！

也许父亲背叛了母亲。也许他身负债务。我在自编自演一场大戏。

剩下的只需要跟布丽吉特、蒂埃里还有奶奶马德莱娜对峙即可。摆出大人的姿态，从童年阴影中走出来，摆脱父亲还会回来的妄想。我只需要长大即可。跟过去说再见，着眼于未来。

回莫尔塞岛一趟是必要的。

我终于有机会去缅怀逝去的一切。

最后一次说再见。

海浪的汩汩声在耳边回荡。我是睁着还是闭着眼睛？当然是闭着眼睛。我陷入了想象中。10天来，我第一次想清楚这一切。

我的父亲死了，我得回到这座小岛上才能明白这一切，才能跟童年的幽灵彻底有个告别。

永别了，爸爸！

我总是很难说出或者写出这个词：爸爸。

既然这是最后一次，我要努力一些。

永别了，爸爸。

是的，我要展翅高飞啦！

夏令营只剩下最后7天，我要坚持到最后。再过4天，布丽吉特和蒂埃里会来岛上看我。他们在我生日那天8月19日出发，借此机会重游故岛。他们也许是来监视我的，也许想趁机跟过去永别，会会老朋友，又或者仅仅是为了让我开心。

不，我不能这么幼稚。

我们在夏令营结束之后还会在岛上待几天。

我要把过去埋葬。

新生活，你好！

我睁开眼睛，阳光很刺眼，我感觉很好。我们的船有点儿偏离航线。阿尔芒还在睡。我发了一会儿呆。悠悠和斯蒂芬妮的马达声让我和阿尔芒醒过来。

“课间休息结束了！”悠悠大吼一声，“我们回去了。这一次我可不想把你们的船拖回去！”没错，我们几乎从没能靠自己的力量回到港口，船行进的方向总是逆风。我摇醒了阿尔芒。

“快起来！”

他眨了眨眼睛。

"什么？"

他到底在想什么？

"我们回家了。"

"我们不等他们拖我们回去吗？"

"悠悠今天不愿意。"

"他想跟斯蒂芬妮两个人优哉游哉的，这个浑蛋。顾客是上帝，我们支付他们的薪水，结果他在我们眼皮底下泡妞。"

"你太夸张了，阿尔芒……"

阿尔芒使劲挥着手，直到悠悠和斯蒂芬妮回来了。

"我们回不去，悠悠。"

"你们都还没试过。"斯蒂芬妮叹了口气。

"是的，太讨厌了！"悠悠绝望地叹了口气，"你真是麻烦，阿尔芒。"

"就算我们使劲划，也赶不上2点前回到港口。那个时候，港口的女孩子们都穿好了衣服。"

斯蒂芬妮哈哈大笑，悠悠又叹了口气。

"这是最后一次了，明天，我把你们俩分开。"

"明天没有帆船课，明天是星期四，星期四休息。"

"太好了，我们也要休息。"悠悠扔了一根绳子到我们船上。

我们的船跟在他们的气垫船后面，比其他人先到港口。其他人看到我们超过了他们，出口抗议。

"跟其他人一样，自己开船！"他们使劲吼，想盖住马达声。

阿尔芒终于醒了，骄傲地举起双手，朝其他人竖起中指。大家气炸了。突然起风了。帆船靠在海滩，我坐在沙滩上，等着其他人回来。

天气很好，我抱着救生衣，温度正好。

阿尔芒还没玩够。他站在海滩上，就算站直了也是个小矮个儿，跟下船的学员斗嘴：

"你们在瞎搞什么？快点儿啊！我们还有其他事情要做。我今晚还有约会啊！"

大部分人听到这番话都乐了。他们是真正的帆船爱好者，所以他们不在乎阿尔芒的玩笑话。我觉得自己状态也挺好。晒着太阳，跟同龄的小伙伴一起说说笑笑。还有几个女孩子，确切地说是 6 个，没有一个是身材好的辣妹……我一开始就不敢开口跟她们说话。我跟她们不熟，不了解她们的可爱之处。夏令营还剩几天就这样过吧。全身心投入，把过往锁进橱柜里，融入同龄人的圈子里。

做一个没有自我的青少年。

好像也不错？

我鼓足了勇气，把帆布捏在手里，往俱乐部方向走去。阿尔芒一脸佩服的表情看着我。经过停车场，还好这一次没有撞上停在那里的车子。

第一次！

一天快结束的时候，港口热闹起来。餐厅露台上全是人。几个水产批发商在卖鱼，大批的游客们带着小孩子们来拍照，看一排排垂死的螃蟹和虾。街上空荡荡的。街对面只有一辆白色的福特小卡车，等着游客们经过。我往前一步，就在那时，小卡车也再次启动。

司机突然刹住车。

看到我扛着比我还高的帆布，他从窗户伸出手，示意我先走。我往前走，抬起头谢谢他，他出神地看着我。

就是他！

我一看到他的脸，就知道是他，而不是长得像他的人。

表情，眼神，整张脸，没错了。虽然他留着胡子，在我印象中他没留过胡子。

就是他。

小卡车继续往前开，司机没有看我一眼。但是我没认错。

这个小卡车司机就是我父亲。

福特车消失在港口尽头。我没法记住车牌号码，也来不及跟在后面追。我站在原地，胳膊下还夹着湿漉漉的帆布，脑中一片迷雾。

但我十分确定这个人就是我父亲。

他还活着。

8. 不要惊恐

2000 年 8 月 16 日，星期三，下午 4 点 40 分

莫尔塞岛，修道院大街

西蒙·卡萨诺瓦骑得飞快。自行车道沿着拉芒什海峡蜿蜒开来，就像一条长长的缎带。肾上腺素降下来了。他站着骑单车，样子有点儿滑稽。他想到电影里的英雄们骑的是纯种血马，或者是 500cc① 摩托车，而不是市政府定制颜色的山地车。

"奔跑吧，飓风。"他给自己开了个玩笑。

10 分钟不到，他就来到了圣 – 阿让市中心。他像龙卷风一样飞速到达，这里有他熟悉的红色百叶窗小路，小商贩的货架和人行道之间狭窄的通道。他逆向转入中央广场，经过马萨林主教的雕像，这是进入市政府院子的捷径，正好在港口后方。就在离入口台阶不到 1 米处，他刹住了单车，在石板路上放下单车，然后走进了市政府的大门。

克拉拉在等他，递给他一张几乎全白的纸。

"我不知道我该不该这样做，这是机密文件。但是整个市政府只剩

---

① 1cc=1 毫升，指该车的发动机排气量（气缸容积）是 500cc，即相当于排量 0.5 升的汽车，500cc 的摩托车，属于摩托车中的中等排量。

下你和我了。快看看，卡萨！"

西蒙认出来这是一封邮件的打印件。不到一刻钟之前寄来的。他注意到上面的寄信人是：centredetentionmazarin@interieur-gouv.fr。

监狱寄出来的……

他一路读下去。最后签名的就是监狱首长。信件正文很短。

尊敬的圣－阿让市长先生亲启：

下午4点31分，莫尔塞岛马萨林监狱两个囚犯：若纳斯·诺瓦科斯基和让－路易·瓦雷利诺逃跑了。他们是从大陆押解到马萨林监狱途中逃走的。让－路易·瓦雷利诺被控欺诈罪，不到两个月就可以释放。若纳斯·诺瓦科斯基是个危险分子，多次被控持械抢劫。他要服刑7年。监狱安保方面确信可以马上抓回逃犯。目前逃犯还没有逃离莫尔塞岛。正值度假高峰期，为了尽快抓住逃犯，我们要极力避免整个小岛陷入恐慌状态。市长先生，这就是为什么我们希望您能对此事保密。我们一有消息就通知您。

西蒙兴高采烈。

"市长不是在多米尼加共和国吗？"

"是的。"

"那得赶紧通知他。"

"已经通知了。"克拉拉以正常的口吻回复。西蒙一直以来觉得克拉拉是个笨蛋，但事实上，她是一个效率极高的秘书。她已经联系上了贝特朗·加西亚市长，此时他在地球另一端。

"哦，是吗？"

"我10分钟前打通了他的手机。"

"然后呢？"

"没了，他不会因为这事从非洲回来。他的指示就是什么都不要说，什么都不要做，让警察或者说军队做他们该做的事情。说到底，这本来也是他们的活儿。"

西蒙耸了耸肩，没有指出克拉拉的地理常识错误。他就像是困兽一般转着圈。迪迪埃·德尔佩什知道发生了什么事。派出去的士兵们要寻找的不是一个逃犯……而是两个！他转过身对克拉拉说：

"我能为小岛安全做点儿什么？"

"什么都不用做，这是市长的命令。不要打草惊蛇……"

"可是我……"

"我了解你……我太蠢了，我不应该让你读这封信的。"

克拉拉把椅子转到电脑那边，仿佛任务已经完成。她并没有因为这个逃犯的消息而恐慌。西蒙看到她这副无所谓的表情显然吓坏了，但也不算太吃惊。

他跟克拉拉·博纳米一起在市政府工作一个多月了，开始慢慢了解她。克拉拉上个月刚刚过完 38 岁的生日。她有过很多段露水情缘，痴迷于坏男人，很容易陷入爱河。克拉拉从 6 月份起就把头发染成了金色，如今是一个性感的金发女郎，脸部线条不算柔和，但是阴影错落有致，这要归功于高超的化妆技术。她的外形不比港口餐厅的年轻女服务员们逊色，但是工作方面就没有化妆这么上心，每天大部分时间都在网上浏览唱 K 网站。她是米歇尔·贝尔热的头号粉丝，熟悉各种翻唱版本。这一切都让西蒙很恼火，再加上克拉拉喜欢叫他卡萨，从中学开始就没有人这样叫过他。

西蒙不吭声看着她。克拉拉在下载一首弗朗斯·加尔的歌。

"我们就这样什么都不干？"他问道。

克拉拉转过头。

"别发火，卡萨。他们不会逃得很远。这个小岛才多大点儿。要知道逃到这座岛上才是愚蠢的。你不觉得吗？他能躲到哪儿去呢？"

西蒙生气了。

"也许是这个原因我们才修建了监狱是吗？"

克拉拉觉得自己的话有点儿蠢，所以没回复。她戴上了耳机。

巴巴车

你在哪儿？

你在哪儿？

西蒙又看了一遍邮件。

"克拉拉！"他使劲吼，想让戴耳机的克拉拉听到。

克拉拉不情愿地拿下了耳机。

"什么事？"

"40 年来，你应该对周边的大事小事一清二楚。你听说过这两个逃犯吗？"

克拉拉坐直了，让西蒙好好欣赏她晒成古铜色的胸部，还故意解开了几颗纽扣。

"40 年前我还没出生呢，浑蛋！"

"是的，是的。所以？"

"若纳斯·诺瓦科斯基不是本地人。至于让-路易……"

"他怎么呢？"

"我跟他很熟。他在市政府做了十几年职员。我刚来的时候，跟他相处过两年。他因为税务诈骗落网，伪造了市政工程承包合同的报价。他在市政府就是干这个活儿。谁给他回扣最多，他就批复谁的合同。就是这么回事。"

"我明白了……然后呢？"

"没了。这是两年前的丑闻。所有人都被牵连进去，但只有他银铛入狱。"

"就这些？"

"是的，你也了解我的，我不喜欢惹闲事……我喜欢干净的男人。"

西蒙默默无语。

之后，克拉拉继续听歌，西蒙突然冲出市政府。过了一会儿，他扛着一个梯子回来。

"巴巴车……你在哪儿？嘿，你拿着梯子干什么？卡萨，你要去港口看女孩子吗？"

"市政府的文件都堆放在阁楼里，对吧？"

克拉拉叹了口气：

"你会给我们惹上大麻烦的，卡萨。"

9. 荒原上的警示灯

2000 年 8 月 16 日，星期三，下午 5 点 10 分

莫尔塞岛，修道院大街

"闭嘴！"在阿尔芒开口之前我就吼了他一句。

还好阿尔芒很快就明白了。他不再坚持，跑去逗弄其他人，心情好得很。

我得赶紧躲起来！我机械地跟在一群人后面，收拾帆布，拿回干衣服，穿好衣服，步行出发去营地。离开港口，穿过圣－阿让的 1908-5-20 广场，经过马萨林雕像，走过红色百叶窗小路，直到村子的出口。同样的路线，同班人马，就这样走了 10 天。

我甚至可以闭着眼睛走这条路。

父亲居然还活着！我脑子里理性和感性开始打架。

一边是感性思维，完全无法理解现状。所有人都跟这个孤儿说他父亲死了……结果 10 年后他还活得好好的！真是混账。

另一边是整个事件的逻辑推理。

我一面走一面理清思路。有规律的步行有助于思考。不，没有非理性的部分，一切都符合逻辑。我妈妈最后的话就是预言：某一天，你会与他相遇。

她是什么意思？

是说他去了远方？还是说他没死？

如今，这一切都清楚了。首先是我内心的感受。我6岁时没有大哭大闹，10年来没有悲愤之情。一般来说，一个小孩被告知他父亲去世后，至少会流泪、发狂，或者陷入抑郁。这些年来我这种冷漠的反应该如何解释呢？我早就知道他们在撒谎。父亲其实还活着，他在等我。

也许，这一切是我想象出来的。这也是让我消除罪恶感的方法，是我潜意识的产物。

在我面前，悠悠和三个年轻人开始哼唱《最长的一天》，与其说是唱歌，还不如说是踏着步子哼调子，跟随节奏使劲踩在泥泞的小路上："在枪林弹雨下……我们走向胜利……因为这是最长的一天。"这些白痴一边唱着最俗气的调子，一边大踏步。悠悠走在最前面。他们不记得歌词，就哼着小曲。

我把自己封闭起来。

躲在属于自己的黑色气泡里。

我没亲眼看见父亲死去，没见到他的尸体和墓碑。我甚至不知道他的死因。因为没有葬礼，这些年来，我穿街走巷寻找父亲的踪迹，不想接受现实。我在很多书还有网上看过关于葬礼的资料。我不害怕死亡这件事。这一切都没有动摇我的信念……因为我父亲还活着，这些年来其他人欺骗了我！

我们离开了圣－阿让市中心，沿着新区溜达。全新的小别墅，只有两层楼高，都长一个样，跟莫尔塞岛的农场、村子还有圣－阿让的房子形成鲜明对比。这些现代化的阁楼在我看来非常平庸，既脆弱又神圣，就像是给游客们设下的陷阱。囚禁游客的秘密监狱。几个小时前平淡的风景如今充满了神秘感。

从圣－阿让出来，穿过修道院大街就是延绵5公里的荒野。为了避开车辆，我们走在自行车道上。草丛呼呼的风声让我恐慌。远处是圣－安托万修道院的十字架，杜瓦尔神父说它位于一个小土堆上。十字架顶的天空开始变暗，给周边的风景增添了恐怖片的氛围。其他人没有注意到我如此阴暗的想法，开始哼唱《大逃亡》的旋律。

越来越阴暗的天空揭开了小岛隐藏的另一面。荒野上的生物，僧侣的幽灵。我知道这块荒野下方就是地道，把圣－安托万修道院和马萨林监狱连接起来，直达圣－阿让港口，还有红宝石湾和海鸥湾。这就是父亲当年挖掘出来的地下迷宫。悠悠和其他少年的欢呼声还有靴子声惊醒了地下沉睡的生物。刚刚经过的新建别墅区也跟这块神圣之地格格不入。

有些事情的节奏被打乱了。

如今这座小岛已不是我父亲当年的小岛，亦不是我童年时的小岛。然而，它随时准备好换个样子出现在我面前。

就像是我父亲。

岔道口指向大海。前方 300 米是小岛最美的沙滩——知名的红宝石湾。这个名字很奇怪，因为海滩周围全是绿色的灌木丛。

红宝石湾？

我第一次想到了这个问题，为什么取个这么奇怪的名字？为什么是红色？为什么以前的人会这样取名？红宝石湾。是撞上暗礁的水手们流出的鲜血吗？欧洲最大的潮汐退潮后，露出上百块礁石。斯蒂芬妮试着教会我们那些岩石的名字：浪花石、沉睡者、三兄弟、男童……我完全记不住这些名字，它们就像是天空中的星宿一样纷繁杂乱。

红色不仅限于红宝石湾这个名字……整座小岛上的百叶窗都涂成了红色。尤其是在圣－阿让市区。莫尔塞岛的红色相当出名，诺曼底的导游手册上对此大肆宣传。

这背后隐藏着什么？

青少年们又开始唱《克苇河的桥》。这首歌曾经是英国俘虏之歌。我却因为这首歌联想到这座小岛上的苦役犯监狱，也许我是唯一这样想的人。我们来到了十字路口，左侧是修道院的废墟，右侧是半岛荒地和我们的营地。远处正对的西北方就是马萨林监狱。

突然，队伍停下了哼唱。

远处监狱的栅栏处有一阵骚动。警车的鸣笛声、货车的嘟嘟声、人的尖叫声和狗吠声混杂在一起。通常来说，监狱那块儿总是一片静寂，偶尔看到几个神秘的警察或者游客出没。今天，远远就能看见警示灯在不停地闪。

整个团队激动不已。

"我们去看看？"马迪哈建议。

团员们一阵附和声。

悠悠犹豫了一下，其实他也想去的。但是斯蒂芬妮拦住了大家。

"年轻人就是这样，不行，回去！"

虽然大家也不情愿，但还是退缩了。监狱到底发生了什么事？

阿尔芒耸了耸肩。

"不过是转移囚犯罢了。一个家伙到了，或者一个家伙出来。一天至少三次。如果你们只是因为两辆吉普车和三盏灯就激动不已……"

没人敢反驳他，特别是我。但我还是觉得他说的不对。平日里囚犯转移可不是这么大架势。今天发生的事情异乎寻常。但不关我事，我还有其他事情操心。

走进营地就没人唱歌了。无论如何，在杜瓦尔神父前打打闹闹就不太合适了。

"去洗澡吧，小滑头们。"悠悠吼道。

杜瓦尔神父从办公室走出来，那里之前是鸡舍，后来翻新做了办公室。他脸上挂着一副无法模仿的笑容从我们面前经过，很难判断是来关心我们还是准备训我们一顿。

杜瓦尔神父强调铁一般的纪律。他应该有70多岁了，是生物学家兼军事家。夏令营基地建在一个旧农场上，位于小岛人烟稀少的地方。古老的建筑物城墙，把我们像牲畜一样关在里面。自由活动只有一个小时，不多不少，活动范围也是规定好的，而且从不准单独行动。在帆船活动和集体活动之外，就不剩多少自由活动时间。总而言之，很难单独行动。

这一次，轮到斯蒂芬妮下命令了。

"埃米莉、尼科、奥德蕾，20分钟后来厨房！"

集体活动都是3人一组。准备饭菜、洗碗、收拾碗筷……6天轮换一次。因为我昨晚已经打过杂了，所以接下来的日子我没事。

运气不错。

我觉得这也是命运发出的信号之一。

10. 强盗之岛

2000年8月16日，星期三，下午5点15分

莫尔塞岛，圣-阿让市政府

西蒙·卡萨诺瓦抬头穿过市政府的走廊，寻找阁楼的入口。

克拉拉叹了口气：

"你会闯祸的，卡萨！"

西蒙没有回复她，在入口处放了一把梯子。他使劲推开门。他知道自己要找什么，马萨林监狱的文件。西蒙找资料很有一套，他在大学学习公共法的5年期间，收集了很多从政府相关部门找来的各种资料。政策规划可是他的专长，他对图纸、地契、市政工程承包合同这些文件很熟悉。

西蒙感觉好几年都没人来过阁楼。到处都是灰尘和老鼠屎，还散发出一股霉味。虽然他还没靠自己的专业找到一份好工作，但是他对于档案的喜好又发挥了作用。

他寻找跟监狱相关的文件，包括建筑施工图、市政通告等。当地居民肯定想关掉这所监狱，毕竟这里是一个度假胜地。西蒙不知道事情会进展到何处，但他不愿意坐以待毙。目前他能做的就是查找资料。

除非……

西蒙的视线落在一堆档案盒上，上面写着"CITADELLE MAZARIN（马萨林监狱）"，黑色加粗的大写字母。第一个盒子最重，但里面只放着一本大部头，原来是一篇博士论文！总共 700 多页，1957 年通过答辩，作者是达尼埃尔·萨杜郎，卡昂大学教授。博士论文的标题比较奇怪：《强盗之岛》。副标题是《1794 年和 1946 年期间莫尔塞岛监狱人口分析》。1794 年，这座城堡被改造成苦役犯监狱，也就是从莫尔塞岛押解到卡宴和其他海外领地的苦役犯中转站。1946 年被正式改造成监狱。

这篇博士论文是一个历史学教授一生的贡献。评委一致通过答辩。西蒙靠在阁楼的房梁上，以一种不舒服的姿势，全神贯注钻研这本 700 多页的大部头。除开论文答辩委员会的专家们……他应该是这本书的头一个读者。西蒙本来以为会是非常枯燥的文字，加上一大堆数字……然而，在读完了前言之后，他有种奇怪的感觉……

……非常的不自在。

达尼埃尔·萨杜郎博士论文的开头很奇怪，他提到了澳大利亚南部的塔斯马尼亚岛，这座岛跟整个比荷卢地区差不多大。塔斯马尼亚岛跟印度洋其他小岛一样，原住民是美拉尼西亚人。英国人想把整个小岛改造成监狱，就像是法国人对新喀里多尼亚岛那样。于是，塔斯马尼亚这座方圆 6.8 万平方米的小岛被改造成监狱。那里的囚犯可以种地，过上正常的生活……前提是他们不能离开小岛。就这样生息繁衍了好几代，当地的土著人因为苦役犯带来的传染病纷纷死去。最后，塔斯马尼岛成了罪恶之岛。他们抢夺妇女，繁衍后代。小岛后来向世界开放。如今岛上有 50 万居民。但是这些居民的祖先都是罪犯！

西蒙没花多少时间就找到了塔斯马尼亚岛和莫尔塞岛之间的联系。博士的第一部分导言解释得非常详细。1794 年至 1946 年期间，有 12538 名囚犯来到了莫尔塞岛。这里只是中转站，终点站是海外领地。囚犯们在这里待上几个月，等待从格朗维尔出发的船。但是达尼埃尔·萨杜郎研究过苦役犯监狱的文件，包括连续几任监狱狱长的报告、公证书、遗嘱，以及捐款。

他得出了一个惊人的结论。

大部分转移到莫尔塞岛上的囚犯都是政治犯、失宠的贵族、陷入文字狱的资产阶级、自由思想分子等等，大部分都是有钱的罪犯。也就是说监狱的大部分犯人都比小岛上的原住民有钱有势。原住民看着装甲车在警车的护卫下到达小岛，然后戴着锁链的囚犯坐上渡轮驶向新大陆。于是，这座小岛上滋生了一门赚钱的买卖。

那些有钱的囚犯可以付钱找人替他服苦役！

囚犯、农民、监狱看守和监狱领导串通一气，达成一桩桩地下买卖。当然最危险的囚犯是不可以做交易的。找人代替服苦役的囚犯也愿意待在小岛上。在大陆，他们是被四处通缉的囚犯；在小岛上，他们拥有相对的自由。这些囚犯除了可以花钱买到相对的自由，甚至可以买到最终的自由。只要最后从格朗维尔出发的船只上面的囚犯总数没错就行。有时候，有些人为了钱可以出卖一切。一个父亲或者一个儿子为了全家人牺牲自己。有时候，有些父母会卖掉自己的儿子。有时候，有些孩子会卖掉自己生病的父亲。有时候，岛上腐败的警察会偷偷找来一个醉汉或者流浪汉。

这种操作也不是莫尔塞岛独有的。根据历史学家的研究，这种人口交易在全世界的苦役犯监狱都存在。达尼埃尔·萨杜郎把这个秘密昭然天下。然而最大的问题不是作者在博士论文中暴露人口交易，而是交易记录。大部分历史学家认为苦役犯监狱的这种人口交易是边缘化的行为，仅限于守卫或者法官的个人行为。根据达尼埃尔·萨杜郎的研究，莫尔塞岛的情况比较特殊。这些交易直接由监狱的领导策划实施，而且持续了很长时间。在他看来，法国也仅此一例。最后，他判定有 15%~25% 的囚犯从没有离开过小岛，而是一直在岛上生活。也就是说将近 2500 人。有些人后来还把全家人都迁到了小岛上。但是大部分人都在小岛上结婚了。

2500 名囚犯在小岛上过着自由的生活，算不算多呢？

要知道这座小岛的居民总共才不到 3000 人啊！

博士论文 700 多页大部分都是证据。西蒙草草翻完了。一切证据看起来都有理可循。这个历史学家的工作太出色了！

西蒙直接翻到论文的结论部分。达尼埃尔·萨杜郎提出一个大胆的假设：持续了 150 年的人口交易导致这所小岛 40% 的居民祖先是囚犯。这还是保守估计……他观察到的只是官方数据，可以摸到的蛛丝马迹，例如：一个名字，一个证物。他无法追溯那些地下交易，肯定比正常交易数量更多。

这所小岛至少 40% 的居民祖先是囚犯。

这意味着什么呢？

达尼埃尔·萨杜郎让读者自己去推理。他补充说，不存在所谓的犯罪基因。我们可以天真地认为这些罪犯已经重新融入了社会，走上了正轨。日出而作，日入而息，照顾妻子儿女。

这是比较乐观的推测。

比较悲观的就是他们还会继续犯罪，他们的孩子也走上了犯罪之路，甚至是孙子辈……

达尼埃尔·萨杜郎的结论是：莫尔塞岛不是西西里岛。这里既没有有组织犯罪，也没有帮派之间的恩怨。小岛是座和平之岛。这里的犯罪率并不比其他地方高。但是几个世纪以来，一直有这样的流言：这座小岛是匪徒的后方基地。莫尔塞岛甚至被称作"强盗之岛"。大部分盎格鲁－诺曼底岛屿（例如：泽西岛、根西岛、萨克岛、阿尔德尼岛）是当年法国出让给英国皇室的岛屿，如今变成了厌倦了南部地区的英国富人外出度假的好地方，甚至是避税天堂。而法属诺曼底群岛

（例如：绍塞岛、塔堤乌岛、阿勒雷岛、莫尔塞岛）这些看起来比较破败的小岛，成了欧洲大陆上罪犯的避难所。莫尔塞岛还有一个相传几个世纪的宝藏传说，即疯狂马萨林。

无论如何，"强盗之岛"跟西西里岛不同，这里没有犯罪集团，它只是某些极端危险的法外之徒的避难地。但是这些个体之间并没有建立关系网。达尼埃尔·萨杜郎最后提了个问题：这座小岛如今变成什么样，谁又知道呢？

西蒙合上了博士论文，惊讶不已。他第一次知道了这座度假小岛背后的阴暗面。他手里拿着论文，下去找克拉拉，克拉拉还戴着耳机唱歌。

"啦啦啦啦……"

她懒得理他。西蒙给她讲了一下论文的大概内容。克拉拉心不在焉，一直盯着她的脚指头。西蒙说完之后，她勉强挤出一个微笑。

"你们这些读书人想太多了。"

她的反应激怒了西蒙。

"听着，克拉拉。这是件很严肃的事情。这是一篇博士论文。这个教授讲的都是有事实根据的。有 700 页证据啊！"

克拉拉叹了口气。

"卡萨，我在这里的沙滩晒了 30 年太阳。我不觉得我身边的人是连环杀手。"

"你是本地人，对吧？你应该知道一些情况的。比如你的邻居，或者你的家人？"

西蒙一下子说到了痛点。克拉拉突然爆发了："不要提我的家庭。"

西蒙找到了克拉拉的弱点。同时，他察觉到这个女秘书内心的波动。她也许还有很多没说出口的话？

"那你说清楚啊！"西蒙问道。

克拉拉叹了口气，有些尴尬，但很想一吐为快。

"没什么好说的，我父亲就是个浑蛋！他和我哥哥一起在大陆做了很多坏事，走私之类的。他们两个进监狱好多年了！"

"在马萨林监狱吗？"

"不，在欧洲大陆，巴黎郊区的监狱里。我的母亲伤心欲绝。我的两个混账哥哥把他们的父亲和舅舅当成英雄。"

西蒙犹豫了一下，还是忍不住开口：

"你看……"

"不要轻易下结论。"她开口辩护。

西蒙怪自己太过鲁莽。克拉拉陷入了沉思。他继续提问：

"你在学校的伙伴们呢？你认识这个小岛的原住民吗？他们的家庭情况跟你一样吗？"

"闭嘴。你太过分了……"克拉拉还不服气。

西蒙还在坚持。

"虽然没有人做过研究，但的确存在这一现象。莫尔塞岛保持着世界监禁纪录。没办法去证实，有些人也许是在别处犯的罪。"

"闭嘴！"克拉拉在椅子上咆哮，"你胡说八道。我现在觉得身边的人都是罪犯。我认识的人都是罪犯。"

"我没说错吧，这一个月来，你交往的都是混混。事实上，你没的选择。这个岛上的确只有浑蛋可选！"西蒙开玩笑说道。

"这个不好笑。"

西蒙感觉克拉拉在脑海里列清单，她认识这个小岛上所有的混混。他一下子击中要害。

"克拉拉，所有这些浑蛋，他们骨子里都流着罪犯的血液。你也是。走着瞧，总有一天，你也会犯下罪行！"

克拉拉哆嗦了一下。

她害怕极了，陷入恐慌之中。无可避免的家庭悲剧就是最好的证据。她穿着白色低胸衬衣和迷你牛仔裙。有一瞬间，西蒙想拥抱她，甚至是更深入的交流。但是，西蒙还是摇了摇头，虽然她很迷人，但是她年纪太大了。

克拉拉站起来，没法站稳。

"你一点儿都不好玩，卡萨。你说了这么多，别忘了这个岛上还有两个逃犯……"

"特别是其中那个什么若纳斯！让-路易·瓦雷利诺看起来还不算大奸大恶。这个若纳斯看起来对这个小岛很熟悉。在我看来，他一有机会就会甩掉让-路易。我们会在小岛某个角落找到你前同事的尸体。"

"你真是太过分了！"

西蒙突然又想起来一件事情。

"对了，我差点儿忘了。这个小岛的秘密宝藏是什么来着？历史学家提过的疯狂马萨林？"

克拉拉不太明白。

"你今天真是满嘴胡话。"

"拜托……"

"你不应该问我。关于疯狂马萨林，你得去问德尔佩什。"

好的，德尔佩什……西蒙知道克拉拉跟这个小岛记者有一腿。他一直通过克拉拉打探市政府的内幕消息。德尔佩什非常注重独立调查精神，他觉得自己有义务维护小岛的民主和正义。克拉拉是他的内线。西蒙知道他们之间的交易。

克拉拉是极致的浪漫主义者。她期待的是烛光晚餐和沙滩散步，然后再谈正事。而德尔佩什是实战派，他只想要消息，而且越快越好，不想浪费时间。这是他们两个之间的游戏，克拉拉给西蒙讲过。

德尔佩什想从她嘴里套消息，而克拉拉让他苦等。有时候，德尔佩什实在等不及了想发火，说他可以去别处套消息。有时候，他喝过开胃酒就离开餐桌，而克拉拉完全摸不着情况。克拉拉也不是省油的灯，她一直吊着他的胃口。在餐厅里留下线索，等他来夜总会。"晚一点儿，亲爱的……"有时候，德尔佩什看看表，温柔地注视着她，向她许下美好的承诺，她就在吃甜品和水果期间随口说几个小道消息。但是最后，晚上11点，她还是独自一人回到家中。

德尔佩什和克拉拉之间的故事，都可以写一部小说呢！

"所以说，关于疯狂马萨林，德尔佩什是这方面的专家？"西蒙继续问道。

"每年夏天，他会把这个故事拿出来讲。我记得还是他让这个宝藏传说重见天日。关于宝藏的故事很吃香，你知道的。我从没了解过细节，但是你在这几年的《小岛人》上会找到很多相关内容。"

"的确是卖点。"

"什么？"

"没什么，你继续。这件事情是真的吗？"

"你说呢？这是吸引游客的诱饵。古老的传说而已。我一直听说地下埋着宝藏。"

"谁是疯狂马萨林？"

"我不清楚，肯定跟马萨林有关。可能是一个知名的画家吧！"

西蒙想了一会儿，他觉得她是故意的。

"是主教！或者说总理，就是广场上的那尊雕塑！"

"好了，别把我当成笨蛋。有个叫马萨林的人来到莫尔塞岛，他在信里提到小岛上有财宝，法国所有的王储都眼红。但是马萨林认为找到这笔财宝的人会在揭晓秘密之前死去。据说本世纪初，岛上有个年轻的农民找到了财富，然后他出发去参加"一战"，就再没有回来，也没有后续消息。德尔佩什每年夏天把这个故事拿出来讲。听信这个传说的游客们拿着铲子去小岛各个角落挖财宝。你也清楚谁都没有发现宝藏……"

西蒙对财宝的事情很好奇，他要跟德尔佩什好好谈谈。

莫尔塞岛的历史，宝藏的传说，还有两个在逃的囚犯。仅仅几个小时，这座无聊的小岛变得非常有趣。西蒙精神振奋，而克拉拉看起来很沮丧。

"克拉拉，你要振作起来。"

"你就是个孩子，卡萨。"她反驳道，"我一告诉你这个小岛上有两个逃犯的事，你就开始浮想联翩。市长不想通知任何人，也许他这样做很蠢。但如果出了什么纰漏，这就是丑闻啊！你居然还为此感到开心？"

"你也应该开心起来，克拉拉。"

克拉拉看着西蒙，不太明白。

"为什么呢，卡萨？"

"首先不要叫我卡萨，我叫西蒙！你是故意的！我其实在马萨林监狱门口就见过德尔佩什，他早就发现事态不妙，甚至想从我嘴里套消息。如果他来市政府套消息，我也不会吃惊的。"

"你瞎说！"克拉拉突然一脸严肃，"我什么都不能说，我会被解雇的！"

"没错。你知道内幕，而他不知道。那两个逃犯被抓住之前，你可以趁机要挟你的德尔佩什，让他为你准备玫瑰花束、烛光晚餐……"

"还有威尼斯旅行！"她补充说，精神振奋。

西蒙来到了市政府的楼梯平台，呼吸着户外的新鲜空气。贴着"小岛人"LOGO 的车子早早停在市政府前。德尔佩什在人行道上抽着烟，神情放松。差不多晚上 7 点，市政府快关门了，克拉拉也要下班了。迪迪埃·德尔佩什向西蒙点头示意，没有开口说话，就像是在等待猎物的捕食者。

二　強盗之岛

11. 无礼之词

晚上后半部分过得很快。跟往常一样，只能洗冷水澡。这些天，我洗完澡挂在挂钩上的衣服要么被打湿，要么掉在地上。

有时候，衣服先是被打湿，然后掉在地上。

今天还好，短裤和 T 恤只是被打湿。晚餐还算凑合，五个女孩之中有两个负责做饭。土豆牛肉糜差不多熟了。然后是守夜。阿尔芒过来找我玩塔罗牌，我跟他说我要去睡觉了，他瞪大了猫头鹰般的眼睛看着我。

"才九点一刻。"

我一方面不想被打扰，一方面想保持神秘气息。

"我得合计一下，阿尔芒，不好意思。"

"合计？什么意思？"

"阿尔芒，今晚我身上发生了不可思议的事情。一件疯狂的事情。我得好好梳理一下，制订一个计划。"

"一个计划？"

我认识的阿尔芒可不是复读机，看来这一次他是真蒙了。

"是的，一个计划，而且我还需要你。"

"没问题。"

但是他接着补充说：

"我还有点儿私事。瓦妮莎这姐太火辣了。我晚点儿再来帮你。"

阿尔芒认为我小题大做。等我明天早上告诉他真相，他就知道我不是在吹牛。

阿尔芒留下我一人。其他人组队在玩，有些在聊天，有些在弹吉他唱歌，还有一组在踢足球。我一个人挺好，趁机梳理一下自己的头发，有点儿长，但还不够叛逆。然后刷牙，脱掉 T 恤，一个人钻进帐篷，那里是我们 12 人睡觉的地方，用帘子隔成两部分，一边 7 个男孩儿，一边 5 个女孩儿。我钻进自己的睡袋，整理思绪。

我感觉到莫大的幸福。并不是因为父亲还活着这个事实，那种因为深爱的人重生而感受到的欢欣之情。

不，这不是我现在的心情。

父亲在我记忆中的模样，只有几幅闪回的画面。

什么都没法让我开口说"我爱过我父亲"。

这种行为很可怕吗？

我没有答案。我只知道这种遗失又寻回的爱不是重点，重点是整个事件的逻辑关系证实了我的直觉和猜想。它们不是幻觉或者梦魇，它们是真实发生的事情。

我是对的！

这份信念给予我无穷的力量。我感觉全身都充满了力量，感觉自己比夏令营其他男孩儿和女孩儿更加成熟。本来我孤儿的身份就已经是一团糟了……这一切超出了我的预期。阿尔芒的塔罗牌还有恋爱计划，马迪哈的风凉话和她在港口周边商店偷来的太阳镜……这些青少年的恶作剧在我看来很幼稚。他们的野心是可以预见的。他们还在讨论最新的电影《密林终结者》《布莱尔女巫》等。这些对我来说都是过去，我已经对这种青少年体裁的惊悚片无感了。

我就是电影本身。

我就是男主角。

058

机会来了！机会来了！一个青少年发现自己比他的同辈人在音乐、运动或跳舞上更有天赋，这样的青少年最后绝不会是平庸之辈。16 岁的人生太精彩了！按照这个剧本去演，将来一定是天选之人！

其他 11 个人都去睡觉了，男孩儿女孩儿分开睡。我装作睡着的样子。从 6 岁开始，我就是装睡冠军。我可以在睡袋里憋气很长时间。放慢呼吸，身体有规律地起伏，翻身，打呼噜。但其实我在暗中观察。我可擅长装睡了！

"他睡着了吗？"

这是马迪哈的声音。她等到其他人睡着了，就离开女生宿舍区，来到男生这边的空床闲聊。不是为了引诱某个男生，整个营地的人都知道她在跟一个 18 岁的男生交往，那个男生住在鲁昂郊区的白色城堡区。她更喜欢跟营地的男孩子聊天，不喜欢女孩子一起八卦。马迪哈是女生中的大姐大，我们团体的主心骨，睡前卧谈的领头羊。

我憋住笑。马迪哈以后会明白，她住在郊区，她的房子，以及坐牢的兄弟们，这一切跟我的境遇相比不算什么。

传统仪式开始了。放屁比赛，黄色笑话，还有风凉话。

大家在帐篷里开无聊的玩笑，然后哈哈大笑。我也是。我学会了在睡袋里憋气笑。

过了一阵，我听到外面的脚步声。马迪哈赶紧溜回女孩子这边。不一会儿，男孩子这边手电筒的光亮起来。悠悠骂道：

"你们还有完没完啊！不要每天晚上都这么热闹好不好？"

"哦，够了，我们可不是僧侣。"约翰说。

"但是其他人要睡觉啊。这叫作尊重。"

"谁要睡觉啊？谁？"雨果继续问道。

这个讨厌的悠悠把手电筒照在我身上。

"例如科林·雷米。"

真该死，悠悠，我可没求过他什么！

"他9点就睡了，因为他累了。这可不是好笑的事！"

这个悠悠真是蠢货！如果我不是在装睡，我就从睡袋中钻出来让他把手电筒吞掉。冷静，我是装睡大师，一切都在我的掌控之中。

"我们还有活儿要干，"悠悠继续说，"我们要准备明天的行程。请你们合作点儿，安静点儿聊天。"

帐篷里又是欢声一片。

"好的，悠悠，我们安静点儿聊天。"凯文回答。

悠悠相信了他。

"我相信你们，孩子们，我们也累了。"

大家都回复"好的"，悠悠满意了。他从帐篷走出去，但是阿尔芒又继续。

"下一次也许是斯蒂芬妮来看我们？"

约翰说：

"不可能，她已经脱光了。"

"没事。"一个匿名的声音说道。

阿尔芒继续：

"请你们合作点儿，孩子们。让悠悠去找斯蒂芬妮。他说过了，他们两个有活儿要干……"

又是一阵狂笑。悠悠很气愤地冲进来。

"如果你们还不停止恶作剧，接下来就是杜瓦尔神父。"

没有人敢再开玩笑。

杜瓦尔神父是没人敢惹的，就连马迪哈和阿尔芒也不敢。没法预知他的行为，但是大家都知道他是如何惩罚不听话的人。杜瓦尔神父很少出门，基本上是悠悠帮他传话。我很少参加夜间谈话，但我欣赏这个活动。今晚除外。悠悠惹恼了我。他一离开，马迪哈就掀起帘子，来到男孩子宿舍这边。

她第一个开口说话，声音很小，几乎是耳语，为了不把我吵醒。

"这个家伙气死人了。我了解这种浑蛋，要让他明白我的厉害。"

她说的是我。

不回答，装睡，然后适时回击。

他们声音越来越小。有人在开玩笑，其他人没有回复，还有人问："嘿，你们睡了吗？"几乎是耳语。终于都结束了。

所有人都睡了。

我在睡袋里听到了有节奏的呼吸声。只有几天时间了，蒂埃里和布丽吉特星期六就来。我必须在他们到达之前找到我父亲。接下来就是最棘手的事情。如果跟他们正面对峙，该相信谁？要提前做好准备。

我把问题清单列出来：我父亲在岛上做什么？他住在哪里？他现在叫什么名字？最重要的是——为什么其他人告诉我他10年前死了？

一切从零开始。所有细节都有待证实。名字和地点是最容易确认的，给奶奶马德莱娜打电话。去拜访保姆马蒂娜，如果她还住在岛上的话。去圣－安托万修道院寻找蛛丝马迹，了解10年前的那场事故，寻找跟父亲有关的线索。去找圣－阿让《小岛人》的记者，他们肯定有档案。我现在缺少的不是方案，也不是决心。

我现在缺少时间。

一个小时的自由活动时间是不够的，怎么办呢？跟杜瓦尔神父或者悠悠解释一下吗？或者直接把一切告诉蒂埃里和布丽吉特？从现在开始，每一步都很关键。或者跟斯蒂芬妮说一下？为什么不呢？看起来似乎没什么风险。她应该不会取笑身为孤儿的我。

干脆离家出走？

就这样办！但是调查工作得去公共场合，我一个人躲起来无济于事。再说，一个小岛可以躲去哪儿？……所以，唯一的解决方案就是让几个小伙伴给我打掩护。

明天我尽早离开营地。如果大人找我，伙伴们就说"科林？他在帐篷里睡觉"，或者是"他去尿尿了，一会儿回来""我五分钟前看见他了，他去寄信了""他在营地某个地方读书吧，他想一个人待着"。

阿尔芒是绝佳人选。他会明白这一切的。他撒谎水平无人能及，想象力超群。唯一的问题是我们两个在一起混了太长时间，臭名昭著，他没法帮我掩护太久。我的缺席很快就会曝光。

还需要另一个同伙……最好是找个机灵点儿的，而且有勇气帮我在悠悠甚至是杜瓦尔神父前辩护的家伙。没人会怀疑他/她。他/她的名字就是担保。

马迪哈。

没错，团队首领是最佳人选。

我去说服她吧！

现在是凌晨 2 点。

马迪哈蜷缩在床上，我把她摇醒了。她睁开了困倦的眼睛。

"你真的跟阿尔芒在一起吗？"

她花了一会儿时间才确信自己不是在做梦。有那么一会儿，她想抓住我 T 恤的领子，然后狠狠揍我一顿。我往后退，低声说道：

"你真的跟阿尔芒在一起吗？"

马迪哈出于本能也轻声说道：

"你干吗？"

"你好像跟阿尔芒在一起了。"

"你把我叫醒就是为了说这件蠢事？"

她坐在床上。那姿态让我想到了蟒蛇，直立起身准备咬人。

"不是蠢事。阿尔芒亲口对我说的。你们还在厕所里接吻了，我也看见了，所以想确认一下。"

"你有病吧……我们会杀了你！"

我坐在她床上，没问过她是否同意。

"'我们'是谁？我想其他人只会把这事当成笑话。你知道的，那些男孩儿就是那德行，女孩子也好不到哪儿去。阿尔芒最会添油加醋了，他想象力可丰富了。你的威信会一落千丈！别忘记你在外面的男朋友，如果他听到了这个流言……"

她的两只黑眼睛射出刀一样的光。

"我知道你在耍什么花招。等着，等我起来找到我的那把小刀，再来收拾你。"

"你去吧，在此期间，我要在你的床上尿尿。"

"你说什么？"

"我想你听明白了，我要在你床上尿尿。或者是明天早上，等大家都去洗手间的时候……或者是半夜你睡着的时候。"

马迪哈完全蒙了。

"你是变态吗？等天亮了，我要召集一个人民审判团，我们会审判你。我要把这一切告诉其他人，我相信他们会制裁你。"

我勉强挤出一个微笑，自信满满。至少看起来是的。

"你认为他们会相信你吗？睡觉时都握紧拳头的人居然敢在你的床上尿尿？你认为他们会相信这一切吗？他们会假装相信，为了讨你开心，但是背地里话可狠了，天不怕地不怕的马迪哈在自己床上尿尿了。"

马迪哈明白了。眼镜蛇的身子软了下来。我猜测她此时的想法是：和阿尔芒接吻这个传闻，跟尿床相比，后者更可怕。她没法自圆其说。她的解释、论证或者威胁都很难说服其他人相信她。

"我要杀了你。"马迪哈眼镜蛇准备最后一跃，"不需要其他人，我自己搞定你。"

"别动！否则我会发出声音，吵醒其他人。我一个小时后再来，明天再来，后天还来。你没法监视我。"

马迪哈若有所思地看着我：这就是我想要的。她在我身上察觉不到害怕的气息。她应该可以辨别我的决心。她应该很吃惊我是个意志坚定的人，她今天才发现这一点。

"你想干吗？因为我之前那样对你吗？"

"不，不是那事。我不在乎。"

我安静片刻。

"你得帮我，马迪。"

她盯着我，我明白她把我当成一个危险的疯子。这样更好。

"我帮你？"

"是的。"

我把我的故事全盘托出，大概花了半个小时。她看起来很累，但是她全部听进去了，而且很着迷。她一点儿都不怀疑我，还提了更多问题："你确定他是你的父亲？"我在她眼中成了一个神秘人物。我感觉她可以帮我做任何事。能做我的同伴，她为此很骄傲。等到我要回到自己床上时，她回复道："好的，科林，我帮你打掩护。你找我帮忙是对的！"

她开玩笑说道："没必要威胁要在我床上尿尿，还杜撰我跟阿尔芒接吻那破事。"

"你很聪明，"我回答，"我还想造谣说你跟女孩子们在床单下玩亲密游戏。"

"谁跟你说我没干过这事？"

12. 午夜游泳

2000 年 8 月 16 日，星期三，晚上 11 点 49 分

莫尔塞岛，红宝石湾

"你来游泳吗？"

康迪斯躺在西蒙身旁。她穿着一条土黄色裹身短裙。沙滩上乌黑一片，只有远处路灯的反射光。她的裙子和沙子混成一色，西蒙只看得见她白花花的大腿。她一只胳膊从西蒙的胸前滑下来，试图解掉他衬衣的扣子。金色的头发消失在夜色中，曼妙的身材，若隐若现的微笑，还有猫一样的眼睛。

西蒙一动不动。他一直在想另一件事情，就是那篇说莫尔塞岛是强盗之岛的博士论文。他跟康迪斯讲了一部分内情，但是没有给出细节或者名字。她很耐心地听，还想知道下文。但此时心不在焉的西蒙激怒了康迪斯。

她解扣子的小花招，好像没有奏效。

"康迪斯，你是在修道院遗址的前台工作是吧？"西蒙问道，"你是历史系学生，对吧？"

西蒙衬衫的第一颗纽扣爆了。一只手伸进去。冷冰冰的手链让他哆嗦了一下。

"是的，研二。我在写一篇关于古代暴君的论文，确切地说是关于希腊科林斯城的佩里安德。他是一个暴君，杀死了自己的母亲和妻子。我不知道论文的结论会是什么。至少我找到了一份修道院前台的工作，而且是在夏天的海边……好了，我们去游泳好吗？"

第二颗纽扣也爆了，那只手继续往下滑。手链在他的皮肤上滑过。西蒙还在坚持。

"你知道圣 - 安托万修道院的历史吗？地下宝藏，马萨林？"

第三颗纽扣。

"老大，我在度假啊！我来找你不是谈这个每天只有十个游客来访的修道院废墟……你知道的更多，不是吗？你是负责小岛安全的，你应该给我爆料才对，比如谋杀这种更刺激的事情。"

"别想太多……我什么都不能说。抱歉，这是机密。"

"随你。"

康迪斯的手指在西蒙胸前的金色胸毛上游走，突然她把手拿开了。

"你不去游的话，我去！"

康迪斯一跃而起，裙子脱落在脚边，悄无声息。

美人知道自己的撒手锏是什么。

什么强盗之岛，逃犯若纳斯·诺瓦科斯基和让-路易·瓦雷利诺，还有马萨林和僧侣们都消失在西蒙的脑海里。他彻底缴械了。白色胸衣，蕾丝花边，西蒙现在才看清楚康迪斯黝黑胳膊上的吊带。

年轻女子彻底俘获了西蒙。她很自然地脱下最后一件，胸衣瞬间滑落下来，消失在夜色中。

西蒙的心怦怦直跳。

美人就像跳芭蕾舞一样抬起一条腿，蕾丝内裤沿着大腿滑落下来。

西蒙有些不好意思地回过头。

片刻的停顿。

突然，蕾丝出现在他面前，盖住了他的眼睛、鼻子和嘴巴。

这是致命一击。

女妖微笑着，消失在红宝石湾的夜色里。

"可是……不可以……裸泳。"西蒙结巴了。

抗议无效！

康迪斯转过身，投向大海。

海浪涌上来，打湿了离他们20米远的沙滩。泡沫勾画出突变的线条，就像是被扔进大海的草稿，冲向陆地，我们可以远远地看见它的微光。

西蒙坐在沙子上，完全无法移开视线。他盯着那渐行渐远婀娜多姿的背影。

太完美了。

康迪斯的身影在黑夜里若隐若现，就像一尊女神像。

她消失在水中好几分钟。西蒙还在担心，正准备加入她。

突然她再次浮出水面，微笑着，全身湿漉漉的，叫西蒙也下水。

海水沿着她的身体往下流。

康迪斯走出水面，一只手滑过贴着身体的头发，将自己的脸和乳房献给月亮，也献给眼前的这个男人。

这一切都是事先准备好的，西蒙不是蠢货。每个细节都计算过，他不过是猎物。不过他无所谓，只要有属于他的专场时间就行。

康迪斯慢悠悠地走着，就像是只性感的螃蟹在爬行。仿佛沙子也被她引诱了，不让她脱身。

仿佛情色明信片上的女明星，落日背景下完美的肉体，西蒙心想。

莫尔塞岛宣传片。

这副火热的身体马上就会属于他。

西蒙还是按兵不动。康迪斯继续前行。

太慢了。西蒙等不及了。

她晒成古铜色的身体看不见一丝瑕疵。她一整天都待在柜台后面，是怎样做到的？

女性真神秘啊！

还有几厘米。

她终于站在他面前。让人如痴如醉的康迪斯是一位地地道道的金发美女。

她一下子把西蒙推倒了，用磁性的嗓音说道：

"那么，我亲爱的侦探先生，还有什么不能说的调查内幕没告诉我？"

湿漉漉的裸体贴在西蒙身上。

她在他嘴巴上落下一个吻。

"亲爱的布鲁斯·威利斯①，你现在是我的了……"

她继续往下亲，西蒙闭上了眼睛，局促不安，手颤抖着，不知道

① 布鲁斯·威利斯（Bruce Willis），1955年3月19日生于西德，美国演员、制片人、歌手。知名动作电影明星。

是该碰触康迪斯的屁股，还是去解开他皮带上的纽扣。

爆炸声撕裂了夜晚。

是枪声。

就在几米远的地方。

西蒙本能地抱紧了怀里的玩偶。

然后是寂静一片。

"等一下我。"

西蒙的语气不容置疑。康迪斯还躺在沙子里，浑身发抖。

西蒙在沙里爬行。

枪声是从北方传来的。是火器，没错。在半暗半明之间，前方辨识度很低。

他想了一下，开火处比较远，是风声把百米远的枪声带过来的。红宝石湾是这个小岛最大的海滩，海岸线延绵数公里。西蒙继续向前爬行。半夜海滩上的枪声，两个逃犯，若纳斯·诺瓦科斯基和让－路易·瓦雷利诺，他把这些线索联系起来，决定去看个究竟。

第二声枪响让他停下来。

西蒙躺在沙滩上一动不动，把嘴巴里的沙子吐了出来。

第二声枪响还是来自北方。10米？ 50米？ 100米？

如何确认？

西蒙瞪大了眼睛。

老天爷！他现在明白了。

就在20米远的地方。

他面前的沙地上有两具尸体叠放在一起。

西蒙毫不犹豫继续往前爬。就在前方几米远，甚至还在杀手的射程范围内。

他就是一个绝佳的靶子。他简直疯了！

但他还在继续往前爬。他的手放在第一具尸体上。灰色的帆布外套。西蒙浑身哆嗦了一下。这是他第一次碰到一具尸体，居然还是热的。

就像是……

尸体突然坐起来，胳膊在黑暗里挥舞，疯狂地拍打着西蒙的胸膛。在摔倒之前，西蒙抓住了外套的下摆。两个人在沙滩上扭打起来。西蒙抢到先机，抓住对方的胳膊，把他反手扣在背后。

"别动，不然我扭断你的手。"西蒙说道。

对方用另一只手抓住西蒙的头发。西蒙大叫一声，松开了手。然后对方一脚踢中了他的肚子，让他哇哇叫。那人想站起来，但是西蒙扣着他不放手，继续扭打成一团。西蒙的拳头碰到了对方的肩膀和胸部。对方比西蒙重十几公斤，狠狠咒骂道："龟孙子……"

西蒙叹了口气，后退一步。

"安……小岛公路安全负责人。"

神奇的话语。

对方突然定住不动。两个男人打量着对方，冷静下来。一个女声打破了沉静，就在他们身后2米。第二具尸体居然也是活的。

"德尼，住手！"

西蒙吓傻了。他面前是个50来岁的男子，啤酒肚，衬衣也撕碎了，秃头上的汗水流下来，看起来是个狠家伙。他身后的女人应该跟他差不多大，胸前抱着半长的外套。西蒙的眼睛掠过沙滩上散落的红色丁字裤，旁边还有一条红色的裙子。

女子哆哆嗦嗦，羞愧不已。

"你们……你们也听到了枪声吗？"西蒙极力掩饰自己的尴尬之情。

"呃，是的。我们不知道哪儿传来的，我们以为是朝我们开枪。特别是第二枪……为了保护我的苏珊，我们扮成了尸体。"

沙滩上一片安静。没什么事情做，只能等第二天早上再看情况。

也许还有其他证人、其他情侣在场。

也许还会在沙滩的某处找到一具或者两具尸体。

13. 多疑的猫头鹰

2000 年 8 月 17 日，星期四，凌晨 2 点 47 分

莫尔塞岛，半岛营地

我再次躺下，感觉到内心的力量在涌现，什么都无法阻止我。

凌晨 5 点，大家还在睡，包括马迪。我把阿尔芒叫醒了。他还是睡眼惺忪的模样。在我跟他解释的过程中他睡着了好几次，我只能一次次把他摇醒。我试着省去了一些悬念，没有立马说出我父亲还活着。就当我快讲到马迪床上的那段插曲，还有我编造的他们之间的绯闻时，他突然醒过来了。

"你没这样做吧？我才不要跟瓦尔基里一起！"

"什么瓦尔基里？"

"就是北欧神话里的女战神，会把男人拖到地狱去。"

"马迪不是这种人。"

"别担心，我了解你。"

我缓了口气，继续往下讲，就是我威胁马迪在她床上尿尿的事情。在他看来这简直是难以置信的骑士行为。最后，我讲到了白色的福特车，父亲还活着，他当时在开车。阿尔芒的反应是我意料之外的，他直直看着我的眼睛。

"科林，你在说胡话！我一点儿都不相信你的故事。"

"什么？你不相信？"

"不，我才不相信。"

"你觉得我在编故事？"

"不，我不觉得你在编故事，或者是撒谎。我想你搞错了。首先，你怎么能认出你的父亲？你10年没见他了。你6岁的记忆靠谱吗？"

"不，6岁的我记得很清楚！父亲的脸，这10年来我一秒钟都没有忘记。我每天早上和晚上都能看见他。父亲去世几天后，舅舅和舅妈给了我一张父母的照片，一张镶框的照片。我放在床头柜上。他们虽然从来不提我的父母，但也不想我完全忘记他们，他们给我留下一张全家福。父亲、母亲和我，我们三人在莫尔塞岛的太阳下，站在修道院前，咧嘴大笑。一张大特写。所以……"

"好吧……"

"差不多1年前，在翻看舅舅的抽屉时，我发现了一盒照片。我从出生到6岁的照片，还有我父母的十几张照片。在小岛上拍的，甚至还有之前的结婚照和度假照。我还发现了一段视频。"

"视频？"

"是的。我舅妈在小岛上拍的视频，就两三分钟。"

"视频里有什么？"

"没什么。一群成年人在室外喝酒，坐在修道院的废墟里。视频里的我大概五六岁，在一旁玩耍。"

"视频里有你父亲？"

"是的。"

"你父亲和母亲？"

我犹豫了一下，回答道：

"是的。"

没错，我立马认出了视频里的父亲和母亲。母亲一直在笑。她拿着一个大托盘，给客人们上菜，一脸幸福的表情。但是父亲没有坐在她身边。他在桌子的另一头，坐在一个年轻漂亮的红色短发女孩儿旁边。摄影机拍到了所有的宾客。父亲在桌子下方摸那个年轻女子的屁股，后者居然没有露出被冒犯到的表情，这一切母亲都没有看到。之后，父亲的手还悄悄地滑到了女孩子的裙子里。根据我在画面里的年纪，我推测出这段视频拍摄于我父母去世前几个月。

"10年了，人都会变老。"阿尔芒还在争辩。

"不是的。35到45岁期间，人变化不会太大。再说我知道就是他，你不相信我吗？"

阿尔芒还没有被说服。

"你会找到你要找的！因为你的先知母亲对你说过你会找到你父亲的。你认为你父亲还活着，但是她说的地方是天堂。拜托现实点儿！你太想找到你父亲了，于是出现了一个长得像他的人，你就觉得是他。就像是小鸭子破壳而出，睁开眼睛，把看到的第一个物品当成是妈妈，不管是轮胎还是鞋子。拜托现实点儿！"

"我母亲不是先知，阿尔芒。还有很多证据。"

阿尔芒从床上坐起来，那笑容就像是预审法官看着黑手党的律师在辩护时的表情。

"你说吧，我听着！"

"你看啊，舅舅和舅妈知道我父亲还活着。他们从没有提起过，但是他们还是暴露了。我有几次在电话里听到他们跟莫尔塞岛上的老朋友聊天，比如说：跟他问好。告诉他一切都好。科林一切都好。然后我就问他们：'这个他是谁？'他们回复说：'没有谁，你不记得的。'"

"你把这个称之为证据？"阿尔芒打了个哈欠。

我真是被他气死了。马迪就完全相信我，没有任何质疑。

"比如说他们用现在时讨论我父亲，'让在这里，让的想法是……'，但是他们从不当着我的面提及他的名字。他们在我睡着的时候才提。这么久了，我跟你说，我可是装睡高手。"

"你运气不错。"

阿尔芒眼皮在打架了。我摇了摇他的肩膀。

"嘿，我还没说完！我还有其他证据。我还发现了一些署名为让的明信片，在舅舅舅妈卧室的衣柜里找到的，夹在一个旧的家庭相册里。

我翻箱倒柜，找到了十几张明信片，都是这 10 年间寄的，第一张是我 7 岁前寄出的。所有的明信片都是从莫尔塞岛周边的海滩，或者拉芒什海峡附近的城市寄来的。每次都是同样的风格：天气很好，除了风很大。一切都好。我希望你们也好。我想念小家伙。你听好了，每次的落款都是：让。你怎么看？"

阿尔芒的回复让人无语。

"拉芒什海峡不止一个叫作让的家伙吧，再说你也不认识你父亲的笔迹。"

这个家伙睁着眼睛说瞎话，真是气死人了！

"好吧，如果只是普普通通的明信片，有必要藏起来吗？"

"我不知道，大家都这样做，不是吗？收集物品。"

"等一下，有一次我还在蒂埃里衣服的口袋里发现了一张布丽吉特写的字条：让打过电话。明天在科林上戏剧课的时候给他回电话。我可不是瞎掰的。"

阿尔芒又打了个哈欠，看着手腕，似乎在找那个看不见的手表。

"你真想知道我的想法吗？如果你无时无刻不在监视你舅舅和舅妈，还翻箱倒柜，那是精神出了问题，应该去看心理医生。"

真是无稽之谈！

"你气死我了！还有我的奶奶马德莱娜，她是唯一会在我面前提及让这个名字的人。每一次，我都会跳起来。我明白她这样做会让舅舅和舅妈感到尴尬。他们偷偷示意她不要当着我的面说这些，但是她一直说个不停，而且用现在时谈论我父亲，总是说一些赞美的话。比如：你父亲是一个充满想象力的人，就像你一样。蒂埃里马上投去一个愤怒的眼神，但是……"

"你为什么不跟他们说这事呢？"阿尔芒打断了我。

"跟谁说？"

"跟你的舅舅舅妈说啊！而不是你父亲的幽灵。他们星期六到吗？是为了给你庆生？你期待了很久的啊！"

我一下子暴走了，差点儿吵醒其他人。

"你还不明白吗？他们隐瞒了10年，撒谎10年，那是有原因的。这是一件重要的事情，甚至是一件很危险的事情。他们不会随便说出口的！"

"你说得对。"阿尔芒小声嘀咕，"我是不明白，但如果你需要，我还是会帮你的。因为我觉得很有趣。但是不要指望我会相信死而复生的故事。"

阿尔芒转过身继续睡。他也是装睡高手，不是吗？

我回到自己的床上。

等等，星期六我跟舅舅舅妈讲这事，这样做不是更直截了当？

只不过这是不可能的。

10年沉默不语，最后也是开不了口的。

阿尔芒不懂。他太理智了，过于早熟。我没有一刻不在想也许他说得对，这一切都是我编造的，我把幻想当成了现实。

可是马迪相信我。

清晨6点，我睡着了。

一阵可怕的笑声把我惊醒。

一个影子在我上方。我看不清对方的模样，只能看到一双红色发狂的眼睛。

然后有人在大喊："疯狂马萨林，疯狂马萨林！"

没有脸的影子贴近了我的脸，就像是要把我的脸吞噬掉。

我看了一下四周，其他人都不在床上。

我掐了一下自己，想证明这是个梦。

但是我没有在做梦。

我醒着。

独自一人在帐篷里面对这个怪物。

14. 走漏消息

2000 年 8 月 17 日，星期四，8 点 30 分
莫尔塞岛，圣 - 阿让港口

　　西蒙·卡萨诺瓦这两个月住在一间单人公寓里，位于大科莫兰酒店上方。他昨晚没怎么睡，大概只睡了 5 个小时。前一夜，红宝石湾发生了走火事件，他后来去找康迪斯。她还在原地等着他，浑身赤裸，就像是在进行月光浴。他们匆忙做爱完事。他觉得自己表现比较笨拙，脑子里一直在想逃犯和枪火。他们凌晨 1 点左右分开，康迪斯上午 9 点在圣 - 安托万修道院遗址的前台上班。她看起来对昨晚比较满意，约定了今晚再见面，这一次是在她的单人公寓约会。

　　西蒙不想去揣摩对方的心态。他来到广场，被《小岛人》的海报吸引住了。迪迪埃·德尔佩什习惯一大早在莫尔塞岛路边贴上红白相间的海报，上面印着"小岛人"几个大字。

　　这天早上，报纸新闻的大标题一目了然：

　　莫尔塞岛大恐慌：两名逃犯在外！

　　西蒙在吧台买了一份报纸，没有理睬店家想搭话的意图。他往前走了一段路，来到了 5-20 广场。

　　整个小岛醒了。《小岛人》点燃的火堆要爆炸了。

　　在出发去市政府之前，西蒙决定在广场的矮凳上坐一会儿，那里正对着马萨林主教雕像。他专注地看着《小岛人》的头条新闻。主编德尔佩什的动作很迅速。那是克拉拉走漏了消息吗？

　　西蒙的思绪飘走了。

　　他想到了前一夜沙滩上的枪声。他在这次逃犯事件中可以扮演一个什么角色？什么忙都帮不上，除了可以通知警察。然而他想自己展开调查。

　　如果真的有机会……

西蒙并不觉得自己比其他人更聪明或者更狡猾。但是他有一个优点，是他自己专门下意识培养的，那就是决心。他有时候倔起来就像头驴。9岁的时候，他就可以完成圣-米歇尔山2000张的拼图，最后300张拼图花了一个月，全部是蓝天的图案。高三那年，从12月到5月，他一直在追一个女孩儿，那个女孩儿既不性感也不迷人，只不过是她没有一直答应他的追求而已。他整整追了她6个月，结果在她同意后一个星期就厌倦了。去年还在学校时，他整整缠了他的公共法授课老师半个月，直到老师把私人邮箱和手机电话给了他，因为这个老师忘记给他的作业加半分。虽然总分已经达到了平均分，但是对他来说这是原则问题！他最后在车站月台上堵住了这个老师，亲手把作业交给了他……拿回了那半分。接下来那一整年，这个教授还有学院行政人员对他埋怨不已。

西蒙把报纸合上，然后步行来到市政府。

他想到市长还有马萨林监狱长看到《小岛人》头条的反应就想笑。国家机密暴露了！市长加西亚肯定会比原定时间更早离开多米尼加共和国。干得好！他迟早要还债的。

西蒙在院子里的砾石路上走着。视线落在市政府的三角楣上，上面只刻了"自由"两个字，"平等"和"博爱"被抹去了。西蒙一直想知道这是怎么回事，但是没人能够给他确切的回复。没地方吗？没钱吗？是忘了，还是意外？有人故意破坏？

有些导游会在游客面前以略带嘲讽的口气提及这个小岛的独特之处。从昨天开始，在读过那本关于小岛囚犯的博士论文之后，他又做出另一个推理：如果这个小岛的市长，不是现在这个加西亚，而是建造了市政府的那个市长故意刻了"自由"这个词呢？这些囚犯的后代是不在乎平等和博爱的！

西蒙试着冷静分析目前的局势。

这一切都是过去！

目前重要的是小岛的现状，今天早上的异常骚动让他想到了克拉拉。

可怜的克拉拉，是她泄露了消息吗？

女秘书坐在电脑桌前，面前的电脑没有开，一副垂头丧气的表情。果然是她，西蒙立马猜到了。

克拉拉也买了一份《小岛人》，报纸放在她的键盘旁边。

今天没有唱K，西蒙心想。

"你好，克拉拉。"

克拉拉没有回复。

"你不说话？你没睡好吗？"西蒙继续问。

"我睡好了。"克拉拉很气恼。

西蒙忍不住笑出声。

"你告诉他了？"西蒙问道。

"算是……"

"什么时候？"

她低下了头。

"我很羞愧……"

"什么时候？"

"开胃酒！"

可怜的克拉拉。没有烛光晚餐，没有喝上一杯莫吉托，甚至没有摸大腿。只喝了一杯基尔酒和一杯麝香白葡萄酒就全部交代了！

克拉拉继续。

"那时才九点差一刻，我坐在电视机前，还错过了电影。"

"你太蠢了，你为什么告诉他？你了解德尔佩什这个人的。"

"这个浑蛋太狡猾了。他知道监狱出事了，他只是想知道时间和名字。他是这样说的：'如果第二天我们在路边发现被掐死的小孩，只因为他骑单车时遇到了其中一个逃犯，那就是你的错。'"

"你没上钩吧？"

"没……才没有。但是在喝开胃酒时，他假装要离开。他说受够了我的孩子气。他说这不是游戏，是一件很严肃的事情。他向我承诺只要我告诉他名字和时间，他一个小时内写完文章就来找我。"

"然后呢？"

"呃……他一个小时后给我打电话说他回不来。是的，卡萨，这只是个意外。"

西蒙哈哈大笑。

"你就是鬼迷心窍。克拉拉，你要找一个好人做丈夫。"

"找一个帅哥做丈夫。管他是不是好人。"她补充说。

西蒙伸出一只手放在她肩上。他们坐在一起读《小岛人》。德尔佩什把两个逃犯的故事讲得清清楚楚。若纳斯·诺瓦科斯基的故事比较吓人。他的犯罪经历占了报纸整个版面，其中有三项谋杀罪名。德尔佩什甚至找到了两个逃犯的照片。

克拉拉感慨道：

"德尔佩什真的很强啊，你不觉得吗？"

"是的……他会给这个小岛带来腥风血雨。"

电话响了，克拉拉拿起了听筒。西蒙看到她脸红了，口齿不清：

"我……我……我可以找个比我更能干的人接听。"

女秘书把听筒递给了西蒙，一副惊恐的口吻：

"是格朗维尔警察局！"

西蒙以镇定的口吻接电话：

"圣-阿让市政府莫尔塞岛公路安全负责人。"

对方没有让他继续说下去。

"很好……我们就需要你。我们刚刚收到一个来自红宝石湾的急救电话。一个母亲陷入了歇斯底里的状态。她前言不搭后语，但是我们明白她讲的是一具尸体。我们已经在路上了，您最好也跟我们一起去。"

"包在我身上，我马上到！"西蒙·卡萨诺瓦大声说。

15. 废墟的回忆

2000 年 8 月 17 日，星期四，8 点 45 分

莫尔塞岛，半岛营地

没有脸的僧侣离我越来越近。我差点儿叫出声来，直到我听到后面一堆傻瓜的叫声。僧侣脱下了帽子，悠悠的脸露了出来。

"起来，小毛孩儿！主教在等你。其他人都在大厅里等着。"

他在我面前画了一个十字，然后离开了。

"第一个睡，最后一个起。"阿尔芒在外面说道，"科林，你比猪还能睡。"

很明显，他在帮我找借口。事实上我几乎一整晚都没睡。我走出帐篷，还是迷糊的状态。雨果是老营员，他连续参加了 5 年，给我们讲了恶作剧真相。

"每年都是一样，休息的那一天，如果不玩帆船，他们就玩这个游戏。他们这一套玩得很熟练。服装是旧了点儿，但是总能吓到新人。他们让老人不要告诉新人。很好玩，不是吗？"

"然后呢？"阿尔芒问道。

"我们组成小分队，花上一整天去寻找宝藏。拿上一张羊皮纸，上面是小岛的地图。每个人路线图的颜色不同。"

"太好了。"马迪叹了口气。

斯蒂芬妮化装成修女。杜瓦尔神父穿着红袍，别人以为他是主教。

"这个杜瓦尔神父看起来有点儿太夸张了吧。"阿尔芒跟我低声说道。

　　主教和他的两个手下给我们做了一场很出色的演讲。我们今天要去寻宝，要展现出勇敢、狡猾、灵活和机智这些品质。他们给我们发了一张彩色卡纸的路线图，上面还有十几个问题，有线索也有陷阱。三到四人组成一队。

　　真是绝佳的机会啊！

　　马迪、阿尔芒和我顺理成章组成一队，互相交换了一个意味深长的眼神。

　　"最佳组合，我们三人是最佳组合！"阿尔芒大喊。

　　"是的。"马迪确认。

　　阿尔芒看着这个比他还高 30 厘米的女孩儿。她戴着一顶鸭舌帽，一副太阳镜，穿着一件宽大的 T 恤。

　　"为了让我们增加信任，可以来个法式湿吻吗？"阿尔芒对马迪说。

　　"你可以去吃屎了！"

　　阿尔芒耸了耸肩，想在马迪的太阳镜里欣赏自己的倒影。

　　"我开玩笑的，大姐。你才不是我喜欢的类型，我喜欢大胸和有脑子的……你正好缺这几样！"

　　马迪做好了格斗的准备。

　　这下子不可收拾了！

　　阿尔芒穷追不舍。

　　"我们两个男子汉，"他看着我说，"需要的是一个美女搭档，一个真正的女孩儿。"

　　"让她来使美人计？"马迪说。

　　我开口解围。

　　"不要吵架！"

　　"如果你昨晚跟我说了，我就会在深夜潜入女孩子的帐篷里，我会在她们的床上尿尿。"阿尔芒继续说。

　　马迪明白阿尔芒也知道这件事了，这个浑蛋会搞砸一切！幸好马迪还算靠谱。她意志坚定，不会想东想西。

"真正的女孩子不会管不住嘴巴。"

生怕阿尔芒又说出什么惊世骇俗的话，我赶紧打断他。

"好了好了，我们三人一组，第一个拐弯的地方我先走。"

我们带上食物和地图，从营地走出来。天气有点儿凉，但今天肯定是个晴天。微风习习，我闻到了碘伏的味道，还听到高处的猫头鹰低沉的叫声。

多么美好的一天。

阿尔芒接下来的话打破了美丽的意境。

"你真是恶心，科林。"他抱怨道，"我要跟她在一起待一整天，就是为了帮你打掩护。"

阿尔芒想到要跟马迪待一整天就不开心。

"这可不是蠢事，阿尔芒。"

我越来越欣赏马迪的成熟和决心。她虽然是个狠角色，但让人放心。

"就是蠢事。科林，你着魔了，你以为在拍电影，你就像是《眩晕》里的男主角。"

"什么电影？"马迪问道。

我叹了口气，阿尔芒找到借口来发表长篇大论了。

"《眩晕》（又名《迷魂记》），法语版名字是《冷汗》。希区柯克的大片。我给你说个概要。前警察被雇佣来监视一个女孩儿，她最后自杀了。他怪自己，甚至变得抑郁。突然，他遇到了一个女孩儿很像死去的那个女孩儿，他把她当成了她。他让她打扮成那个死去女孩儿的模样。为了让她死而复生。你明白了不？"

阿尔芒卖了个关子，我知道。马迪上钩了。

"后来那个女孩儿是她吗？"

"哪个她？"阿尔芒好像没懂。

"第二个女孩儿。真的是另一个女孩儿吗，还是没有死去的第一个女孩儿?"

阿尔芒嘴巴里嘀嘀咕咕。

"是同一个女孩儿,是演戏来着,她一开始就没死。"

我内心窃喜。谢谢你,马迪!

我们在十字路口分道扬镳。他们往右边的监狱方向走去,我抄小道往修道院走去,前方 200 米就是。在跟他们分离之前,我鼓励他们:

"加油,小沙弥们,要展现出勇敢、狡猾、灵活和机智这些品质……你们俩待一天说不定会擦出火花,我相信你们会赢的,晚上回来的时候要挖到宝藏哦!"

阿尔芒色眯眯地笑了,马迪朝他竖了一根中指。阿尔芒扭过头,对我说:

"狗屎!你也必须帮助我们。我们沿着红色的路线走。如果你发现了什么线索……"

我朝他们挥挥手,然后走上了修道院的小路。

"你自己也小心点儿。"马迪在远处叮嘱我。

我很感动。

终于一个人啦!

我走在前往圣 - 安托万修道院的路上,试着整理大脑里的线索。如果一切进展顺利,我今天有一整天的时间可以做这些事:参观修道院、找到保姆、给奶奶打电话、去墓地看看父亲的坟墓。时间太紧张了。

我走在小路上,大概还有 30 多米到修道院。圣 - 安托万修道院的大十字架矗立在天空中,抬起头就可以看见。

从昨晚开始,我内心充满了力量。曾经的我只是一个普通的青少年,在学校也不算出众的学生。语文还不错,数学和其他科目都很糟糕。至于体能方面，也不算优秀。中等身材。外形也不算可爱的类型，至少我自己不觉得。而且我在女孩子的眼里也看不见火花。

平庸……一个十五六岁平庸的男孩儿，有比这更糟糕的吗？

我尤其讨厌周围的规章制度。

幸好，还有孤儿这样的身份做挡箭牌。这可是我的武器，我的绝招！可不是所有人都像我这样6岁失去双亲。每一次我讲完自己的故事，周围人的脸色都变了。我的犹豫在他们眼里变成了神秘，我的内向腼腆是很好的面具，我的善良是抵抗失望的内在力量。

我是比较保守的类型，甚至可以说是拘谨。我并不经常讲自己的故事。在中学，我遇上过两个有好感的女孩儿，每一次，孤儿的身份都派上了大用场。最后一个女孩儿罗琳算是非常优秀的，居然愿意跟我约会。我给她讲了我的故事。当然这段关系没有持续很久，看完一部电影，她就把我甩了。但是无论如何，我还是跟她交往过，不是吗？

孤儿的身份被我拿来做幌子，这样做很令人震惊吗？唯一可以确定的是：在一个女孩儿或者一群男孩儿面前讲述我的故事，可以让我纾解情绪。

我没有讲太多细枝末节，只讲到了父母去世。

但我从没有跟蒂埃里和布丽吉特讲过这些，也没有跟其他大人讲过，我想我这样做……也是某种意义上的哀悼会。这是我与父亲告别的方式。我最终成为另一个人，一个在学校里被人们议论的对象："你不知道吗？科林他在6岁时失去了父母。是的，父亲和母亲，两个人！"

法国版的哈利·波特啊！

这就是为什么我必须在10年后回到莫尔塞岛。

不是出于怀旧。

更多是出自虚荣心。

去找到新的线索，新的逸事，未编辑过的参考资料，好给我的个人传奇添油加醋。6岁的时候，我祈祷一切能恢复正常，没有阴影，没有神秘事件。而我现在15岁了，想法正好相反……现在我身边只有谎言，真相在小岛的某个地方等着我。我等了快10年。

路的尽头正对修道院废墟，旁边有个小停车场，停了三辆车。大十字架落下一个巨大的影子。才上午10点就已经很热了。停车场尽头，有一排木头柜台。柜台前方摆放着几张明信片和《小岛人》。

我抬起头。柜台的女孩儿是个大美女啊！

我是个比较挑剔的人……但是这个美女让人目不转睛。

金发马尾辫，小小的鼻头，大大的微笑，蕾丝边短上衣，晒到黝黑发亮的皮肤，哇哦……这可是我最爱的类型。但我得集中注意力干正事！

我摆出一副乖巧懂事的表情。

"一张门票，谢谢。"

"给，你是大学生吗？"

她有点儿口音，我觉得她应该是斯堪的纳维亚半岛那边的。她把我当成大学生，其实我后天才满16岁。

"不是。"我脸红了。

她笑了，把票递给我。

4欧元。

居然不是免费的，不就是废墟嘛！她应该是考古学的大学生，把我当成来参观废墟的青少年。

我看了一眼《小岛人》，巨大的红色标题：

莫尔塞岛大恐慌：两名逃犯在外！

这个标题一下子吸引了我的眼球。我立刻把这个新闻跟昨天监狱附近的警示灯联系起来。头条标题让人想了解更多内情，但是得买一份报纸才能知道后续。幸好杜瓦尔神父今天早上还未得知这个消息，不然他不会放我们出门。

在修道院废墟里，我只遇上了两对情侣。一对退休的，还有一对年轻人。老夫妻看起来像是老师。男人戴着眼镜，穿着凉鞋，趴在地上研究石头，女人手里拿着蓝色的导游册。我在阴凉处散步。

废墟非常无趣，不过是几块石头堆在另外一些石头上。我来到一间房，他们称之为教士会议室，也是修道院保存最好的房间。门口的牌子上面有文字说明。这间房是僧侣们唯一可以说话的地方。我记得悠悠今天早上说过教士会议室这个词。

我对这些废墟不感兴趣，就像是荒废的建筑工地。还设置了栅栏不准通过。招牌上写道：

危险，禁止入内！

我对这些细节完全没有印象。不过我记得这里的灰尘、石头，跟那段视频和照片上的颜色一样。

如此熟悉的背景，但跟我要探究的过去毫无关系！这些说明文字对我来说毫无意义。

修道院于1337年建成，它属于本笃会，后来由马萨林主教重建，直到大革命前，僧侣们还在从事葡萄酒业务……

突然，我心里滋生出一丝愧疚之情。我的父母热衷于挖掘古迹，但我对此毫无兴趣！

我有何用？

我怀疑这片废墟最有趣的部分藏在栅栏后面，那里是地下隧道的入口，真正的遗迹所在。我的记忆也许掩埋在那里。我琢磨着溜进去。反正游客这么少，他们也注意不到我。除了门口的瑞典女郎，我没看见任何保安。

我低下身子，穿过栅栏。地面逐渐往下沉，形成一块洼地。没人注意到我。但如果有任何事情发生，我随时可以呼叫。瑞典女郎会来救我，然后给我做人工呼吸。

洼地尽头是深深的草丛，荆棘和荨麻刺痛了我的腿。我踩在切成不同形状的石块上，慢慢往前走。

我什么都想不起来。

远处，我看到一个外形模糊的门，被几块看起来摇摇晃晃的石头围住，这里应该就是地下隧道的入口。

我向前一步。

我把头伸进洞里，什么都没有，即使是大白天也什么都看不见。隧道看起来快要坍塌。几步就走到了黑暗处。我犹豫着要不要进去，可是没带手电筒。就算我想逞英雄，也什么都看不见。

我是个多么业余的冒险家！要在这样的隧道里探险真是太滑稽了。我只能原路返回，这一次避开了荆棘。脚突然踩到了草丛里的金属板。我低下头，发现一个珐琅材质的旧牌子，之前被草丛盖住了。我仔细看了看上面已经生锈的字样：

圣－安托万修道院考古遗址

1982 年 4 月 5 日

让·雷米 & 安娜·雷米

圣－安托万协会

就这点儿线索。

一个标识，一块生锈的牌子。我心中有个想法，想把这一片废墟摧毁。我的父母在这片废墟度过了一生。他们在这里挖掘古迹，然后进行分类和整理，后来却死了。

为什么？

为了这一片废墟值得吗？

一个被幽灵造访的地方。几个迷路的游客，他们从没听说过我父母的存在。

让·雷米 & 安娜·雷米

他们的名字没有写在修道院的入口处，也不在 4 欧元的门票上，也不在海报上，更加不会在蓝色导游册上。只刻在一个被人遗忘的生锈的牌子上。

真是浪费！

这些石头对我父母来说这么重要吗？值得他们为此献出生命？

沉思了几分钟，我离开了修道院，心情低落。

柜台的瑞典女郎戴上了眼镜，没有抬起头看我。

这一切都让我心烦意乱。

我得冷静下来，实施下一步计划。

我今天的第二个目标是找到保姆。我努力回想，她就住在修道院附近，北边一座独门独户的小房子。早上母亲把我送到保姆家，中午保姆马蒂娜带我回到修道院跟大家一起吃饭。下午和晚上也是如此。从修道院到保姆家，一天往返多次。

当年我 6 岁。

重归故里，应该能回想起很多事情。

经过修道院，我下意识地往右拐。200 米远，来到一个十字路口，虽然我完全没印象，但是我还是下意识地往右拐。500 米尽头，看不见任何房子，只有草堆和一段废弃的小路。11 天来，斯蒂芬妮教我们认识一些野生植物，比如：大蓟，兔尾巴草，野生萝卜，拂子茅。

但是现在我没有时间上植物课。我走错路了！更远的西边是一个小海滩。

只能折回去。

回到十字路口，我朝圣 – 阿让的方向一直走。拐弯后，来到一个小村庄前。三栋小房子依次排开，深色的苔藓爬满了厚厚的花岗岩矮墙，斑驳破碎的感觉就像是老人斑，淡紫色的锦葵让外墙焕然一新。还有这座小岛独有的红色百叶窗。

蓝色的招牌上写着：

下莫村

这里是我熟悉的场景。

应该就是这里了。

我的保姆叫马蒂娜，但我不记得她的姓。第一个信箱主人叫米歇尔，第二个叫贝尔纳，第三个信箱上刻着：

马蒂娜·沙马尔

就是她了！

灰色小房子的花园被一块木板拦住了，木板当然也是红色的，跟百叶窗一样的颜色。车库前有一排陡峭的滑道。花园深处养着母鸡。

回忆如潮水涌来。

我小时候在车库的滑道上跑过吗？眼前这一切比我想象的要小。

一条狗在门后狂吠。一只手颤颤巍巍拉开了窗帘。我看到脏脏的窗户后面一张皱巴巴的脸。

一直在抖动的手打开了窗户。

"有事吗？"

是她！我确定，虽然我不知道为何自己如此确定。

她的声音，她的手势，还是整个氛围？

虽然没有认出细节，但这一切在我看来都很熟悉。我对房间内部印象深刻，我可以准确地找到客厅还有卧室。

"有事吗？"她再次问道。

我在犹豫。

喉咙被卡住了。

我要喊什么？

夫人？保姆？马蒂娜？

将近 10 年没有这种感觉了。

最后，我开口了：

"是我，科林。科林·雷米。"

16. 沙堡

莫尔塞岛，红宝石湾

西蒙·卡萨诺瓦骑着红色的山地车，从圣-阿让港口到红宝石湾，一路骑得飞快。他一口气骑到沙滩上，直接把车子放倒在地，然后跑去现场。前方聚集了一帮人。

是这里没错。

十来个人挤在一块儿。西蒙好不容易挤进去，气喘吁吁，大声喊道：

"让我进去，我是安全负责人！"

他比警察和消防员到得早。

一个母亲在哭泣。

她怀里抱着两个一模一样的金发小男孩儿。这对双胞胎穿着一样的泳衣，大概四五岁，看着他们的母亲，眼神呆滞。西蒙低下头询问：

"夫人，发生了什么事？"

女人没法说出完整的句子："我的孩子们……我的孩子们。"

"发生了什么事呢？"

"我的孩子们……噢……我的孩子们。"

西蒙凑近了，跟那个女人对视，把手放在她的手上。

"夫人，这很重要，请问你的孩子们发生了什么事？"

她吸了吸鼻子，西蒙拿出纸巾。女人擦了擦脸。那对双胞胎还是那个表情。

"冷静一下，告诉我，你的孩子们在干吗？"

"他们……他们在沙滩上玩。就在那边。跟每天早上一样。他们搭了一个沙堡。"

"然后呢？"

"他们……他们挖了一个坑。"

她指给西蒙看沙堡。西蒙感觉到沙滩上十几个人的视线，沉重且冷漠。

他们已经知道了事情真相。

西蒙弯下腰。哭哭啼啼的母亲把双胞胎的眼睛遮住。

首先，西蒙以为是海藻。他把手伸进坑里，一阵哆嗦。

不是海藻，是头发！

很恶心的感觉，他扒开了坑旁的沙子。他明白将会发现什么，也就是双胞胎刚刚发现的。

一张脸，一张人类的脸。

西蒙眉头紧皱，继续用手扒拉沙子，沙子里露出两只大大的眼睛，血和沙子混在一起。西蒙觉得很恶心，胆汁快要吐出来了，但他还是鼓足了勇气。他想到了考古学家的工作，就像是在挖掘千年的木乃伊，只不过这具尸体没有上千年那么老。西蒙没有这方面的挖掘经验，但他确定这具尸体死亡时间不到 24 小时。

昨晚沙滩上的确有两声枪声。他拂去让－路易·瓦雷利诺尸体上的沙子，那个贪污的公务员被他的同伴开了两枪。

他叹了口气，沙滩上这副奇怪的面孔让他想起了某种原始的恶魔面具。一个热心的男人带着母亲和双胞胎远离尸体现场。

"这就是那两个逃犯之一。"西蒙身后有个声音说道，"他们的照片出现在《小岛人》上。"

一个游客手上正好有报纸。他打开来看，好奇地比对了报纸上的照片。

"就是他，没错。"这个男子很确定。

我之前就猜到了，西蒙心想。

"太奇怪了。"人群中有人打趣，"如果事先有人打赌的话，我赌另一个逃犯先死。怎么会是那个最危险的逃犯先死了呢？"

西蒙站起来，一脸错愕。他夺走了游客手里的报纸，仔细看上面的照片。不会是《小岛人》搞错了吧？

尸体是若纳斯·诺瓦科斯基，那个持枪抢劫犯。

过了一会儿，警笛声响起。几分钟后，沙滩上拉起安全警戒线，游客们被赶走了。整具尸体被挖出来。西蒙在远处看到验尸官做了初步尸检。就是若纳斯·诺瓦科斯基。他大概死了不到 10 个小时。死因很简单，两发子弹，一枪打中背部，一枪打中颈部。

西蒙观察了周围的环境。诺曼底"法国三台"频道的蓝色车子已经到了。过一会儿国家媒体就会报道这个新闻。警戒线后面的人越来越多，挡住了海滩的入口。

但其实没什么好看的。

西蒙觉得自己派不上用场。他把自己的联系方式留给警察。好多游客听到了深夜的枪声。西蒙脑子里有个问题，就像是一个难解的谜题或者是一个阴谋诡计的序曲。为什么沙子里埋的尸体是若纳斯·诺瓦科斯基，而不是让 - 路易·瓦雷利诺？

无论如何，在这个沙滩上是找不到这个答案的。

他扶起了沙滩上的山地车，朝市政府骑过去。他知道哪里可以找到答案，他心中有数。

他想第一个找到答案，比警察还要早。

17. 猫耳朵饼干

2000 年 8 月 17 日，星期四，10 点 45 分

莫尔塞岛，海鸥湾

"科林？"

保姆马蒂娜不说话，不敢相信眼前的一切，盯着我看了半天。

她重复说：

"科林？"

我感觉她在努力寻找记忆中 6 岁的我和现在这个 16 岁男生之间的相似之处。突然，她想起来了。

"科林！我的小乖乖。老天爷啊！"

她的脸从窗户那里消失，然后马上出现在门口。一条黑白相间的哈巴狗从里面冲出来。她一把扯住了它的项圈，给我打开了红色的栏杆。

"帕查，走开！"

马蒂娜站了一会儿，直直看着我的眼睛，顿时落泪了。

"科林，我的小宝贝。"

她没有给我后退的余地，松开了狗，把我紧紧抱入怀中。她胖胖的胸部抵在我的胸口处，我才想起来这是这些年唯一抱过我的女性。至少在我的记忆中是这样。然而我并没有产生任何情色的想法，只感受到了满满的安全感，就像是被虫茧包围一样。马蒂娜往后退，又看了我一眼。

"我没认出来是你。你看起来像你父亲啦。"

她捏了捏我的脸，手有点儿发抖。

"快进来。"

房间里的摆设跟我想象中一样。右边是厨房，左边是客厅，走廊尽头是卧室。帕查舔着我的腿毛，哎呀，太恶心了！

"你记得帕查吗？"马蒂娜问我，"你以前很喜欢它的！你 4 岁的时候它出生的。你们两个经常一起玩。"

我陷入了回忆之中。

一只狗？

跟狗一起玩？

我使劲回想，也许藏在记忆深处，但我会想起来的。我仿佛看见自己带着一条小狗在车库的滑道上奔跑。

我的喉咙哽咽了，很想像个孩子一样号啕大哭。

马蒂娜让我进厨房。我看了一下周围的装饰，还是熟悉的感觉。我还记得在这里吃过下午茶。一个旧的饼干盒，一大盒巧克力，还有猫耳朵饼干，放在橱柜最上面的架子上。

"你吃点儿东西吗？"

我不饿，但我回答说好，只是为了让她开心。她打开橱柜。我急忙说："等一下，我来。"

铁盒子还在老地方。马蒂娜笑了。

"你还记得！"

我们找回了过去。

马蒂娜打开饼干盒。我在里面找到一块儿猫耳朵饼干。

我一口吞下。

饼干臭了，我只希望它没有放上 10 年。我一边嚼饼干，一边观察四周的环境。橱柜的杂货堆里有一个迷你埃菲尔铁塔，一个风扇，一个圣 - 米歇尔山的石膏模型，我还找到一张镶框的彩色照片。洒满阳光的餐桌上堆着酒瓶，一群年轻男人赤裸着上身，皮肤晒得黝黑，另一群年轻女子穿着轻薄长裙。跟我在舅舅家发现的照片还有视频的年代比较接近。

我数了数，照片上一共 12 人。

我认出了母亲，她总是站在一旁。蒂埃里和布丽吉特两个人靠在一起。我的父亲在餐桌另一头，旁边那个红色短发女孩儿看着他，我觉得那是爱慕的眼光。

我能跟马蒂娜说这个细节吗？

我还注意到另一个细节。帕查趴在桌子下，之前我没留意它。我还注意到照片里的我应该是 5 岁左右，在地上玩塑料玩具，应该是父母的考古工具。我模仿大人干活儿，用锄头和红色的塑料耙子在身边挖洞。

保姆走过来看照片，我跟着站起来。

"在地上玩的小家伙就是你，科林。照片是 11 年前拍的。这 11 年真是恍如隔世。那是天堂才有的照片！他们当年那么开心，那么年轻，那么美丽，那么聪明！他们在一起的 8 年时光只有阳光。他们没什么收入，就靠欢笑和爱生活。这不是陈词滥调。我是他们所有人的保姆。我给他们做饭，照顾你。就这样一起过了 8 年，其中有 6 年是照顾你。你就是从天而降的小天使。"

然后她沉默不语，陷入了回忆中。

可是我脑海里的画面跟她的版本不一样。我记得一场争吵，大人们说话很大声。父亲的手在空中挥舞。他手里拿着一个杯子，一会儿举起，一会儿放下。我脑海里的画面肯定跟饭局有关，要么是拍照那天，要么是拍视频那天。

马蒂娜陷入了回忆之中。

"谁能预想到后来发生的悲剧？"

她让我坐在餐桌旁。

"你想喝东西吗？"

她应该留意到饼干变味了，给我端来一杯柠檬水。瓶口的木塞还用一根铁丝牵着，这些细节我还记得。她再次把饼干盒递到我面前。

原来她还是没有注意到饼干臭了……

"你在岛上做什么，科林？"

我没细说，只提到了帆船夏令营，还有顺道来到她家。

"你喜欢帆船吗？"

我的回答没法让她信服。她很了解我。沉默片刻之后，我又提了新的问题。

"保姆，请跟我谈谈爸爸的事。"

她露出一个大大的微笑，好像我的问题是最自然不过的。

"我其实不太记得了。科林，要知道你的父亲是一位学者，一位科学家，一位考古学家，这是他的热情所在。这份工作充满乐趣。他带领整个团队投入考古工作中。他们都是他的朋友。马克西姆是他的好哥们儿。你应该不记得他们。还有你妈妈的弟弟蒂埃里，和他太太布丽吉特。当然还有你母亲。他们很相爱，是一对让人艳羡的夫妻。你们一家三口是非常幸福的家庭。"

她看着我，眼里带着柔光。

"科林，如果你觉得不舒服，就让我停下来。"

不舒服？

保姆讲的都是幸福时刻啊！

"不不，你继续。"

马蒂娜看着照片。

"科林，你看看照片，你看你们多幸福。你的父亲和母亲真是神仙夫妻。"

"保姆……"

"嗯？"

"我几乎认识上面所有的人，但是那个角落里的红头发女孩儿是谁？"

马蒂娜惊讶地看着我。我的问题吓到了她。

"她？她是杰茜卡。历史系学生，在工地实习。她来了三次，每次三个月。你不记得她是自然的，她不是一直都在。而且她对比你年纪大的男孩子感兴趣……"

突然，我内心一阵慌乱。我在视频里看到父亲的手放在这个杰茜卡的屁股上。保姆肯定知道这事。我没有勇气直接开口问。于是，我换了个问题：

"他们在修道院具体做什么工作呢？"

"他们在小岛的地下挖掘文物。那里埋着各种各样的文物：钱币、雕像、盘子、武器。都是不值钱的玩意儿，但你父亲很着迷。他想把这个地方开发成一个自然公园。如果他还在的话，他会一块石头接一块石头重建修道院。科林，你要知道，你父亲是一个温柔、冷静、聪明的人。这一切太不幸了！真是一场悲剧啊！"

"保姆，到底发生了什么？"

她再一次吃惊地看着我。我看着四周的旧墙纸，堆起来的餐盘，还有水果篮，有种在自己家的感觉。一种从没有过的回家的感觉。

"不是吧，你什么都不知道？蒂埃里和布丽吉特没跟你说？"

我使劲摇头。

"他们应该告诉你的。我不知道是否应该由我来说……"

"你说吧。"

"好吧，你迟早会知道的。你的父亲跟他协会的人遇上了棘手的资金问题。修道院没有任何收入。他们靠补贴过日子，但远远不够。于是，团队内部发生了分歧。岛上有很多人窥视你父亲的这块地。你想想，我们在一座旅游小岛上，你父亲那块地靠海边，面积好几公顷。当省议会决定开通渡轮连接小岛和大陆的交通时，房地产市场一下子爆红。"

"那块地是属于父亲的吗？"

"是的，他跟他一个童年朋友一起买的。一个非常有钱但奇怪的人，住在南部。好像是叫作拉斐尔……不，是加布里埃尔。总之就是这两个名字其中一个。但是他姓什么我忘了。"

"他最后卖掉了这块地吗？"

"不，当然不可能，"马蒂娜几乎是在大喊，"大家都想高价收购那块地。市政府，还有房地产开发商都掺进来。你父亲不同意。你的母亲也支持他，但是协会里其他人有异议。大家一直吵个不停。特别是你舅舅蒂埃里，还有他的哥们儿马克西姆。虽然你父亲是圣－安托万协会的会长，但是得协会内部全票通过才行。他们最终决定卖给一个开发商，建立一个环保的旅游景点。他们把这个规划叫作'嗜血者计划'。也许你觉得这个名字很奇怪，但其实这个修道院从中世纪开始就叫这个名字。他们计划修建的旅游设施不是用水泥，而是用环保材料建成。你父亲对这个计划很有信心，他自己还画了图纸。那家公司叫作欧洲建筑，小岛上的人都记得这个名字。是你父亲朋友的公司，那个叫作加布里埃尔或者拉斐尔的家伙。但除了你父亲，没几个人相信他。"

马蒂娜停下来。

我想她应该差不多 70 多岁了。虽然脸上长满了皱纹，身体也是疲惫不堪的模样，但是跟我说话时异常激动，充满了活力。她让我再吃点儿饼干，但是我做了个鬼脸拒绝了。她也没有坚持，只是咳了一下。

"工地开工三个星期后，"保姆咳嗽声加重了，"一台起重机倒了，工地下方的地下通道无法承载其重量就坍塌了。三个工人不幸去世。你父亲的协会被起诉。当时是非常大的丑闻。市长本来就看不惯你父亲，因为当时他没有拿到开发权，所以对你父亲下了重手。你父亲跟他有过节。他承担了所有的责任。他是协会会长。他在官方场合承认是自己的错误，他没有责怪任何人。警察上门的时候，他深夜坐帆船离开了。他留下一封信解释了他的做法。他无法承受三个人的死亡，他们可是三个家庭的父亲啊！几天后，人们在大海上发现了他的帆船。"

我继续问道：

"那他的尸体呢？"

马蒂娜慢慢摇头。

"别做梦了，科林。你父亲 10 年前去世了。不要有别的想法。"

"但是他的尸体呢？"

"那是在海上。十几天后人们找到了他的尸体。"

"是他吗？"

马蒂娜继续笑道：

"是他，科林。穿着他的衣服，可以认出来是他。亲友来辨认尸体。整个协会的人都来了，除了你妈妈。"

马蒂娜还在笑，只不过这次是小丑一般的苦笑。她的眼里充满了泪水。

我 10 年前见过她这个样子，或者说我听过这番话。

"是一场事故，科林。是一场事故。"

马蒂娜一直在撒谎。

事到如今，她还在撒谎。

马蒂娜继续说：

"没有人怀疑过事情真相。科林，大家都只是想保护你。不要抱有虚假的希望。你父亲是自杀的。如果你像我们一样了解他，你会明白的。他是一个勇于担责任的人。"

马蒂娜突然靠近我，把我拥入怀中。她再一次紧紧抱住我。

"科林，千万别瞎想。你要听我说。不要相信任何人，不要相信任何事。这一切都是命中注定的。是命。你父亲是个杰出的人物。不要听其他人瞎说。"

马蒂娜站起来，再一次看着照片。她的眼睛再次湿润了。

"太不幸了！这 8 年是我人生最美好的日子……"

我内心深处想到了另一件事情，在水里漂浮了 10 天的尸体肯定是无法辨别的，我在侦探小说里看过。衣服是可以更换的。他们也没查验 DNA。当然，我父亲是个杰出的人物，这一点我同意……

但是，他没有死。

突然我想离开这里。调查才刚刚开始，随时可以回到这里了解更多情况。我站起来，最后看了一眼那张照片。突然，我发现还有其他照片，上面是保姆的家人：马蒂娜的爸爸、丈夫和她的两个孩子。我还没问过他们近况。

"你爸爸还好吧？"

马蒂娜再次恢复温柔的常态。

"他 3 年前死了，是癌症。"

我看起来像个傻子。

我不知道该说点儿什么。人们一般会原谅这种唐突的态度。安静片刻后，我继续问道：

"呃……我不记得你儿子的名字了。"

"特里斯坦和保罗？"

她的神情更加悲伤了。

"他们过得不好。这是这座小岛的悲剧。他们两个都卷入了入室抢劫案。一个在瑟堡的监狱里，一个在卡昂的监狱里。他们还有 6 个月出狱。"

我一下子更加没话说了。马蒂娜看出了我的窘态，开口解围。

"我知道你过得很好。看得出来。你上学接受了教育，是个聪明的孩子，就像你父亲一样。你很像他。你会走得很远，科林。"

她再次抱紧了我。她胸部的温度给我安慰。她这次是彻底哭出来了。最后，她松开了我。

"你走吧！"

"我会回来的，保姆。蒂埃里和布丽吉特后天来。我们一起来看你。"

"好的。"她的语气感觉不是很确定。

我觉得她不想说出最真实的想法。她也不是很相信蒂埃里和布丽吉特。我了解她。她对我的亲生父母赞誉有加，自然不太看得起我的养父母。

我走出了保姆的房子。她在窗口目送我离开。我感觉她既幸福又忧伤。

离下莫村越来越远，我觉得保姆是我遇见的好人。在她眼中，我还不到 6 岁。她眼中的我就是一个小天使。

我看了一眼手表。

11 点 50 分。

我还得给奶奶打电话。除了保姆之外，她是唯一在我面前会提到我父亲的人。我有种奇怪的感觉。10 年来，我父亲是个禁忌的话题，然而到了保姆这里，一切都这么自然。她让我证实了我长时间以来的猜想：我父亲是个英雄。他还活着！船上那具尸体没有被确认身份，只不过是个幌子。

是的，我的父亲还活着！

是的，他是个杰出的人物！

是的，我必须找到他！

但是我得先打电话给我奶奶。为了证实我一个非常疯狂的猜想。

18. 嗜血者工地

2000 年 8 月 17 日，星期四，11 点 45 分

莫尔塞岛，圣 - 阿让市政府

西蒙走进市政府，发现克拉拉一脸焦虑。

"卡萨，你终于来啦。电话一直响个不停！电视台、广播台都想知道沙滩上那具尸体的事情。"

"我知道怎么回复。"西蒙一副了然于心的表情。

电话又响起来了。克拉拉尖叫道：

"我受够了！"

西蒙笑了。

"你只需要把电话听筒拿起来放在一边。这样别人打过来就是占线。他们不知道原因的。"

"你说得对！"

克拉拉拿起电话听筒，放在一边。

"终于可以安静会儿了。"她叹了口气。

她躺在椅子里，从手提包里拿出化妆品。西蒙猜克拉拉在等待电视台来访，但是市长不在，只能她一个人面对摄像头。

片刻的沉默让西蒙可以专心思考发生的一切。突然他大声说：

"有个地方不对劲。"

"什么？"克拉拉没有转过头。

她在忙着画眼线，对着一面小镜子。

"两个逃犯的尸体。一个老练的犯人被判重刑，想逃跑，他需要一个熟悉小岛的同伴带他远走高飞。"

"嗯嗯。"她在描另一只眼睛的眼线。

"但是照常理，应该是那个熟悉小岛的人做替罪羊，而不是那个老练的犯人。结果是若纳斯死掉了，不是你的同事瓦雷利诺。"

"我的同事，这话说的。"克拉拉表示抗议。

"所以，要把我们的推理推翻重来。既然结果不是我们预料之中的，那么我们一开始的假设也是错的。事实上，不是一个重刑犯需要一个了解小岛的同伙，而是反过来，这个了解小岛的同伙需要一个冷血杀手。一旦越狱成功，这个大块头就没用了，就可以把他干掉了。"

"有什么不一样？"克拉拉在 10 只口红里面挑选。

"当然不一样啊，让 – 路易·瓦雷利诺才是幕后黑手。所以又有个问题。"

"什么问题？"克拉拉终于选好了口红，她选了比较亮的颜色。

"为什么瓦雷利诺只用坐几个月的牢，还急着越狱呢？"

"你知道答案，对吧？"

"是的。"

"太好了，卡萨，你是最棒的！"

克拉拉在镜子前嘟起嘴，开始涂口红。

"我知道答案，但我需要你的帮助。"

"嗯嗯！"

"答案就是：瓦雷利诺的案子比我们想象的还要复杂，他可不是一个小公务员，他的背景不简单。"

"太好了，卡萨！你继续……还有什么事？"

"轮到你来说了。你认识他。你了解市政府。"

克拉拉给西蒙一个飞吻。

"好吧……抱歉，我的休息时间结束了。"

她又拿起了电话。

她的妆化得太浓了，西蒙心想，太显老了。他走出市政府时没有再看她一眼。还不到一分钟他就拿着一张矮凳回到她面前。克拉拉在回电话，做了一些手势，但她的对话者看不见。

西蒙耸了耸肩，往档案室走去。

这次，西蒙找到了一根可以靠着的柱子。在一堆档案里，他找到了一沓标签为"市政人事档案（1985—1995）"的文件。他查询那个期间在市政府任职的人。半个小时后，他把让－路易·瓦雷利诺的个人简历梳理了一下。瓦雷利诺是城市规划方面的专家。他于1989年期间在圣－阿让市政府实习过，之前又在圣－洛省设备部实习过，之后被圣－阿让市政府录用。在实习期间，他负责土地规划。圣－阿让市政府雇佣他后，他担任的是另一个职位：公务采购。8年后，他被控告在市场交易中收取贿赂。

还有什么没发现的内情吗？

西蒙开始整理1989年到1997年期间所有的公务采购合同。整整三个文件盒！时间一分分过去了，西蒙说服自己这些也没什么用……在瓦雷利诺被起诉时，警察肯定都查过这些文件了。西蒙又想找到什么呢？然而固执的他决定要一查到底。

但还是没有任何线索。

该死！浪费了一个上午！

西蒙从档案室下来。克拉拉还在打电话，一脸撒娇的神情。她应该是在跟一个巴黎记者讲话。西蒙站在她身旁，向她示意他需要她帮忙。几分钟后，她红着脸挂了电话。

"是M6电视台。"

西蒙把电话听筒挂起来，然后放在桌子上。

"克拉拉，我是说真的，我需要你的帮助。"

"你什么都没找到？"

"没……"

"你想知道什么？"

"你了解瓦雷利诺吗？"

克拉拉叹了口气。

"哇哦，我那个时候很年轻，可受欢迎了。我们在一起工作了两年。我印象中这家伙长相很一般，甚至有点儿丑，平时系领带，反正就是个蠢货，有点儿虚伪。但不是那种可以冷血杀人的类型。"

"我同意……但还是不太对劲。"

"所以呢？你觉得你能找到警察找不到的线索吗？卡萨，去骑单车维护交通秩序吧。照现在这种局势，估计外面是一团糟。你在那里肯定更有用！"

西蒙非常生气。克拉拉不是故意这样说的。西蒙继续问：

"克拉拉，莫尔塞岛上还有其他丑闻吗？"

"你知道的，小岛上的丑闻……可多呢！"

她用嘲讽的口吻回答：

"我们毕竟住在一个强盗之岛上啊！"

"我们不说其他地方犯的事……小岛上发生过什么丑闻？"

"这个嘛……瓦雷利诺参与的公务采购受贿案……3 年前苏格兰游客失踪案……4 年前百万富翁的帆船沉没，两名游客淹死……6 年前发疯的老农民，外加他全家人都失踪了。呃……还有什么？8 年前荷兰女子强奸案……还有 10 年前嗜血者工地事故，三个工人意外死亡。"

西蒙一屁股坐在桌子上。

"除了这些，莫尔塞岛没有别的事吗？"

"这个嘛……其他地方没犯罪吗？"

"坦白地说，我不确定。好吧，谋杀案和强奸案可以忽略。我觉得瓦雷利诺不是这类人。"

"你这么认为吗？"

"我不是这个意思，拜托！如果他跟这些案子有关系，警察会查出来的。还有什么案子？那个嗜血者工地的事故是什么？"

"那是 10 年前的事情了。那时候，瓦雷利诺刚来这里上班。"

"我不相信巧合。"

"是在海边修建的度假村，在圣 – 安托万修道院遗址上。那块工地叫作'嗜血者'，属于某个遗产保护协会。市政府想买下来，但是我记得很清楚，是一个不知名的房地产商'欧洲建筑'买下来的。小岛上的人都不会忘记这个名字。三个星期后，一台起重机倒了，当时的工地建在修道院的地下通道上方。结果死了三个工人！嗜血者这个名字没取好。这件事跟瓦雷利诺没关系。"

西蒙在脑子里复习关于公共法，尤其是城市规划这方面的资料。

"他们有权利施工吗？"

"是的，怎么了？"

"因为如果是古迹，是不可能施工的。"

"你这样说的话……"

克拉拉看了一眼手表。

"卡萨，把电话还给我，我要回去了。我可不想错过开心广播或者天空摇滚。"

西蒙没有起身。他脑子转得飞快。瓦雷利诺在转正之前，曾经在市政府实习，他负责的就是土地规划！就在嗜血者工地发生丑闻几个月之前。

"克拉拉，我们有小岛的土地占用计划吗？"

"当然有！"

几分钟后，在秘书间的隔壁房间，西蒙把莫尔塞岛的四张大地图摊开放在市政会议大厅的椭圆形桌子上，每张长 3 米、宽 2 米。

"嗜血者旅游景点在哪儿？"西蒙问道。

克拉拉涂了红色指甲油的手指指向圣－安托万修道院的东边，就在红宝石湾过去几百米远。西蒙凑近观察克拉拉指到的地方。

"你看，在土地占用计划上，这块地是属于不可动工部分！"

克拉拉看着西蒙，好像他在说什么蠢话。

"当然啊！在事故发生之后，那个地方就不能动工了。你觉得呢？"

"土地占用计划 5 年后会失效。1990 年后修订过。"

西蒙看了一眼地图角落：圣－阿让土地占用计划，1996 年修订。

"我们有旧计划吗？"

克拉拉抬起头。西蒙明白了。

档案室。梯子。天花板。灰尘。

三分钟后，他拿着旧计划从档案室下来，上面的日期是 1990 年，就在嗜血者工地发生事故之前。

在此期间，克拉拉接了三个电话，但是她很失望。没有记者打电话过来，只有被吓坏的游客想尽快离开小岛。

"他们烦死了。"克拉拉看到西蒙在市政会议大厅里。

西蒙还在研究四张大地图。他弯下腰，手指在修道院东边画着，红宝石湾北边。修道院和大海之间是不可动工部分，也就是说根据城市规划条例，这部分是不能开工的！

"我跟你说过啊。"克拉拉说。

"怎么可以在这块土地上施工？"西蒙一脸惊讶，"这份文件是专家、考古学家、生物学家、建筑学家共同起草的。当时是 1990 年，不是 1970 年。环境还有安全问题可不是说着玩的。施工地决不能靠近海边！《利托拉尔法案》是从 1986 年开始生效的。除非是特例，一般情况下施工地至少要离海边 200 米远。"

"但是，那块地是可以动工的。"克拉拉坚持说。

"瓦雷利诺是按照土地占用计划来工作的。但不是他下决定，他不过是实习生。他参加了会议。说不定他做了笔记，留下了复印件。在市政议会批准土地占用计划之前，他是没法影响这块地的属性。但是……"

"但是什么？"

西蒙使劲拍了一下桌子。"他可以事后在土地占用计划里作假。只要这个计划通过就行！本来不能动工的土地可以动工了。当然有一笔酬金作为报答。也许是欧洲建筑给的……也许是这块土地所属机构给的。这块地既然可以开工了，那么它的价值就增加了 10 倍，100 倍，甚至更多。"

"你想象力真丰富，卡萨。你怎么证明呢？都过去 10 年了。"

西蒙没有回复。他弯下腰，更加细心研究土地占用计划。NA（可动工区域）的形状有点奇怪。整个小岛上的 ND（不可动工区域）大部分覆盖在修道院四周。NA 覆盖了一部分田地，呈菱形，延绵上百公里，直到修道院废墟附近。

"你看，克拉拉。这块地的形状有点儿奇怪。好像这里加了一个手指的形状。就这里。"

克拉拉耸了耸肩。

"你看的就是你想要看到的。所有的土地都是奇形怪状。"

西蒙继续观察。

"克拉拉，你再看啊！这个类似手指的形状。如果你细心看计划，这块地的边缘跟其他线条不一样。"

克拉拉花了时间看地图，最后抬起头。

"我什么都看不见，你在瞎想！"

西蒙自己也不太确定。

土地占用计划的图纸是建筑规划师手绘的。甚至可以看到 NA 的线条有涂改过的痕迹，但这也是主观判断。观察了一段时间之后，西蒙补充说：

"克拉拉，你不觉得这个纸张的纹理某些地方有点儿白？"

"我眼睛都快瞎了。你这个图让人看花了眼。你可以在这张发黄的地图上看到你所想看的一切。卡萨，你的推理也许没错，但你找到的并不能成为证据。如果瓦雷利诺真的耍了什么花招，他也很高明，没有留下痕迹，无论你怎样怀疑这一切，你都没有绝对的证据。"

西蒙很无语。

"好了，让一下，我要把窗帘拉下来，现在是我的午休时间！发生了这么多事情，我得保存体力。相信我，你也得这样做！"

克拉拉从手提包里拿出水果酸奶，上面的标签是"轻脂肪"。西蒙耸耸肩。他走出市政府，去港口买东西吃，一块三明治，一块比萨或者其他可以吃的快餐。

他在圣－阿让的绿荫小路上走着，迷失在自己的思绪中。克拉拉说得对。他得想办法找到疏漏之处。

一刻钟后，西蒙回来了，手里拿着一块啃了一半的土耳其烤肉饼。克拉拉还没喝完酸奶。她看见西蒙手里的东西，恶心坏了。西蒙没有注意到她的表情，他在房间里慢慢走着，嘴里嚼着肉饼，试着整理脑子里的各种线索。

几分钟后，他想通了。

当然有其他方法证明！

他把剩下的肉饼扔进了最近的垃圾桶，很坚定地问克拉拉：

"克拉拉，抱歉打扰你吃东西了。我可以提个问题吗？你擅长计算吗？"

19. 出埃及记

2000 年 8 月 17 日，星期四，12 点 1 分

莫尔塞岛，圣 - 阿让大道

　　我朝圣 - 阿让的方向走去。港口离这里还有 1 公里远。我本来是站在小岛地势比较高的一边，但这条路的斜坡上全是榛树，看不清眼前的全貌。很多车从我面前经过，比以往更塞车，都是开往港口方向的。就像是小岛最东边的"海豚营"一下子把度假者全部赶跑了似的。

　　源源不断的车流从我面前经过。我爬上了 3 米高的斜坡。经过这片农田，就可以到达修道院大街，也就是红宝石湾对面。那里人烟稀少。我在小路上艰难地前行，沙石、尘土、野草阻挡了前路。然后我来到一片松树林。内心坚定的我在松树林的影子下走着，踩了一脚的沙。

　　还有 300 米就可以到达修道院大街，还有 40 米就是红宝石海滩。马上就能看到无边无际的海滩了。

　　前方到处都是警察的车。

　　不止一两辆。整个停车场停满了警车，就像电影里一样。

　　一条长长的橙色带把整个沙滩围起来。十几个人在警戒线后面观望。潮水拍打着空荡荡的海滩。几个穿着蓝色制服的警察就像蚂蚁一样走来走去。他们交头接耳，蹲下来勘查现场。我的第一个想法是有人溺水了，但眼前这幅慌乱的景象又像是一场游泳事故。

　　是鲨鱼吗？

　　我笑了。

　　这座小岛上有两个逃犯。这就是原因。我内心涌上一阵恐慌。这座小岛这些天来发生了一些奇怪的事情，就像是某个大事件要爆发了。仿佛这座天堂小岛快要塌落成碎片。

　　背后到底发生了什么事？

我继续朝圣－阿让走。这条路比海鸥湾更加堵，车子只能龟速前进。看到车子里面的装备，我感觉大部分度假者都打包好了所有行李。

为什么在这个星期四离开呢？在大白天的中午？头顶烈日？

真是太奇怪了！我想象渡轮口肯定是大塞车。幸好单车道畅通无阻。我在车流尾巴看见了法国2台的采访车。肯定发生了可怕的事情，这些大陆的记者才会这么快赶来。

我到了圣－阿让市政府。

好奇怪，怎么这么安静？除了刚才沙滩上看热闹的一群人。小岛上唯一的电话亭位于村子的中心广场——1908-5-20广场。我不知道今天发生了什么事。

我走进了电话亭。

塞了一枚硬币，按下奶奶马德莱娜的号码。

响了三声之后，奶奶接了电话。

"是奶奶吗？我是科林。"

奶奶有点儿吃惊，但也很开心。

"科林，你还好吗？你从营地打电话给我，我真开心。你的舅舅和舅妈说那里不能用手机。你过得开心吗？帆船好玩吗？"

我等她说完这些家常话，接着问：

"奶奶，爸爸有双胞胎兄弟吗？"

奶奶在另一头没话说。她的小心脏哦……她还是缓缓开口：

"你在说什么啊，科林？"

她被我的问题吓到了。刚才是测试。我重复问道：

"爸爸有双胞胎兄弟吗？"

她开始整理思绪。

"当然没有！你在干吗？当然没有！你为什么问这么蠢的事？"

我决定向她坦白。

"我昨天看到了爸爸，他还活着，就在小岛上。他在港口开小货车。"

她的反应也是我害怕的。她为孙子的心理健康担心。

"我可怜的小科林，你别再瞎编故事了！不要这么疯疯癫癫。你在港口看到的不是让，也不是他的双胞胎兄弟。你爸爸死了。他是独生子。我可以向你保证，我可以对天发誓。你只是看到一个长得像他的人而已。"

我很想大喊：不，我不相信。

奶奶继续说：

"你不应该回到那个不幸的小岛。我一开始虽然同意了，但现在我觉得这不是个好主意。"

我得到了我想要的信息。她的回复很真诚。双胞胎兄弟这条线我自己都不太信。看来现在是死胡同了。

我安慰了一下奶奶。

"你说得对，奶奶。肯定是长得像他的人。我只是想确定一下。别担心。"

奶奶还在追问我："你确定吗？你还好吗？"我最终挂了电话。

我看了一眼手表。

现在是下午1点7分。

我下午4点要回到营地……我饿了。一夜无眠，早上醒来时又受了惊吓，我从昨晚开始就没吃，除了保姆的几块猫耳朵饼干。

我观察了一下四周，几乎没人。广场中心矗立着一尊红衣主教马萨林雕像，直视前方的港口和大海，下巴上的小胡子惟妙惟肖，鬈发垂落在肩膀上，双手叉腰，面对小岛的嘈杂表现出淡漠的样子。

我最终决定在大科莫兰餐厅吃点儿东西，这里有整个村子最美的露台。为了抓紧时间，我点了一份沙拉。我观望了露台四周还有港口，担心杜瓦尔神父、斯蒂芬妮或者悠悠会突然出现，同时看了一下圣-阿让的女明星们的表演。现在岛上不太安宁，估计杜瓦尔神父和其他人会比较警觉。我想象他们看见我独自一人在露台，手里还拿着啤酒是什么反应。

大科莫兰的露台几乎没有客人。

我觉得应该是海啸袭击了小岛。等会儿我要去哪儿呢？必须去墓地。10天了，我一直在想这件事。不知道为什么，现在去父母的墓地，就像是朝圣一样。也许是因为站在父亲的墓地前，我才能进一步坚定父亲还活着的信念。

我点的沙拉端上来了。花了8.5欧，只有三块萝卜、十几块火腿丁和小山一样的绿色生菜叶。真够坑的！这里就是罪恶之岛。离我最近的那张桌子坐着个老帅哥：老鹰一样的眼神，帅气的夹克衫，手机贴在耳边。他一个人吃了一盘海鲜拼盘，外加一瓶已经喝了一半的白葡萄酒。我简直无法想象他那盘龙虾的价格。

尽管如此，我在偷听那个老帅哥在手机里对人咆哮。

"不是的，我不在红宝石湾那里。我在那里干吗？你瞎说。那里什么人都有。是的，电视台、广播台的人都来了。那里大塞车。我不在那里挖内幕了。"

我注意到他手里的圆珠笔上面刻的字是"小岛人"。我马上得出结论，他原来是个记者，想法很周全。

记者继续讲电话。

"别担心，我有我的路子。我有线人……"

他突然哈哈大笑，把港口的海鸥吓跑了。

"今天早上我已经放出了重磅头条！引起了小岛大恐慌！我本来很期待市长和监狱长看到头条时大吵一架，看来力道还不够狠。如果所有游客都跑光了，那么我的报纸也没有读者了。"

双方都安静下来。

手机另一端给他提了个问题。记者趁机喝光了酒杯里的酒。

"不不，是出埃及记。营地的人都快跑光了。估计塞了上千米。渡轮今天已经往返第四趟了。据说还要把泽西岛的渡轮也派过来。这次撤营很匆忙，从早上9点开始。你想想，孩子们还没来得及在沙滩上搭沙堡。"

他再次发出狂笑。

"该死，关于疯狂马萨林，我还有 10 页料没爆出来，等着吧，我先藏着。"

我想问他几个问题，错过这村没这店儿。这就是命运的安排。我匆匆吃完了沙拉，在等待机会。但是那个老家伙还在打电话，都打了快 45 分钟。记者的工作就是聊个不停吗？这是我感兴趣的职业！

他继续说：

"你明白吗？早上 10 点，报纸就卖光了，这是 8 年来头一次。现在我可以休息会儿。今天早上一直有人要采访我，法国新闻台，欧洲 1 台。你也许还可以在法国信息频道上看到我出镜。知道不？得好好利用一下，不是吗？明天的头条也许是其他事，没关系。我就把疯狂马萨林的故事抛出去，可以吧？好的。就像你说的，我得去找内线了。"

他最后一次开怀大笑。

"再见！"

终于讲完了。

我没给他缓气的空间。他甚至没来得及再吃一口菜，或者喝上一杯。

"您是《小岛人》的记者吗？"

"是的。"

他看起来并不吃惊，甚至是微笑友好的。

"小朋友，我可是主编。"

我习惯了。我开门见山地提问：

"不好意思，我在找资料。关于 10 年前莫尔塞岛发生的一件事情。跟考古学家让·雷米有关。不知道您还记得什么吗？"

记者脸色变了，长时间地看着我。我在揣摩他的反应。小岛发生了奇怪的事情。两个逃犯在外，还有红宝石湾发生的事件。大家都在谈论今天早上发生的事情，只有我提起了 10 年前的幽灵。

与主题无关吗？

不见得。

主编意味深长地看着我。毋庸置疑，他是个好记者。他知道如何制造悬念。他本来可以骂走我，但是他并没有，他凭本能察觉到有猫腻。他知道如何让对方上钩。

"你为什么要问我这个呢？"

"我是让·雷米的儿子，我参加了杜瓦尔神父组织的夏令营。"

他趁机吃了个牡蛎。

"让·雷米的儿子。真是收获满满的一天啊！一具尸体，一个故人。"

他吃下了第二个牡蛎。

"不好意思，但我记得你当年还是小豆丁。你的名字是？"

"科林。"

"科林，好的。小朋友，我现在不能跟你说。今天有点儿混乱。但是你可以随时来《小岛人》报社。我的电话号码 15 年来没变。你会知道关于这件事的所有细节。"

我看着他给自己倒了一杯酒。

"你要知道，那真是个狗血的故事。你父亲真是运气不好。他很勇敢，但不走运。我其实很想相信他，但是他的手下太不靠谱了。他的哥们儿马克西姆·普里厄，还有他老婆的弟弟。他不应该相信他们的。他们就是瞎搞。你父亲太单纯了，特别是跟钱有关的事……他们骗了他。他不属于这个罪恶之岛。他的理想主义威胁了这个小岛上其他人。"

我没多少时间。我想知道最终答案。

"您没有怀疑过他的死亡吗？"

记者有些吃惊，还带着一些犹豫。

"不，没人提过这个问题。他留下了一封诀别信……人们找到了他的尸体……他无法背负三个人的死亡，所以可以预见……"

我继续追问：

"您再也没有在小岛上见过他吗？我是说，活着的他。"

《小岛人》的主编神情充满了慈悲和怜悯，这正是我讨厌的。他在担心我的心理状况。

"当然没有啊，我的小朋友。我 15 年来进进出出这个小岛。你的父亲跟你的母亲一道安葬在小岛的坟墓里。你母亲当年可是小岛最美的女人，你父亲运气好好。我很喜欢你的父亲。他是个忠诚的人，一个有原则的人。你应该为他感到骄傲，小伙子。你父亲死得有尊严。"

记者举起了他的酒杯。

"敬你的父亲，科林。他应该喜欢这种酒。来一杯泽西岛的白葡萄酒。盎格鲁 – 诺曼底岛上最后的产酒区。"

"可是……我昨天在港口看见了他。"

"你的父亲在莫尔塞岛上很出名。如果他在小岛上散步，他会被马上认出来的。所以相信我，只是长得像他的人……"

他的论述打破了我的幻想。但我还是坚信，我不能放弃。

"你说我父亲是理想主义者是什么意思？"

他放下了杯子。

"这是个很长很复杂的故事……你最好读读那个年代的文章。现在我没时间。这件事跟一个房地产商'欧洲建筑'有关，还牵涉到国家文化遗产修道院、你父亲的协会成员，还有圣 – 阿让市政府，具体说跟施工许可证有关。"

突然他停下来，好像哪里不对劲，然后他再次睁开眼睛。

"砰砰砰！"他停下来，"施工许可证。小家伙，你刚刚给了我灵感。"

我不太明白。

"现在可以解释清楚了。"他继续说，"一开始我以为瓦雷利诺只是涉及公务采购受贿案。现在如果跟嗜血者工地事故联系起来就说得通了，他当时在市政府做实习生。"

他把手放在我肩膀上。

"小家伙，你真是从天而降的礼物。你的父亲明天就上报纸头条！"

从那一刻开始，他对我失去了兴趣。他重新拿起电话，给一个秘书打电话。

"是的，关于瓦雷利诺，那个幸存者。我在找明天的头条，连全国媒体都找不到的爆料。他的贪污案大家都知道。我们要炒作的是嗜血者工地事故。我知道这没什么直接联系，但是我们可以暗示点儿什么。他当年也在市政府做实习生。你最好帮我把资料找出来。我马上到。"

他下一刻就出发了，盘子里还剩一半的海鲜。我还饿，但还不至于可怜到去吃剩菜。

我看了一下表。下午 2 点 30 分。我要在 4 点前回到营地。去到墓地至少需要三刻钟，那里是小岛的北部。然后一刻钟回到营地。

太阳和天上的云玩起了捉迷藏的游戏。微风吹过，要变天了。

我有点儿头疼。要成为英雄还得继续努力！喝了点儿啤酒我继续上路。再一次来到修道院大街前。我走得比那些车还快。远处，我看见了警示灯。

出埃及记！

记者没说错。度假者几乎都是一副仓皇出逃的模样，车子里堆满了行李。后备厢也是满满的。孩子们因为掉落在营地的玩具和提前结束的假期而哭泣。大点儿的孩子趴在窗户边看着警察们走来走去。

这一切只是因为两个逃犯吗？

记者提到了一具尸体，还有让－路易·瓦雷利诺这个人。两个逃犯之间发生了冲突，其中一个死了，另一个还在逃亡中。我明白记者在逃犯和欧洲建筑这家公司的工地之间建立了某种联系。细节有待进一步澄清。

对于我来说，目前最关键的问题，也是记者也无法解答的难题：

为什么我是莫尔塞岛上唯一一个认出了我父亲的人？

沿着修道院大街走了1公里，冒着热腾腾尾气的汽车散发出呛人的汽油味，保险杠贴着保险杠，这一切都让人难以忍受，感觉有点儿恶心。我决定穿过农田抄一条近道，那里靠圣-安托万修道院北边一点儿，走到尽头就是监狱大街，正好面对墓地。

刚刚离开大街，我发现路上只剩下我一人。汽车愤怒的喇叭声，被从农田吹向大海的风声给淹没。

我越走越害怕。

一种无法形容的害怕。

是跟其他度假者一样，一种莫名的害怕吗？

那条通往海滩的路还不到150米长，每平方米就站了一个警察。逃犯的事在我脑海里越来越沉重。杜瓦尔神父建议我们绝不要独自出行。因为纠结于调查工作，我就忘了最基本的安全提示吗？我一个人在如此大的小岛上走着，还有一个逃犯在外……谁都可以躲在路边的荆棘林里。我走过一片野草丛和一片废弃的葡萄园，草丛很高，连1米前的景色都看不清。

其实就算逃犯藏在农田里某个地方，他们应该也不敢出来。我试着唱军歌，给自己壮胆。

在炮火下……

我一边唱一边走。就像是在石头上走路，试图用声响赶走藏起来的响尾蛇一样。

穿过枪林弹雨……

如果逃犯在前方，他们应该听到了我的歌声，趁机躲了起来。

我们走向胜利……

我看起来像个十足的笨蛋，一个人在农田里唱军歌。刚才那口啤酒还让我反胃。我应该走大路的。

这是最漫长的一天……

我突然听到了声音，就在正前方。

我马上想到了某种动物。于是，我安慰自己，装作没事一样继续走。如果是记者口里的逃犯瓦雷利诺，如果他知道你注意到了他，你就死定了。你唯一的机会就是装作什么都不知道。

我继续唱歌。尽管脑子里一团糟，但是我的歌声并没有发抖。也许是一对情侣在做爱。我完全没有兴趣去证实。

在我面前，一棵树的枝叶在晃动。

有人藏在那里！

继续唱歌。不要扭头。不要做出回应。

我继续往前走。

保持一样的节奏。监狱大道应该在不远处。

我的脚步越来越快。

突然有种奇怪的感觉。我感觉到潜在的危险。一边走一边打寒战。我听到了跟我的脚步声形成回声的另一个脚步声。

有人喘着大气。

就在我后面！

我继续往前走。

就像是什么都没听到。

后背在滴汗。继续保持冷静吗？呼吸声越来越近。我低下头看脚底，一个影子出现在我影子后面。

我的喉咙哽住了。

我吓坏了，也许接下来会有双巨大的手扣住我的肩膀。影子越来越近，叠在我的影子上方。没法反抗，我回过头。

尖叫出声！

我面前是一个恶魔！他牙齿脱落了，衣服破破烂烂，头发花白。就像是海盗电影里喝醉的水手。他不是悠悠假装的。是一个真正的酒鬼。

他弯下腰，伸出一只脏脏的手想说什么。

20. 可动工区域

2000 年 8 月 17 日，星期四，下午 2 点 15 分

莫尔塞岛，圣 – 阿让市政府

克拉拉用舌头舔掉小勺子里最后一点儿酸奶，转过头看着西蒙。

"什么意思？擅长计算？"

克拉拉大笑。

"你真会跟女人说话，卡萨。你立马认出了我的优点。"

她又笑了。

"以前光是给我兄弟上课就够痛苦了。你是想让我再来一次吗？"

"你负责计算，我们重新算过。"西蒙严肃地说道。

"算什么？"

"要知道这个图纸有没有被篡改过，那就只有一个解决方案。把图纸上的面积跟土地占用计划的报告做个对比。"

"你再解释一下？"

西蒙拿起标着 POS（土地占用计划）的文件箱，从里面拿出一个橙色的文件。

"63 页有统计小岛建筑总面积，按照类别来划分的。莫尔塞岛总面积是 1512 公顷。根据土地占用计划，其中市政区域 345 公顷，不可动工区域 852 公顷，可动工区域 315 公顷。接下来统计一下原图上的总数跟报告是否对应。如果不对的话，那就是 1990 年的土地占用计划造假了。"

克拉拉用双手抱住头。

"你疯了，这会出大事的。"

"不……这就是数学问题。我这一辈子都在跟这个打交道。在图纸上做手脚，擦掉边界再画一条，这是完全可以做到的。在报告里作假，这对瓦雷利诺来说比较困难。"

"如果有人篡改文件，应该不算难。"

"除非有原文件……我们开始吧。"

克拉拉叹了口气。她从秘书室里找来计算器，然后坐在市长的红色丝绒扶手椅里，那可是大厅最舒服的椅子。

"至少我没失去什么。我一直梦想坐在这把椅子上！"

西蒙发觉克拉拉很吃这一套。

"您的红色口红跟这把椅子很搭，市长大人。"

"别废话了。我得干活儿了。"

整整花了 3 个小时。西蒙高估了他的运算能力。建筑工地的面积测算非常复杂。他把注意力放在所有可动工区域。他用尺子计算坐标然后把数字给到克拉拉，后者算好以后计入总数。直到西蒙给出最后一块可动工区域的面积时，他不安地问克拉拉：

"所以总数是多少？"

克拉拉叹了口气：

"315 公顷！好消息是，我们计算能力不差。坏消息是土地占用计划没有作假，总数也是 315 公顷。我们花了 3 个小时一事无成。卡萨，下一次……"

"克拉拉！"西蒙大喊。

他很生气，很难接受秘书的嘲讽。

克拉拉吹着口哨。

"该死！这个家伙太厉害了。"

"但是他没有作假啊！"

克拉拉从手提包里拿出一盒鲜亮的指甲油。她一下子把皮凉鞋踢到了图纸上，把脚放在椭圆的桌子上，开始细心涂指甲油。

西蒙叹了口气。

他盯着土地占用计划这份文件。橙色的外壳包装。封皮右上角是这份土地占用计划的制作单位：景点土地所——市政建筑规划顾问。西蒙抬起头。克拉拉为了涂指甲油腿抬得老高，橙色的大花裙子走光了，屁股都快露出来了。

西蒙咳了一声。

"这家建筑事务所应该还在吧？你认识他们吗？"西蒙问道。

"你就算了吧。"克拉拉甚至没有抬头看他。

她完成了第一只脚。

"绝不放弃！"

女秘书耸耸肩。

"这个盒子被扔在角落多少年了。"

"你有电话号码簿吗？"

"现在是8月，卡萨，他们应该在度假。"

"好吧，90%的概率他们在度假。可我就没有在度假。"

克拉拉吹了口气，让指甲油快点儿干。

"你运气不错……"

她支起身子，看着他。

"哪家公司？"

"景点土地所。"

"我去电脑上找找。"

过了一会儿，她回来了，打印了一张纸，递给西蒙。

"这上面有地址、电话、传真和邮箱。是我打还是你自己搞定？"

西蒙看了一眼她放在图纸上的皮凉鞋。

"在M6电视台上岸之前，把另一只脚涂了。"

"你觉得涂得好看吗？"

"我爱死了，你的大腿是你保养最好的地方。"

"浑蛋！"

克拉拉回到市长的座椅上，把第二只鞋子放在图纸上，挨着第一只鞋子，继续涂剩下的指甲。

西蒙拿起腰旁的手机，打了个电话，嘴里骂骂咧咧。

克拉拉问："没人吗？"

西蒙让她闭嘴。他以严肃的口吻留言："这里是莫尔塞岛圣－阿让警察局。我们需要一份特别紧急的文件，圣－阿让土地占用计划1990年修订版。当年是你们单位负责制作的报告和图纸。我需要了解报告原件第63页上莫尔塞岛不可动工区域的具体面积。如果你们有存档的话。请尽快回复电话：0611263631。此事人命关天。"

"原来是答录机！"克拉拉喊道。

"他们会打回来的。"

"是的……你给他们施压了！等到8月底他们才会回复。你还有别的法子吗？"

"你还不太了解我，我从不放弃。"西蒙大声说。

"土地占有文件有两份官方文件，一份在市政府，所有居民都可以查阅，这是法律规定的。另一份在圣－洛省设备部那里，以供国家机关参考。最后在研究机构还有一个备份……"

"所以呢？"

"克拉拉，在你涂另一只脚之前，你能给我找到圣－洛省设备部的电话吗？"

克拉拉陷入了回忆中。

"啊……第二只脚……"

"你在想德尔佩什吗？"

"浑蛋！按12键！"

她再次拿出指甲油，把脚抬得老高，露出了红色内裤的一角。西蒙扭过头，拨了12键。

"帮我转圣－洛省的设备部，事情紧急。这里是莫尔塞岛的西蒙·卡萨诺瓦专员。"

克拉拉忍不住扑哧笑出声。

10 秒后，西蒙接通了圣 - 洛省的设备部。

"女士，这里是西蒙·卡萨诺瓦专员，在莫尔塞岛执行专项任务。我想您肯定知道小岛沙滩上发生了谋杀案吧？您是设备部的秘书吗？"

"是的。"对方的声音比较小。

"好的，您知道土地占用计划在哪儿？"

"是的，在档案室……"

西蒙叹了口气。

"是这样的，女士。您帮我找一下圣 - 阿让市莫尔塞岛的土地占用计划。不要最新版，要 1990 年版。"

"天啊，"女秘书很不情愿的语气，"我不知道还在不在啊。没人找我要过这个文件。1990 年的文件啊！您确定您不要最新的版本吗？"

"不，我就要 1990 年版的！你们部门不会扔文件的，我知道！"

"好吧。如果还在的话，肯定压在最下面。"

西蒙生气了。

"小岛上有个杀手，女士。他随时可能杀掉下一个人。请您快点儿！"

西蒙听到了远去的脚步声。不是他期望的快步跑。他等了快 10 分钟。

克拉拉涂完了第二只脚，让指甲油风干。

"我很想做个穿洞。你觉得呢？我不太敢。"

"什么？"

"穿洞，在我这个年纪，会不会有点儿太……？"

"我懒得管你！"

"卡萨，你简直着了魔。瓦雷利诺这事让你变傻了！"

同时，西蒙听到了越来越近的脚步声。

"我找到了，先生。"

"是专员。"

"对不起。"

"请打开 63 页。还在吗？总表里可动工区域的数字是？"

"可动工区域？"

"是的……"

"315，专员先生！"

"315？你确定？"

"非常确定，专员先生。"

看到西蒙哭丧着脸，克拉拉想安慰他。但是西蒙不放弃。

"文件里有区域划分图吗？"

"是的，专员先生。"

"打开图纸，找到红宝石海滩，还在吗？"

"是的，专员先生。"

"你不用每次重复说专员先生。"

"是的……卡萨诺瓦……先生。"

西蒙叹了口气。

"在红宝石湾上方，有块菱形的可动工区域，你看到了吗？"

"是的，不过不太像是个菱形，就在圣－安托万修道院附近。这个可动工区域是菱形外加一个手指的形状。"

"谢谢你，小姐。"

西蒙挂了电话，开始咆哮："该死！没错。瓦雷利诺在市政府实习结束后，又去到省设备部实习，他完全有时间修改文本和地图。"

克拉拉直起身，又趴在桌子上取回她的凉鞋。她转过身面对西蒙。

"或者他什么都没改，是你在瞎想。你要看证据！市政府和省设备部两份土地占用计划是一模一样的。就算是作假，过了10年你还指望能找到证据吗？"

西蒙在思考。他看着桌子上有点儿泛黄的图纸。

长3米、宽2米的图纸。

"你要明白，怎么可能伪造这样一份文件呢？"克拉拉问他。

西蒙没有回复。他盯着地图看，突然眼前一亮。

"当然可以了，你的手指还可以打字吗？"

克拉拉做了一个鬼脸。

"准备好电子通讯录，我有个更加棒的主意……"

"你决不放弃，是吧？"克拉拉叹了口气。

"不，你会大吃一惊的。"

三　生日礼物

21. 亵渎

我不擅长运动。然而，这个下午，我打破了个人纪录。在这个醉鬼俯下身来跟我说话之前，我拼了命地跑。这个酒鬼醉醺醺的，我想他应该追不上我……

只要他口袋里没有枪。

背都湿透了。我往前冲，没有回头。杂草淹没了我的大腿。我不敢低头看，我想腿上都是被杂草剐伤的血迹。

我的心跳得飞快。

我没法保证一直跑这么快。太蠢了。我可能会倒在路边，他会抓住我。我都快 1 年没跑步了。然而，我的腿还跑得动，这就是奇迹。但还能坚持多久？不管了，继续向前跑。

他还在我后面吗？

是的。

一直跑到路边。

路边？

是的。

前面 200 米就是马路边了。我现在不能倒下。

我再次听到了喇叭声、尖叫声和吵闹声。我的双腿已经麻木，也感觉不到杂草剐过的刺痛。

不能回头。继续走。眼前这段车流让我感到安心。

终于来到了马路边。

车子塞成一条长龙，走不动。

在司机吃惊的眼光下，我加速穿过了街道，来到了街道另一边。面前是一排汽车筑成的城墙，坐在车里开车的父亲们就是我的保镖。于是，我整个人放松下来。

我把中午吃的全部吐出来了，生菜、莴苣、火腿丁。还好没有碰隔壁的海鲜盘。一个6岁的女孩儿跟父母一起坐在车里，鼻子贴在奥迪80的车窗上，一脸惊讶地看着我。我拿着一张纸巾擦嘴，那个女孩儿还盯着我。

我看了一眼街对面，看不见那个追我的人。我应该甩掉他了。

这个恶魔是谁？逃犯瓦雷利诺吗？

有可能……

我得通知警察才行。

为什么要自找麻烦？我沿着监狱大道走着。车流不断朝着渡轮的方向开去，从那里才能回到大陆。

为了加重度假者逃亡的氛围，太阳也躲了起来，乌云密布。这是我上岛后第一次遇到这样的天气。一股狂风吹干了我湿透的后背。

我给自己打气。也许这个醉鬼跟逃犯没关系。也许是一个老水手，或者是个老乞丐，睡得晕晕乎乎被我吵醒。与其说他危险，不如说他可怕。他什么都没做，没有对我动手，甚至没有尾随我。

但我一个人还是害怕。

我来到了墓地。

高高的墙壁在路边围了100米长。旁边的车流让我感到安心。因为一旦进入墓地，我又是一个人。不过也不一定。

我推开铁门。因为生锈，铁门咯吱咯吱响，就像是恐怖片里的镜头。

我鼓起勇气走进去，但我立马泄气了。

墓地的高墙挡住了外面的车流。我走得很慢。墓地里阴森恐怖，外面的噪声越来越小。整个墓地就我一人。

我在想刚才那个家伙有没有跟进来，如果他跟进来，那我就被困住了。没人看得到我们。没人可以猜到墓地里发生了什么。我被困住了。

我不安地看了一眼身后，把铁门关上了。如果有人开门，我应该能听到。为什么这个人要一直追到这里？

墓地并不大，但我不知道父母的坟墓在哪里。我想转一圈应该比较快。

天色阴沉，太阳躲在云后面，愈发显得这个地方阴森恐怖。两棵高大的紫杉树，巨大的石碑，这些都是极佳的藏身之处。

我开始四处寻找父母的坟墓。墓碑上的日期让我迷惑。我在想人们从来不在墓碑上写这个人到底是几岁死的。然而，人们看到墓碑后做的第一件事就是计算生辰。

在每个墓碑前，我机械性地计算这个人的死亡年纪。

83 岁。

67 岁。

如果是 60 岁以下，我就开始想象这是什么悲剧。那些 60 岁以下去世之人的墓碑往往是保存最好的。

这也是我父母墓碑的情况吗？

谁在维护现场？是保姆吗？

绝对不会是蒂埃里和布丽吉特，除非他们花钱请人去做。我从没听他们说过。

接下来一排是儿童的墓碑。生锈的铁笼子，不到 1 米高。

4 岁。6 岁。3 个月。

有些墓碑上面有照片。我浑身哆嗦，后背发凉。

我没见过比这些小笼子更恐怖的东西。我意识到我是第一次走进墓地。得快点儿找到父母的坟墓。

我加快了节奏，不再算死亡年纪，只看名字。但有些墓碑甚至连名字都没有，被划掉了。

我加快了步伐。如果墓碑上写着"献给我的祖母，献给我的祖父"，我就赶紧走开。

我觉得自己卷入了奇怪的旋涡。墓碑上男男女女的名字，就像是一个死亡记录簿。我脑子里有个奇怪的想法，如果按照字母顺序排列会更加简单。

为什么不可以呢？或者是按照时间顺序。

为什么如此杂乱？

我找不到父母的名字，心里愈发恐慌。我几乎跑遍了四分之三的小道。

如果我刚才错过了呢？

如果他们的坟墓不在这里呢？

我经常听奶奶说爸爸妈妈埋在这里，但那是很久以前了。

也许她在撒谎。

不……刚才的记者也提到了我父亲的坟墓在这里。还是说小岛还有另外一块墓地？也许吧。

越往前走，我就越绝望。谁在维护这块墓地？如果没人负责的话，也许过一段时间，人们会把这块地挪作他用。这也说得通。这块墓地的雕像残败不堪，很久没人维护了。10 年了，我父母的坟墓不知道变成了什么样。眼前又是一条小径。

这是最后一条路。

突然我的眼睛定住了。

让·雷米 & 安娜·雷米

1959—1990；1960—1990

是合墓。

我的心碎了。

父母的墓碑有人为破坏的痕迹。

有人给整个墓碑泼上了红色的油漆。

在上面画了骷髅头、男性标志和十字架。

整块墓碑都被人亵渎过。

我面色苍白。

谁可以做出这种行为？谁会如此亵渎神灵？哪个疯子可以做出这种恐怖的事情？

为什么？

为什么亵渎我父母的墓碑？

为什么他们的墓碑是整个墓地唯一被破坏掉的，在这样一个安静的环境里？

为什么？

我弯下腰。油漆好像还很新，应该泼了还不到两天。墓碑周围很多牌子也被弄脏了。上面写着：献给我的儿子。献给我的媳妇。献给我的姐姐。有一块牌子是圣－安托万协会成员送上的，让人想起修道院的石头造型。还有一块市政府送的牌子：献给莫尔塞岛最忠诚的人。

还有一块大理石板，上面刻着：献给我最好的朋友。

谁给的呢？是那个拉斐尔还是加布里埃尔，还是马克西姆？

我又凑近了点儿。

大理石墓碑上有一块玻璃里嵌着我父母的照片。

我再次感受到愤怒。

镜框里的父母很难辨认。有人用刀子刺穿了镜框，毁掉了整张照片，他们的脸都毁了。

谁这么恨他们啊？居然想毁掉他们的脸。

内心燃起无明火。

这是为什么呢？

今天一整天，我遇到的人都在跟我说我父亲是个好人，值得尊敬的人。但是这里有人亵渎了他的坟墓，毁掉了他的照片。

我想到了工地上死去的工人。

为什么是在 10 年后呢？今天，在我回来的这天？我的父亲真的是保姆描述的那样值得尊敬的人吗？这一次又有人撒谎吗？我忠诚的父亲，模范父亲和丈夫，小岛上最让人羡慕的一对夫妻，死也没有分开，葬在一起……这是人们讲给我的神话故事。因为只有我母亲一人躺在这里。我父亲睡在别处！

我知道。

他没有睡在这里！他在小岛上开着一辆白色卡车，逍遥自在。

那个在我母亲眼皮底下调情的红发女孩儿呢？

她现在怎么样呢？

她跟我父亲的失踪有关系吗？

这一切不过是假象。所有人都在撒谎。

我父亲到底是谁？

墓地的铁门突然咯吱响，打乱了我的思绪。

我转过头。

天空依旧阴暗，墓地气氛阴森，我还是认出了他的身形。

就是他！

那个醉鬼，没有牙齿的水手。我没有在农田里吵醒他，也不是随便就碰上了他。

他在跟踪我。

他要找的人是我。

22. 证明完毕

克拉拉站在西蒙面前，满脸怒气。

"所以，卡萨，有什么新发现？"

西蒙露出满意的笑容。

"克拉拉，这个计谋太巧妙了。一开始有两份图纸，一张在省设备部，一张在这里。但这两份图纸都造假了。"

"你在瞎说什么！"

"我会证明给你看的。两份真地图和两份假地图。"

"亏你想得出来，两份假地图是什么？"克拉拉嘲讽道。

"你听我说。你还记得 1990 年时，有几家公司可以复制这样一份长 3 米、宽 2 米的图纸？"

"我不知道。"

"那我们来找找看……现在轮到你了，网络女王！"

过了一会儿，他们发现，1990 年只有一家企业可以复制如此大规格的图纸。这家公司如今还在，叫作复制家，在格朗维尔工业区的某个地方。

西蒙打通了复制家的总机。他开了免提，这样克拉拉也听得到。他又使出下马威这一招，说自己是卡萨诺瓦专员，负责调查小岛上的逃犯案件，事情紧急，关乎人命。接电话的秘书顿时吓坏了，这件事情生死攸关，而能否顺利解决取决于她是否能找到 1990 年的发票。

"是的，当然可以，都记录在册的，但是……"

"小姐，请你抓紧时间！"

女秘书小跑离开了。她把无线电话带在身边。

"专员先生，我找到了1990年的文件盒子，文件实在是太多了。这里有17年来所有的订单和发票。我不知道原来都还有存。您需要几月份的？"

"1月或2月。"

"具体找什么？"

"圣－阿让土地占用计划的打印稿，长3米、宽2米。这个定制要求不太常见。"

他听到女秘书在翻找东西。大概过了1分钟。

"找到了。1990年1月12日。圣－阿让土地占用计划打印两份。客户是景点土地所，我们的老客户，长期合作伙伴。"

"好的。继续找，小姐。"

"什么，还有其他图纸？"

"是的，一样的。"

"一样的？"

安静了10秒钟后。

"您说得对，专员先生。"

"什么？"

"1月15日，又复制了两份图纸，同样的尺寸，同样的标题，圣－阿让土地占用计划。"

"同一个客户吗？"

"不，这一次没有名字……订单和发票上都没有。估计客户用现金付款。"

"谢谢你，小姐。"

西蒙挂上电话，兴奋不已：

"证明完毕！克拉拉，证明完毕！有四份土地占用计划！两份是事务所下单……另外两份是一个神秘的客户。"

克拉拉一脸惊讶。

"前两份估计被撕毁了……或者是其他人需要多余的两份。"

"另外两份在哪儿？不，克拉拉，一共四份图纸。前两份没有造假，分别存在市政府和省设备处。瓦雷利诺拿到了市政府这份原件，造假之后，在接下来的 48 小时内用假图纸代替了真图纸。几天或者几星期后，省设备处那份也被替换了。就是这么简单。没人会注意到。这样的话，不可动工区域变成了可动工区域。房地产开发商高兴了。拍卖价格也上涨了……你的同事让 - 路易·瓦雷利诺因为这个暗箱操作拿了一笔金额不少的佣金。"

克拉拉着实佩服他的推理。

"卡萨，你说服了我。你可以成为一个优秀的警察。但是这些也只是推理……"

"我的推理有问题吗？"

"你喜欢把秘书耍得团团转。"

西蒙一脸吃惊地看着克拉拉。

"是其他秘书，不是你啊。"他笨拙地为自己辩护。

"不用不用，尊敬的卡萨诺瓦专员。"

克拉拉把西蒙从头到脚仔细打量了一番。

"其实你外形挺适合做警察的……你也算是第一个发现此案线索的人……这个案子水很深啊……就连德尔佩什也……"

西蒙吓到了。

"千万别跟德尔佩什说这事！"

"你把我当成什么人了，"克拉拉很生气，"再说我们也没证据啊！"

"怎么会没证据？"

"好吧，你几乎说服了我。但是你没有确凿的证据证明土地占用计划的原件被替换掉了。"

西蒙叹了口气。同时，他的手机响了。

是短信。

"是景点土地所发来的。我还以为他们度假去了，8月底才能回。"

"他们留言了？"

"不是留言。"

"那是什么？你的短信内容是什么？"

"没有文字，只有两个字母和一个数字。NA=275。"

23. 十字路口

2000年8月17日，星期四，下午3点31分

莫尔塞岛，监狱大街墓地

陌生人看着我。他没有关上他身后的铁门，慢慢朝我走来。我动不了，被困住了。我想找出口，但没找到。他离我越来越近。

我被彻底困住了！

他想说什么，声音很奇怪，很低沉，像某些歌手从喉咙深处发出的声音。

"小家伙，"他艰难地开口，"小家伙，别动。"

我得想办法逃走。就算我尖叫，也没人听得到。这个怪物看起来行动比较缓慢。如果我继续待在原地就完蛋了。我得绕圈子。所以唯一的方法就是在墓碑上行走。尽快跳上那些墓碑，跑得越远越好。这是唯一的机会。

我在心里盘算着。

我必须比这个僵尸行动快，不给他反应的时间。让他没法挡住我的退路。最后一刻先发制人。

"小家伙，"他努力从黑色的嘴巴里蹦出几个字，"你认不出我吗？我认识你。"

我等他往前走了 2 米。他露出最后三颗牙，努力摆出一个笑容。

"我认识你，小家伙，我知道你在找什么。"

还有 1 米。

"你在找你的父亲，小家伙，我知道……"

就是现在！

在大脑下指令之前，我的腿就先动了。我跳上左边第一个墓碑，踩碎了一盆假花。

没有回头，我继续跳着前行。在疯狂逃跑的途中，我撞翻了大理石板和花盆。我已经顾不了那么多。我跑远了。

我听到后面再次传来的声音。

"小家伙，我知道你父亲在哪儿。"

我下意识放慢了脚步，但还是不敢回头。前方警车的警示灯在转啊转。理性告诉我这是个陷阱，一个巨大的陷阱，我离铁门还有50 米。

再努力一把，我就得救了。

我跳到地面上，右脚踝很疼。它刚才撞上了一块大理石板。但是我现在管不了那么多。

我要继续奔跑，别想其他的，只听着我自己的心跳声。

我穿过了铁门。

我活着来到了外面。眼前是一排排车流，车里的乘客们看着我。

我深呼一口气，继续往前跑。

我的脚踝好多了。半岛的营地离这里不远。

天上落下几滴雨，这是 8 月的第一场雨。我把这雨看成是洗礼，洗刷掉我身上的疲惫和各种不好的事情。

过了大概一刻钟，我来到了十字路口。沿着圣－阿让大道一直走到头就是半岛的营地。左边是渡轮码头和大陆。所有的车辆都在掉头。左边的车子排成长长的队伍。车灯亮了，雨刷也在努力排水。

远处可见警车的警示灯。警车在车子上船之前仔细检查车辆。莫尔塞岛的渡口是小岛唯一的出口。

我知道你父亲在哪儿。

我心生疑虑：如果这不是陷阱呢？再说会是什么陷阱呢？这个家伙看起来一副无能的样子。我难道是没经思考就逃跑的笨蛋吗？这个疯子是第一个给我提供线索的人。我知道你父亲在哪儿。而我居然跑了！我一边责怪自己，一边往营地跑。我现在也没法回去墓地了。

我实在太害怕了。我看了一下表，现在是下午3点52分。我没时间了，得赶紧回营地。必须准时回去，这样明天才能继续溜出去。我加快脚步，时不时还回头看看。

没有人跟着我！

在十字路口左转，终于回到了半岛。在路上，我注意到灌木丛中有红色的缎带。这是我们小组的标志！出于本能，我把红色缎带扯下来放进口袋。如果有人发问，我还可以证明我参加了游戏。

我在4点7分准时进入营地。

斯蒂芬妮在等我，对下雨毫不在意。她站在两根石柱之间，那里是农场的入口。她脱掉了僧侣的服装，穿上了运动短裤和宽大的T恤。湿漉漉的头发搭在眼睛上。这样子更美了。她是那种喜欢挑战大自然的类型，山里的暴风雨都不看在眼里。她看着我，一脸生气的样子。

"你在干什么？大家都回来了。我们说过要待在一起的。你看时间了吗？现在岛上一团糟。"

我拿出了口袋里湿漉漉的红色缎带。

"我花了点儿时间把路上的红色缎带取下来。总不能撒得到处都是吧。我们又不是游客。"

我知道斯蒂芬妮是环保主义者，7月玩帆船，8月玩徒步。她朝我笑了，友好地拍了拍我肩膀。

"你说得对，科林。你是唯一这样做的。好吧，去找你的团队吧，我们20分钟后集合。"

我找到了马迪和阿尔芒。他们坐在帐篷下方，跟其他人离得很远。屋顶漏水，他们挤在一起避雨。阿尔芒在填问卷，马迪笑着问我："怎么样？"我坐在他们旁边，稍微缓了口气，粗略讲了一下我一天的经过。马迪听得聚精会神，阿尔芒也听得入神。这让我有点儿吃惊。马迪给我使了个眼色。

"他现在是考古学粉丝了。"

考古学？阿尔芒？我突然明白了。

"你们肯定去过了圣–安托万修道院的废墟。"

我想到了入口的北欧金发美女。如果阿尔芒遇到了她，肯定会为她着迷。阿尔芒抬起了头。

"我们没进去。四欧的门票简直是抢劫！我花了一个小时搭讪那个前台美女，可是她就是不上钩。不过我没花钱，就让她帮我把问卷填好了。勇敢迷人的康迪斯。她最后还把她的名字告诉了我。我真是赚翻了……"

他伸展了他那瘦弱白皙的身体。马迪转过身笑着对我说：

"他以为他跟那个金发美女有戏……我觉得太丢脸了！我以为他会一直缠着她不放。她最后填完了问卷，他才放手。"

我继续讲我的经历，最后讲到了墓地里的醉汉。马迪瞪大了眼睛看着我。

"你就这样离开了？他肯定是个酒鬼。他跟你说他知道你父亲在哪儿……你就这样跑了？"

我解释说岛上出了大事，两个逃犯在外。马迪和阿尔芒了解得比我多。马迪补充说："跟追你的家伙没关系。逃犯要更加年轻点儿，不

超过 40 岁。我在修道院蹭来的报纸上看过照片。他们在红宝石湾找到
了其中一个逃犯的尸体。"

下午 4 点 30 分，斯蒂芬妮和悠悠把问卷收齐了。一个小时后，他
们让我们集中起来，给出问卷结果。我去洗澡换衣服。雨来得快也走
得快。拉芒什海峡的风吹散了乌云，给羞涩的太阳留出了位置。

我们坐在外面的椅子上，围成一个圈。只有杜瓦尔神父还穿着红
衣主教的服装。他对角色扮演游戏很入迷。

"我们的奖品是什么？"阿尔芒问道。

"小岛上僧侣的宝藏。"杜瓦尔神父回复，"本笃会兄弟的宝藏。疯
狂马萨林，年轻人，疯狂马萨林，藏在地下的宝藏。"

"没有斯蒂芬妮的吻吗？"阿尔芒问道。

所有人哄堂大笑。阿尔芒连在杜瓦尔神父前也是口无遮拦。后者
没有回答。阿尔芒继续说："跟斯蒂芬妮的吻比起来，我更想要一把
铲子！"

大家一片安静。

杜瓦尔神父皱了皱眉头。他无法接受这种无理的态度。阿尔芒知
道自己过界了，赶紧找台阶下。

"我是说一把用来挖财宝的铲子。"

大家再次哄堂大笑，悠悠和斯蒂芬妮也忍不住笑起来。杜瓦尔神
父这才平息怒火。接下来马上揭晓结果。

只有女孩子那组获胜了。阿尔芒窒息了。

"浑蛋，那个瑞典浑蛋！她讲的都是废话，我要回去……"

"干吗？"马迪问。

"给她点儿颜色看看。"

我的脑子一直转个不停。

心思不在这里。

今晚我被困在营地里。如果想半夜溜出去的话，既可笑又危险。第二天再去吧，马迪说得对，我得找到那个知道我父亲下落的醉汉。

24. 疯狂马萨林

2000 年 8 月 17 日，星期四，晚上 11 点
莫尔塞岛，圣 - 阿让港口

康迪斯赤裸着上身躺在他床上，只穿着内裤。西蒙在他的小单间里注视着她。年轻女子来晚了，把房间里剩下的食物全部吃完了，两个番茄，一袋薯片，还有罐子里的巧克力酱。她脱下了白色蕾丝贴身背心，米白色短裙。他们做了爱，比前一晚更快收工。

"累坏了，"康迪斯在毯子下叹了口气，"15 天来，我每晚只睡 4 小时。"

西蒙没做评论。

"康迪斯，说到你这份兼职，你应该对圣 - 安托万修道院非常了解吧？比如周边的土地、废墟、工程？"

康迪斯叹了口气，然后钻到被子下。

"我不明白你为什么对这些废墟这么感兴趣。我以为你要跟我谈谈沙滩上的尸体。那个波兰人！还是小孩子发现的。整个小岛、所有电视新闻只谈这一件事情！警察们看起来很疲惫。你没有线索吗？"

康迪斯慵懒地躺在床单上，西蒙犹豫了片刻是否要再次扮演布鲁斯·威利斯。告诉她其实他已经跑在警察前面，还有他今天下午的发现。突然间，他觉得还是谨慎为好。

"我什么都不能说。但我需要你这边关于修道院的信息。我需要一些资料……"

康迪斯起身，被子滑落下来，乳房挺立着。

西蒙快要把持不住了。

"你也是讨厌鬼！只想利用我！"

"我怎么也是？"

"今天一整天都有一群蠢孩子围着我问问题，关于修道院、僧侣还有疯狂马萨林。所以我今天受够了这些问题！"

她重新躺在床上，用枕头盖住了脑袋，身体其他部位裸露在外面。

西蒙嘴里骂骂咧咧。他把薯片袋子和巧克力酱罐子拿到水槽。之前康迪斯随手把东西扔在一边。好像她的时间很宝贵似的。先是吃饭，然后是亲热，最后是睡觉。

这个美人为什么都不愿意多说几句呢？她为什么这么排斥跟修道院相关的问题呢？只对他的调查感兴趣？

如此神秘，如此充满诱惑。

西蒙弯下腰把康迪斯匆忙脱下的衣服都捡起来，几件轻薄的棉质尼龙衫，把衣服叠好了放在床头，然后欣赏她优美的身体曲线，随着呼吸起伏的胸部。在康迪斯腰部，他注意到一个细节：一朵蓝色的蝴蝶文身和一块黑色的胎记。他前一夜在海滩没有发现，至少昨晚这只蝴蝶还没有来到她身上。

西蒙翻来覆去睡不着。他的卧室有 15 平方米。住宿不用钱，他也没什么好抱怨的。这是酒店老板和市长之间达成的协议。还有个好处就是可以看到港口的风景。他在那里第一次看到了坐在露台上的康迪斯。西蒙又想起了造假的土地占用计划。

他有证据。而且是铁证。

只有让-路易·瓦雷利诺有可能去操纵这一切。

他是 10 年后唯一发现这一切的人吗？ 1990 年，没人会怀疑一个年轻的实习生。但是如今，这一切跟瓦雷利诺的逃亡有什么联系？有人私底下把不可动工区域改成可动工区域，施工许可证也就顺理成章了。推理结果符合逻辑。还有工地事故引发的丑闻。但是他暂时没发现让－路易·瓦雷利诺跟这件事之间的联系。

天气闷热，西蒙跑去开卧室的窗户。海风吹起了窗帘。他深深吸了口气。康迪斯哆嗦了一下，转过身把被子盖上，然后继续睡。

西蒙寻思他手里有这么重要的信息可以做些什么。瓦雷利诺此刻躲在小岛某处。他需要把证据拿给警方吗？是的，但是他之后就无法参与调查。他之前的努力就白费了。

这个杀手就藏在小岛上，虽然没有证据证明瓦雷利诺就是杀害他越狱同伴的凶手。但他又能跟警察说明什么呢？一场 10 年前的造假案？不，要继续调查，修道院靠海的这块土地，这个著名的房地产计划，嗜血者工地事故。

这就是关键！

这块修道院的土地为什么这么特别？甚至让瓦雷利诺冒死越狱还下毒手？这个关于疯狂马萨林的传说，本笃会兄弟的财富，这一切又出现在西蒙的脑子里。

这一切之间的联系是什么？

康迪斯似乎睡得很香。

西蒙把头探出窗外，看着港口。从夏天开始，他就没见过这么荒凉的港口。天气很好，微风习习。似乎所有游客都离开了小岛！

对于当地的旅游业来说这可是致命的打击。都怪媒体大肆渲染！就连大科莫兰酒店的客人也跑了。跟老板谈谈，运气好的话，他可以住上比这个狗屎单间更好的地方。但也不确定。那个老板看起来不是那么慷慨的人。他是生意人，跟小岛上所有人一样。8 月 17 日沙滩上的命案对他们来说是致命的打击。这群黑手党！这座小岛就是另一个神秘版的西西里岛。

老板，你的露台是空的哦！可不是因为今天下午的暴风雨呢！

露台上还有几个客人。西蒙仔细看了看，居然还有德尔佩什。他跟一个金发美女一起。他只看得见她的背面。金发美女的裙子剪裁得很贴身。

真是个尤物啊！

在上演了出埃及记之后，莫尔塞岛的美女所剩无几。

德尔佩什这么老的家伙怎么这么走运？西蒙的视线跟着德尔佩什在走，他注意到美女的脚指甲是红色的！

是克拉拉！

老天爷，克拉拉，真的是她！

难以置信。她肯定会把一切告诉这个记者，把我的调查结果和盘托出！西蒙抓起一件 T 恤，穿上一条裤子，看了一眼还在熟睡中的康迪斯，然后来到了大科莫兰酒店空旷的露台。

德尔佩什看见他，露出大大的笑容，似乎很真诚：

"西蒙·卡萨诺瓦，莫尔塞岛上最后一个正直的人。"

克拉拉转过身，也朝他大笑。

"哇哦，专员先生从他的洞穴里出来了。"

西蒙本来以为会被冷眼相待，怕克拉拉嫌弃他是电灯泡。结果这一切跟他想的不太一样……被两个男人围绕，克拉拉的虚荣心得到了极大满足。克拉拉推给他一把椅子。不，这个秘书的脸太憔悴了，就算身材还凑合……德尔佩什，还是留给你吧，西蒙心想。

他点了一瓶白葡萄酒加柠檬片。

"我们正在谈论瓦雷利诺，"记者解释道，"每个人都在谈论这事……至少留下来的人都在谈。"

西蒙试图捕捉克拉拉的目光，但后者眼睛盯着波浪，挂在游船桅杆上的信号灯发着光。

"你的调查进展如何？"德尔佩什问他。

"有志者事竟成。"

"不要这么谦虚嘛！"克拉拉嘲讽道。

西蒙试着在桌子下踢她一脚，但是他只踢到了桌子脚。克拉拉继续说："打了三次电话，拿到一个关键数据，本事可大了……"

德尔佩什的眼睛发光了。

"然后呢？"

"不不不，这是高级机密。迪迪埃，昨晚欠债的人是你，不是我……"克拉拉打趣道。

西蒙叹了口气。克拉拉把德尔佩什唤作迪迪埃。这个昵称会不会让他觉得难堪？小岛上所有人都称呼他德尔佩什，他在报纸上的署名也是这个。克拉拉弯下腰去拿鸡尾酒杯里的小勺子，正好给了记者一睹春光的机会。

奇怪的是，德尔佩什没有追问电话和数字的事情。西蒙觉得有点儿吃惊。他怎么不追根究底？或者是他等我走了再问？

事实上，德尔佩什已经写好了明天的头条。他把瓦雷利诺和嗜血者工地事故联系起来，瓦雷利诺当时任职的市政府责无旁贷。他没有别的料了，但已经足够大卖特卖了。

只有克拉拉知道两个男人在找同一个线索。而且西蒙·卡萨诺瓦还跑在前面。女秘书在观察他们的小游戏，就像是观看一场牌局，只不过早知道了对方的底牌。她吞掉了一勺香草冰激凌，在西蒙眼皮底下喝了一口他的酒。

"克拉拉，随着事情的进展，接下来整个莫尔塞岛就会完完全全属于我们两个人。你看，这个露台只有我们。你就别因为昨晚的事情再摆张臭脸好吗？我是要工作嘛！你刚才提到的数字是怎么回事？"

"跟数学有关。"克拉拉故作神秘，用舌头舔了一下奶酪。

"数学？"德尔佩什很好奇。

西蒙担心她说太多。他不想让德尔佩什知道太多。他得打个岔。

"迪迪埃，这个关于疯狂马萨林的故事，到底是什么来着？"

德尔佩什打趣地看着这个年轻人。

"你想干吗？卡萨诺瓦，你担心漂亮的克拉拉说太多吗？所以想转移注意力？你想一个人扮演英雄吗？你不相信小岛上所有人，是吧？你没错。但另一方面，在这个小岛上做独行侠是危险的……特别是目前这个状况。你明白我的意思了吗？市政府的档案室里应该有不少爆料，如果你用心去找……"

西蒙站起来。

"你没回答我的问题。你刚才打岔。"

德尔佩什喝光了他的威士忌。

"好的。你想知道疯狂马萨林的故事吗？"

克拉拉叹了口气。

"开始了，小朋友。你面前的人是这个小岛仅剩的专家。为什么呢？因为其他人都死了！"

他露出了诡异的笑容，让西蒙打了个寒战。记者开始讲述那个传说：

"马萨林是这座小岛上的重要人物。小岛上的监狱就是用他来命名的。还有矗立在5-20广场正中间的雕像，是一个世纪以前，法兰西第三共和国时期，当时的市长下令修建的。雕像身着大主教服装，双手叉腰，目光直视地平线。跟盎格鲁-诺曼底其他岛不一样，莫尔塞岛从没有被英国人占领，那得多亏了这个马萨林。事实上，马萨林非常喜欢莫尔塞岛，他经常来这里，一待就是好几个月。虽然不是他建立的圣-安托万修道院，但是他在15世纪修道院衰落后命人重建了它。"

"为什么衰落呢？"

"据说是因为鼠疫。马萨林在的时候，这个小岛上的僧侣数量增加了两倍。他还下令挖掘了地道。至此，小岛到达繁盛期，监狱是后来的事。"

克拉拉转过头看向远方。西蒙一直盯着德尔佩什。

"马萨林为什么这么喜欢这个小岛？他是本地人吗？"

"不。他是意大利西西里人。莫尔塞不是他唯一热爱的小岛……他的外号是'25个修道院的主教'。他收集最富有的修道院，例如：克吕尼、圣－但尼……他就是法国历史上最富有的教会人士。"

德尔佩什的故事深深地吸引了西蒙。记者继续讲：

"比如，他用他的财富去资助他的教子路易十四……修道院源源不断的财富让他成为那个年代艺术家的资助者，例如：作家、画家、雕塑家等。跟他本身主教的地位没太大关系。"

"所以为什么是莫尔塞岛？"西蒙问道。

"这就是战略考虑了。在盎格鲁－诺曼底群岛对抗英国的百年大战中，英国人从没有拿下圣－马洛小岛，或者是圣－米歇尔山。但是莫尔塞岛的监狱，跟邻岛绍塞岛或者塔堤乌岛的堡垒一样，在几个世纪里被多次攻击，经历过爆炸还有火灾。但人们最经常讨论的是他的疯狂……"

"说到重点了。"克拉拉舔光了杯底的奶油。

"到底是什么意思？"西蒙继续说。

"你会在《小岛人》上读到的，"克拉拉插嘴，"10年来夏天的头条总是这个。结果今年的头条成了沙滩上的尸体。"

德尔佩什哈哈大笑。

"好吧，我简单说说，免得克拉拉觉得无聊去睡觉，扔下我们两个人。"

他点了一支烟。嘉润，一个罕见的印尼牌子。克拉拉在一旁打哈欠。

"疯狂马萨林这件事是塞维涅夫人在一封信里提到的。你知道她是谁吗，卡萨诺瓦？"

"呃……"

"塞维涅夫人是路易十四时期最知名的宫廷生活传记作家。她写了上千封信，主要是写给她女儿的。大部分都出版过，有些仍未发表。

在 1659 年 4 月 12 日的一封信中，有这样几句奇怪的话：意大利的马萨林赢得了整个宫廷的倾慕。他的口才、渊博的知识还有政治谋略，尤其是来自莫尔塞小岛的财富让人美慕不已。他用这份独一无二的财富拉拢了整个法国贵族，这份取之不尽的财富让法国宫廷美慕不已。没有这份财富，路易十四就不可能风光起来。"

"谁找到了这封信？"

"让·雷米，一个考古学家。一个非常让人吃惊的家伙。我见过他几次……是个固执的人……"

"能否再说明白点儿，到底是什么财富？"

克拉拉秀了秀她的彩色玻璃戒指。

"金子……宝石。没多少选择……"

德尔佩什继续说：

"也许是罗马宝藏……维京人的战利品。或者是圣殿骑士的宝藏，上千个僧侣的积蓄。马萨林拥有取之不尽的宝藏。事实上，没人知道详情……只有这封信里的几句话。"

"就这些？"西蒙很吃惊，"上千封信里就这几句跟宝藏有关的话？"

"无风不起浪。塞维涅夫人是非常值得信赖的传记作家。所以小岛上肯定有财富。既然她用到了取之不尽这个词，那我们可以猜想……"

"没人发现吗？"西蒙打断了他。

"让·雷米找了一辈子。具体说是他短暂的一生。我给这个传说起了个贴切的名字：疯狂马萨林，足够在每个夏天让游客们为之痴迷。另外，疯狂马萨林让人联想到大巴黎的希利－马萨林站。"

"你跟游客们讲了什么，除了塞维涅夫人这几句话？"

德尔佩什看着克拉拉，后者给他一个顺从的微笑。

"整个故事呗。我们知道莫尔塞岛是一个非常富饶的小岛，直到 1789 年法国大革命爆发，修道院被铲平，僧侣们被驱逐，物品被变卖……从此小岛一蹶不振。唯一的变化就是以前的城堡变成了监狱。

修道院的那块地，被人们称之为'嗜血者'，卖给了小岛上最有钱的农民，他们花天价买下来这块地。我们不清楚为什么在那个年代，修道院靠海的这块地这么值钱。这家人有四兄弟，他们迅速成了暴发户，然后在欧洲大陆投资。接下来两年，四兄弟互相残杀，没人知道为什么。这个家庭的故事很少出现在官方文件里。这块地变成了无主之地，之后过了 100 年。"

"是你发现了这些细节吗？"

"不，是让·雷米告诉我们的。他是历史学家，对档案很着迷。我们就这个故事讨论了好几个晚上。"

"财富的秘密呢？"

"后来好长时间没有新消息。1819 年一个苦役犯来到小岛后暴富。来自雷恩城堡的修道院院长索尼埃在克利夫兰发了财，让人修建了一个神秘的小教堂。我在《小岛人》写过这些故事。但私下说，跟雷恩城堡的神父不同，这个暴富的苦役犯其实是个臭名昭著的骗子。最靠谱的还是吕西安·韦尔热的故事……"

"吕西安·韦尔热是谁？"

"一个 18 岁的农民，在修道院周边废弃的土地上务农。一个可怜的家伙。是让·雷米挖出了这个故事。吕西安·韦尔热宣称发现了宝藏，真正的宝藏，那是 1914 年。第二年他就去参战了，再也没回来，把秘密带进了坟墓……1937 年，监狱的神父同时也是圣－安托万修道院的神父，他突然疯掉了，说恶魔想偷走小岛的财宝。他不敢拿走财宝，说财宝被诅咒了。"

"这些证词都是让·雷米收集的？"

"是的，他也算是个疯子。他对吕西安·韦尔热的故事尤其感兴趣。人们认为让·雷米最终发现了疯狂马萨林的宝藏。但是他把秘密带进了坟墓。他自杀了。"

"他在嗜血者工地事故之后自杀了吗？"

"没错。这块土地属于他。他们在那里挖掘古迹，他一开始是一个充满热情的考古学家，但不用说他也希望能找到那笔宝藏。有天晚上，大概是 10 年前，我们两个在圣 – 安托万修道院聊天，手里还拿着啤酒。他跟我吐露说他发现了马萨林的宝藏。但是他拒绝说更多内情。几个星期后，起重机倒了……"

克拉拉不耐烦地看着手表。西蒙装作没看见。

"德尔佩什，你呢？你不想继续深挖这个故事吗？"

"并不太想。所有深挖这个故事的人最后都死了……再说了，疯狂马萨林可是我的摇钱树。游客们最喜欢他的故事了。每年夏天都有游客带着炒锅在海滩上挖金子。他们看了我的报纸就想去参观修道院的遗址。这对大家来说都是好事，每个人都从中获益。"

西蒙继续问："你真的不相信疯狂马萨林这个故事吗？"

德尔佩什过了好一会儿才回答他。克拉拉打断了他。

"如果回答是的话，就是胆小鬼。但事实上他也信。这个小岛上所有人都信。但是他害怕那个所谓的诅咒，所以他扮演了怀疑者的角色。"

"没错。"德尔佩什笑了，又点燃了一支印度尼西亚的烟。

味道太臭了。德尔佩什继续说："别怕，孩子。这个岛上的人都活不长。如果我再活 15 年，报纸还在的话，那是因为我知道点到为止，不去深究，步步为营。不要惊起太大的波澜。作为这个小岛上唯一的报纸，要保持中立……再说，我也习惯了……那些文件嘛……就躺在某个角落里吧。"

安静了片刻，克拉拉又打了个哈欠。

"我回去睡觉了。"西蒙说。

他以为克拉拉会说"我也回去了"，但她并没有。她跟她的孤胆英雄记者先生一起留在露台上。在离开之前，他把椅子放回原位。他给克拉拉使了个眼色，示意她不要在他离开后说太多。

西蒙想，如果明天的《小岛人》在瓦雷利诺和嗜血者工地事故之间建立起联系，那么克拉拉你就等着瞧吧！

他看了一下表。

凌晨 1 点。康迪斯就在楼上等他。

他知道无论如何，这么晚，德尔佩什也来不及改明天的头条内容了。

25. 海鸥湾的谷仓

2000 年 8 月 18 日，星期五，1 点 17 分

莫尔塞岛，半岛营地

大家都在大帐篷里睡觉。我的眼睛逐渐适应了微光，辨别出 6 个躺着的人。我晚上睡得不多，一直在想白天发生的事情。

一方面，见过了保姆、记者，跟奶奶打了电话，他们都确认我父亲已经死了！

但是另一方面，他溺水 10 天后被发现的尸体，蒂埃里和布丽吉特的沉默，还有前天与父亲的偶遇，都说明父亲的死亡不是事实。我父亲是个英雄，一个充满激情的人，一个好人，一个杰出的人物。一个厉害到可以编造自己死亡消息的人。

这一切都是为了让自己销声匿迹。

这样就解释清楚了。他不相信任何人，如同记者所说，甚至连他的小舅子都信不过！他当时被人威胁，直至现在还没摆脱威胁。他的坟墓刚刚被人泼过漆，这就是证据。

我父亲还活着，但是身处危难中。他装死是因为他被人威胁。这样就说得通了。

我回到自己的睡袋里。有一个男孩子约翰咳得比较厉害。

我之前跟马迪还有阿尔芒讨论了很久。他们听得很认真，尤其是马迪。我试图将前后矛盾的地方说圆了。我是唯一可以帮助父亲的人。他需要我，尤其是现在。

我又想到了墓地里的流浪汉。我确定他跟监狱的逃犯没关系。他比他们年龄更大，而且他也没想藏起来。现在整个法国西部的警方都在追捕一个逃犯，如果他是逃犯肯定会躲起来。他的话在我脑海里回荡："我知道你父亲在哪儿。"

我真是蠢货！

我居然被吓跑了。这个男人是我唯一的线索。一个能帮我找到父亲的人。我得再找到他。

在这样一个旅游小岛上，应该没有很多他这样的流浪汉。《小岛人》的记者肯定认识他。

我在脑海里盘算着明天的行程。下午划帆船，根本没时间啊！或者是装病……但是这样的话，杜瓦尔神父就会跟着我。不，这样反而会吸引注意力。这是自杀行为。我还有一整个上午。将近11点，大家都会去海滩。11点之前，还比较平静。起床、吃早餐、上厕所、洗碗、闲逛。如果有马迪和阿尔芒帮我掩护，运气好的话，其他人不会注意到我不在营地。

如果我早点儿起床，就可以有两个小时的自由时间。我得动作快点儿！蒂埃里和布丽吉特明天到，到时候我就没法单独行动。

他们从头到尾都在撒谎。

我只有一个早上的时间寻找我的父亲！

明天太迟了！

明天……我想了想，明天是星期六，8月19日，我16岁的生日！

我的生日……这一系列巧合在我看来太奇怪了：父亲的出现、杀手的到来、被亵渎的墓碑、那个跟我搭讪的流浪汉、我的生日……这几个小时内发生的事情，就像是一场预先排练好的交响乐，然而我不知道谁是幕后的指挥者。

凌晨 2 点，我还在跟困意作斗争。

我又想起了修道院废墟里吃晚餐的照片，还有那段视频。

最终困意占据了上风。

我揉了揉眼睛。

灰尘很刺眼。我看到上方是一群大人，他们个子高大，围坐在桌子旁。我看不见他们的脸，只看到一条条腿。光溜溜的大腿，裙子，短裤。父亲的手伸过来，我认出了他无名指的戒指，一个很简单的银质婚戒。母亲戴着同款。这是她留在我记忆中最后的几个画面之一。她最后一次来到我床边跟我讲话时也戴着这个戒指，之后她就在车里自杀了。父亲的手揉着我的头发。我呵呵笑，真是太舒服了。

突然画面转成了噩梦。尖叫声代替了笑容。

我不明白，捂住了耳朵。父亲的手牵着我的小手，让我很安心，好像是在对我说没关系。大人们在争吵。然后父亲的手松开了。我不想他离开，大声尖叫。我感觉快要陷入地下。

桌子离我越来越远，尖叫声越来越大。我只牵着父亲的一个手指头。他松开了，远离我。最后的画面是父亲的手放在他的啤酒肚上。我一身汗醒来。才刚刚凌晨 3 点。

早上，我等悠悠过来，他每天 8 点半来到帐篷下签到。我在睡袋里已经穿好衣服，提前半个小时准备好一切。等悠悠一离开帐篷，我就跳出睡袋。马迪和阿尔芒知道接下来怎么做，我们一起拟订了作战计划，例如：科林在厕所里。科林跟马迪在一起。科林跟阿尔芒在一起。我们刚刚见到了他，他在那边……这两个小伙伴值得信赖。

我从帐篷出来时很小心不要遇见任何人。我随时有可能遇上斯蒂芬妮、杜瓦尔神父或者是悠悠。幸好农场的院子里树木繁盛，我在树荫下穿行，就这样毫无困难地离开了营地。早上清新的空气让人感觉良好。一阵轻柔的海风刮在我脸上。我几乎两个晚上没睡觉。沿着修道院大街走着，这是我第一次这么早在小岛上散步。红宝石湾升起的朝霞微微泛红。也许这个名字就是由此得来。

我现在彻底醒了，感觉内心充满了力量。明天我就16岁了！又大了1岁。我感觉一天内长大了10岁。红宝石湾似乎恢复了平静。沙滩入口处还拉着警戒线，但是没有游客，没有看热闹的人，也没有囚车。小岛出奇地安静，大马路上也空无一人。潮水退去。就连钓鱼的人也不见踪迹，只有被人遗忘的水坑。

暴风雨后一片安静，仿佛整个小岛被清空了。我昨晚读了《小岛人》报，仔细观察了上面逃犯的模样，还有文章里提到的其他细节。

两发子弹，一发在背上，一发在脖子后。

万一营地有人发现我不见了，我得找个说法。杜瓦尔神父本来一筹莫展：营地周围有在逃囚犯啊！他昨天花了半个多小时训诫我们：不能走远，不能单独行动，时刻保持警惕。然而今天早上一切看起来很平静。我在路上遇到了一些骑单车的还有跑步的……不过他们都是成群结队的。

到达圣–阿让港口时已经9点了。有几个常客在大科莫兰酒店的露台喝咖啡。看不到记者的踪影。我叫来了服务生，问他是否见过《小岛人》的主编。他笑着说德尔佩什11点才会出现，他一般前一晚都在忙着报纸的发行……

于是，他给我指了报社的位置，位于跟港口平行的大街——奥里尼大街上，离这里几米远。

我赶紧冲过去。穿过1908-5-20广场时，我看了一眼马萨林雕像。然后又扫射了一眼四周，担心那个流浪汉会出现在街角。

没有人。

奥里尼大街上《小岛人》的牌子很醒目。它由贝壳拼贴而成，十几个重复的画面叠加在一起，最后组成一个巨大的问号。真是有够疯狂

的。今天的头条已经贴在了橱窗上。大标题是：让－路易·瓦雷利诺
被过去抓住了。

这个记者说的过去是什么？我记得他昨天在港口说的那些话。文
章开头确定了我的想法：记者提到了嗜血者工地的事故，瓦雷利诺可
能参与其中，他当时在市政府工作。这个事故牵涉到很多人……我的
父亲没有出现在文章里。这让我很好奇，但我得耐住性子，把问题一
个个解决掉。首先，我得找到墓地那个流浪汉的踪迹。《小岛人》的总
部关门了，上面的海报写着：下午 2 点开门！

错过了！

现在将近 9 点 30 分，我赶回营地至少需要半个小时。我手头没
有线索。谁可以告诉我一个流浪汉的消息呢？去街上问商人吗？为什
么不可以？我想了想，右手边是商业街，后面是大海和港口。前方是
5-20 广场，一直往前就是市政府。

为什么不去市政府呢？

我来到市政府的院子里，看到一辆红色的山地车朝我这个方向骑
过来。

我马上认出了他。他就是所谓的"安全负责人"，总是骑着单车
在小岛上转来转去。人们经常在沙滩、自行车道上看见他。他看起来
总是一脸严肃，询问悠悠一切是否都好，如果有什么问题，可以随时
找他。

这个骑单车的家伙可烦死人了！

然而如果说这个小岛上还有谁知道流浪汉的踪迹，那就非他莫属
了。这就是他的工作啊！公路安全负责人。他把单车停在台阶上，一
副牛仔的潇洒范儿。

"先生？"我问道。

他转过身。

"嗯？"

"我可以提个问题吗？"

他装出一副很忙的模样。但我还是继续问："我在找人。一个老流浪汉，穿得破破烂烂，灰色长头发，几乎没有牙齿了。你应该见过，这个小岛上这样的人不多。他看起来有点儿吓人。"

这个公路安全负责人笑了。

"小家伙，这个小岛上让人害怕的人可多了。"

这个家伙太过分了，居然叫我"小家伙"。他也不过比我大 10 岁而已。但我还是扮演乖学生的样子。

"好的，先生。"

"你欠这个食人魔什么东西吗？"

笨蛋！我没有预见他这一招。

为了争取时间，我转过身，看着市政府建筑的正面。我第一次注意到上面只有"自由"二字，其他的字不见了……

很奇怪。

这个家伙注意到了我的视线，我又赢得了几秒钟来想对策。

"这个，我正在小岛度假。我参加了杜瓦尔神父的夏令营，就在半岛那边。我想那个家伙也许是我的亲人，可能是我表哥……我好像认识他。我想找到他。"

他看着我，一脸奇怪的表情。

"你的表哥？"

他又看看手表，一副很着急的样子。

"你要找的人不是流浪汉，只不过是个穷人，喝多了而已。他以前是水手。他不是坏人，但是商人们不喜欢他在村子里闲逛，会影响到游客。其他没什么问题。他不乞讨，就是个酒鬼而已。"

"我在哪里可以找到他？"

"真的是你表哥？"

他看起来很怀疑我的说法。

"是的，我很确定。我父母明天过来给我过生日，到时候我们一起去看他。"

我这一次看起来很真诚。

"夏天的话，他一般住在海鸥湾上面的谷仓里。你肯定能找到那个地方，是个破房子，屋顶是铁皮的。海边只有一家这样的房子。他从早上睡到中午，下午也在睡觉。"

他又看了一眼手表。

"好了，我得走了，小岛上情况紧急。别一个人到处逛，小家伙。现在可不行。"

他给我使了一个眼色，然后走进了市政府。

浑蛋！我讨厌大人这种眼色。但无论如何，我拿到了我想要的信息。

太棒了！

9点37分。

我算了一下时间。我正好在小岛的另一边，离谷仓差不多4公里。我看到了公路安全员的单车。电影里不是经常有偷单车的桥段吗？但这个想法也只是一闪而过，我不想被作为罪犯带回营地。

4公里？不怕，冲啊！

我深吸一口气，开始跑。天气不是很热。要知道以前我从没跑过2公里以上！

跑了500米后，我感觉膝盖快不行了。我大汗淋漓，心跳加速。

我停下来，改成大步走。大口大口喘着粗气。

9点41分。

再次出发，这次好多了。我又跑了1公里，再次停下来，改成大步走。小路蜿蜒向上，但我没有停下脚步。来到平路时，我继续冲刺。

我知道快到下莫村了，保姆的房子就在那里。但是我没时间停下脚步。还有两三公里的路。我只能看一眼马蒂娜房子的红色百叶窗，是关着的。我眼前浮现出那个醉汉的模样，希望再次见到他时能认出来。这一次我不能再逃走。

我终于来到了小丘陵，这里是一片荆棘林和灌木丛，还有椴木、刺槐、栗树和桑树。这里是小岛上最荒凉的地方。我记得杜瓦尔神父说过，海鸥湾（Crique-aux-Mauves）这个地名跟退潮时海滩上紫色（mauve）的花岗岩没有任何关系，"mauve"一词在古诺曼底方言里是"海鸥"的意思。我很快就发现了丘陵上方的谷仓。在一片荒凉的田野尽头，有一座被遗弃的谷仓。

10点17分。

不能再耽搁时间了！

我跑进院子里，大声喊道："有人吗？"

没有声音。

突然我内心一阵恐慌，后背滴着汗。真像是恐怖片里的场景：荒凉的田野，海鸥的叫声，甚至还有乌鸦的叫声。

我对面就是谷仓的黑色大门。

"有人吗？"

还是没有声音。在走进谷仓之前，我看了一眼窗户，其实就是墙上的一个洞。谷仓里面很黑，我隐约看见一床旧毯子，几份杂志，一个煤气炉，甚至还有一台电视机。虽然整个谷仓散发出一股哈喇味，但是电视机还是很新，只是上面没有天线。我在想这人怎么看电视？

很明显，没有一个人。

我可以进去找找线索。

我正想转身，突然有一只手搭在我肩膀上，我顿时起了一身鸡皮疙瘩。我克制不住自己想逃的欲望，晃动手臂想拍掉后面的手。最后，我还是忍住了，慢慢转过身。

那个醉汉的脸出现在我面前，就快贴上我的脸了。

26."说实话……"

在市政府的院子里，西蒙回想起刚才那个奇怪的小男生。

算了，还有其他更紧急的事情。他手里拿着《小岛人》，上面的标题是"让 - 路易·瓦雷利诺被过去抓住了"。这个德尔佩什比想象的还要狡猾。但是他是怎么把让 - 路易·瓦雷利诺跟嗜血者工地的事故联系起来的呢？

是克拉拉泄密了吗？

德尔佩什在凌晨 1 点前还没有印报纸呢！

他走进了市政府。克拉拉戴上了耳机。她在听比利·乔的《说实话》。西蒙一句话不说，给自己冲了一杯咖啡，然后坐在前台，打开了报纸。他很快读完了。德尔佩什肯定知道内情。但这则新闻其实没什么新内容。德尔佩什的论断没有建立在详细的事实基础上，他没有把让 - 路易·瓦雷利诺和事故联系起来，他只是指出这两个事件同时发生。德尔佩什很吃惊，这样一块危险的土地居然宣称是可动工区域，但是他没有深究下去。

也就是说他什么都不知道！克拉拉没泄密。德尔佩什只是跟他有同一个预感而已。

西蒙叹了口气：他还是跑在记者前面。他知道这块地是被篡改成可动工区域的。他有证据证明瓦雷利诺参与了这个阴谋。在《小岛人》报的第二页，德尔佩什有了第二个假设，把让 - 路易·瓦雷利诺、欧洲建筑公司，以及拥有这块土地的圣 - 安托万协会（让·雷米是协会主席）三者联系起来。西蒙详细地阅读了他不知道的细节，从协会破产到让·雷米自杀。但有一个细节漏掉了。

"这块地，这块罪恶之地现在属于谁？德尔佩什没有去更新这个数据吗?"

西蒙来到克拉拉电脑前,女秘书取下了耳机。

"嘿,卡萨。"她展露出迷人的微笑。

西蒙注意到她喷了香水,化了妆。而他还是睡眼惺忪的模样。

"你今天早上看起来心情不错。谢谢你昨天没有跟德尔佩什透露消息。"

"谢谢你的支持。昨晚迪埃尝试了很多方法,但我没有松口。你说得对,这样才能治得了男人。"

她伸了个大懒腰,似乎想让西蒙明白她身心疲惫。她戴着耳机继续听歌。

"说实话……"

西蒙准备再喝一杯咖啡。接下来做什么?去警察局告诉他们图纸造假的事情?瓦雷利诺还出逃在外。可以帮助警察抓到他吗?不确定……西蒙不想再去捡狗屎,比小岛上游客还要多的狗屎。

现在的主要问题是:这个瓦雷利诺前天为什么要逃跑?什么事情让他做出如此愚蠢的举动,甚至是杀人?

他手里拿着咖啡杯,站在克拉拉面前。克拉拉叹了口气,再次取下耳机。

"又怎么了?"

西蒙觉得她身上的味道很好闻。他问道:"现在这块地属于谁?"

"哪块地?"

"就是嗜血者工地。本来属于不可动工区域的那块地……"

"你还在纠结这个故事?"

"是的。所以这块地是属于谁的?"

"我怎么知道?去问德尔佩什!"

"什么都要问他啊!"

"反正我不知道……你是个笨蛋。你们两个如果一起调查,效率更高。"

"我不相信任何人,除了你。"

"跟他一样!他昨晚也跟我说了同样的话……"

西蒙叹了口气。

"那算了。"

他试着转换策略。

"克拉拉,我觉得你今天早上特别可爱。妆很精致,香水很好闻,一切都很完美。"

克拉拉开心大笑。

"那是爱情啊,卡萨。你得试试。"

西蒙走远了几步,没有回复。

"你去巴尔东家看看,他是小岛上唯一的公证员。塞尔日·巴尔东。只有他知道土地所有者是谁。他住在最北边的皮瓦那大街,村里头最后一栋房子。"

"谢谢。"

"你应该给我煮一杯咖啡的。"

但是西蒙早就离开了。

西蒙骑着单车,很快就来到了皮瓦那大街,这是村子出口处一条很窄的小路,跟圣-阿让的其他小街一样,是一条灰色的石板路。好几辆黑色单车停靠在石墙边,四周的花园里是五颜六色的鲜花。就像是明信片里的场景,一处宁静怡人的角落。

西蒙很快找到公证处,金色的牌匾上写着:

塞尔日·巴尔东

公证员

西蒙按了门铃。

他听到室内传来的声音。有人走过来了,但这个人并不着急。终于,厚厚的大门打开了。一个胖胖的男人,至少有120公斤,慢悠悠地走到门口。他穿着一件紧巴巴的外套，系着红色的领带，几乎秃头，很难判断他的年纪。公证员整个人横在门口，一脸狐疑地看着他。

"有事吗？"他很严肃地问道。

西蒙突然有种奇怪的感觉，仿佛撕掉了小岛给游客们看到的光鲜的一面，孤身一人独闯这个强盗小岛的中心。

27. 另一个证人

2000 年 8 月 18 日，星期五，10 点 21 分

莫尔塞岛，海鸥湾

我心里早有准备，连逃跑的时间都推后了。

"你回来了。"醉汉用嘶哑的声音说道。

我转过头，不想盯着他的黄色牙齿看，也不想闻那个臭味。我想快点儿搞定这一切。

"我想找到我父亲。他还活着，我知道。"

他不回答我，一副懒散的样子。

"我知道，我知道。"

我内心涌起一阵狂喜。他是第一个没有反对的人。

第一个！

"我知道你想见他。你回来就是为了这事。你运气好，还有我知道内情。只有我知道他什么时候在岛上，什么时候不在。他不是经常来……他来的时候，非常隐秘……戴帽子，留胡子，黑色眼镜。他可不想被认出来……"

他试着把脏脏的手放在我身上，我躲开了。

"为什么呢？"我问道。

"他会解释给你听的。不要相信这里任何人,这是个罪恶的小岛。"

他转过身,吐了口痰,继续说。

"我们一开始只看得到这座小岛的太阳、大海和海鸥,但其实这一切的内在都是腐烂的。这里每个人都有自己的秘密,从出生开始就有,就像是基因里传承下来的。无法讲出口的罪行,不敢揭发的谋杀案。很久以来就是这样。我让你害怕了,是吗?你做得对,不要相信任何人。特别是我!"

我看了一下时间,10 点 28 分。

"我父亲呢?"

"是的,你是为了他来的。你并不在乎我。你只想见他,是吗?你真的想见他?"

他肯定在我脸上看到了激动的神情。

"如果这是你想要的……无论如何,不关我事。今晚来这里,在海湾等他。他有一艘摩托艇,晚上会偷偷上岸。不要问我他在干什么。我不知道,我也不在乎。我只知道他这段时间,几乎每晚都停留一两个小时。大概从晚上 10 点开始。我在这里看得到。我是岛上唯一看到的人。"

他呵呵笑。

我不敢相信。

如果他不是疯子,我今晚就可以见到我父亲!晚上 10 点后,这也是逃离营地的最佳时间。

这一切令人难以置信。最后还有个问题。

10 点 32 分。

该死!我必须 11 点前回去,不然会露馅。今晚之前得低调行事。我出发前提了最后一个问题。

"你怎么认出我来的?你怎么知道我是谁?"

他看着我,面无表情。

"你去问你父亲吧……跟我无关。我只是做了我该做的事。"

"你要做什么？"

"告诉你如何找到他！"

"你怎么知道我是谁？"

"我知道，就是这样。这个小岛上所有人都在撒谎。那些什么都不说的人才是最诚实的。"

他转过身。

"晚上我得睡觉，你别来烦我。"

10 点 34 分。

还有 26 分钟跑回营地。

不止 3 公里的路。

几乎不可能……

28. 生日礼物

2000 年 8 月 18 日，星期五，10 点 21 分

莫尔塞岛，皮瓦那大街

公证员上前一步，整个人挡住门口。

"你有什么事？"他重复了一次。

西蒙一本正经地说道："西蒙·卡萨诺瓦，莫尔塞岛公路安全负责人。"

塞尔日·巴尔东哈哈大笑。

"天啊！莫尔塞岛公路安全负责人。再好不过了，真的有这个职位吗？"

他盯着放在墙角的单车。西蒙有点儿生气，但还是以严肃的口气回答："我是小岛的公路安全负责人。是市政府授予我……"

塞尔日又笑出声来。

"市政府的那帮土匪出钱让小屁孩来保证安全吗？真是活久了什么都能见到！"

面对西蒙愤怒的表情，塞尔日继续说："别生气，孩子。你看起来不像是坏人。我看得出来你是个明白人。你不是本地人，对吧？"

"我想问几个问题，可以进来吗？"

公证员站得稳稳的。

"不，你不能进来。这里只准客人进来。这里是小岛的堡垒，是保险箱。没人跟你说过吗？小岛上的任何土匪都不敢闯进来。不能进来，也什么都看不到。"

事实上，塞尔日·巴尔东胖乎乎的身形挡住了整扇大门，看不见房间里的任何东西。

公证员再次哈哈大笑。

"你的问题我很愿意回答。你是个老实人。看起来你不是本地人，刚来这里不久。"

公证员因为笑得太久喘不过气，靠在门柱上休息。

"是关于修道院那块地，"西蒙比较腼腆地问道，"10年前的嗜血者工地。"

"还有呢？"

"我只想知道现在这块地属于谁？"

巴尔东一副玩味的表情看着西蒙。

"天啊，你是佐罗吗？这个小岛上好久不见的英雄啊。我说，你这孩子，你为什么对这块遗弃的土地这么感兴趣？"

看着西蒙犹豫不决，公证员继续说道：

"你很好奇，是吗？小岛上平静了10年。突然，让-路易·瓦雷利诺逃跑，然后你发现了问题，追根究底，跑到我这里提问。尤其是今天……"

"今天怎么了？"

"没怎么。这是公证员的秘密。"

西蒙叹了口气。

"至少告诉我这块地的所有者是谁。这不是秘密吧？"

巴尔东打量着西蒙的脸。

"我不知道你想知道什么，孩子。我不认为是市长给你钱让你去调查这事……我觉得他知道你这样做会不高兴的。"

"你要给他报信吗？"西蒙挑衅道。

"当然不会！"公证员突然提高了嗓门，"你是在跟塞尔日·巴尔东说话，孩子。我这样说是为了你好。不光是市长，这座小岛上没有多少人乐意你调查这事。大家都满足于读《小岛人》，因为够狗血够八卦，不是吗？所以你还想继续深挖这事吗？"

西蒙站直了，盯着公证员的眼睛。

"是的！"

"好吧……我警告过你了。等会儿得骑快点儿哦，孩子。我送你的可不是礼物。"

西蒙耸了耸肩。

"可以的，我骑得很快。别担心。"

巴尔东看了一眼靠在墙角的单车。

"那就如你所愿吧。这块地的主人是让·雷米，圣－安托万协会前任主席。这个协会在修道院废墟挖了 15 年。这个勇敢的家伙在开通渡轮迎来游客之前赎回来的地。"

西蒙在想这个公证员是不是跟他开玩笑。他很尖锐地反驳道：

"您说的这个人死了。他 10 年前死了！"

"是的，是的，他死了没错，大家都知道。但是目前这块地还是属于他的。"

"10 年了？"

"是的。"

"在法律上是成立的吗？"

"让·雷米在走之前留下了详细的说明，所以是成立的……"

"在他自杀之前？"西蒙打断了他的话。

"是的……就是那样。在消失之前，他把这块地的管理权托付给他的一个朋友，加布里埃尔·博尔德里。"

西蒙伸长了耳朵仔细听。

"他是谁？"

公证员拿出一块手帕擦额头。天气很热，塞尔日·巴尔东还没习惯离开有空调的工作间。

"您不想我们进去说吗？"西蒙用嘲讽的口气问道。

"不要考验我的耐心，狡猾的家伙。"公证员叹了口气。

"好吧，我在开玩笑。这个加布里埃尔是谁？"

"你可能听说过他的公司：环保石头，是地中海流域三大建筑公司之一。他可是千万富翁级别的。"

"为什么让·雷米把他的土地托付给这个水泥商人？"

"肯定是因为他不仅仅是个水泥商人啊！加布里埃尔·博尔德里是环保主义者，或者说他曾经是……凭着当年可持续发展、可回收能源这股风气，他开发了环保材料，赚了一大笔钱啊……一个先行者，或者说一个狡猾的人，看你怎么想。"

"他想在小岛上做什么？"

"加布里埃尔·博尔德里是狂热的考古分子，也是让·雷米童年的朋友。他多年来资助修道院废墟的挖掘工作，是大赞助商。这对他公司来说也是极好的宣传。他们一起策划了嗜血者工地方案。"

西蒙很吃惊。

"我还以为这块工地是欧洲建筑负责的。"

"欧洲建筑是加布里埃尔公司的第一个名字。在事故发生之后，他换了名字。欧洲建筑变成了环保石头。符合逻辑，不是吗？我就说过他就是个狡猾的家伙……修道院的事故并没有妨碍他公司的发展进程。"

"削价出售，不予起诉？"

"是，也不是。让·雷米承担了所有的责任。他的消失让其他人松了口气。"

巴尔东大口喘气。西蒙明白公证员想长话短说。

"好了，你满意了吗？你想要的消息都在这里了！"

他准备关上门。西蒙试着在脑海里梳理线索。他还有问题。

"等一下！"他大叫，"一个小细节。这块地，您说让·雷米托付给加布里埃尔·博尔德里管理，这个管理权和所有权之间的区别是？"

"所有权是规定好不会变的，但是管理权是有期限的。"

"您是想说加布里埃尔·博尔德里只拥有有限的管理权？"

"你说得没错，小家伙，我就是这个意思。有规定的期限。这就是让·雷米最后的遗愿。"

"那具体是多长时间呢？"

"你真是穷追不舍啊！"

"多长时间呢？"

塞尔日·巴尔东长时间打量着西蒙，他在想后者是否值得信赖。

"好吧，"他松口了，"如你所愿。欢迎来到我们的世界。"

西蒙哆嗦了一下。公证员深呼一口气继续说："加布里埃尔·博尔德里的管理期限是 10 年。"

西蒙的脑子里一下子闪过一道灵光。

"10 年！那从让·雷米去世到现在差不多就 10 年了啊……"

"还没有，还差几天！"

"所以现在是谁继承这块地呢？"

公证员用嘶哑的嗓音回答："让·雷米的儿子，独生子，科林·雷米。根据他父亲的遗愿，科林满 16 岁就可以继承这块土地了。他 16 岁生日正好是明天！"

29. 第二份生日礼物

2000 年 8 月 18 日，星期五，10 点 35 分
\ *莫尔塞岛，海鸥湾*

我拔腿就跑，跑得飞快，朝老酒鬼大喊"谢谢！"。我得准时回到营地才行。

我跑得比想象中快。运动的关键是意志和自信，这也解释了为什么那些男孩子比我运动能力强。也许学业成功也是因为这个？为了讨好女孩子们？

秘诀就是自信！

我看到了田野，只花了 20 分钟就穿过了修道院。今晚能再次见到父亲的信念给我极大的鼓励。

今晚，活着的父亲！

快到营地时，我观察了一下周边。女孩子们拿着换洗衣服，她们刚刚跟斯蒂芬妮一起洗完澡。悠悠在弹吉他，神情飘忽，完全没有注意他身边围着的一群听众。杜瓦尔神父的车子不在，估计去大陆的超市了。

一切顺利！

我悄悄溜进营地。马迪看见我，放下盘子跑来问我。阿尔芒从苹果树下过来，加入我们的行列。

我给他们讲述了事情经过。

"你们明白吗，这个醉鬼是第一个跟我确认说我父亲还活着的人。"

"太好了，这个可信度不高的证人。"阿尔芒说。

"你不明白，所有人都认为我父亲死了。这是符合逻辑的，因为他上演了一出自杀。但是这个水手说他见过我父亲！"

"无论如何，你今晚会知道答案。"马迪安慰我，"你想我们一起去吗？"

"不！"我大叫，"我需要你们在营地里帮我掩护。我得一个人去。"

"也许很危险啊，不会是陷阱吗？"马迪很担心。

"最大的危险是你在一个空荡荡的海滩上等一整夜。这是个疯狂的计划。这个小岛上唯一见过你父亲的人居然是个醉汉，实在让人怀疑。"

"我没别的选择，阿尔芒。我得冒这个险。"

马迪从口袋里拿出一把小刀，交给我。

"拿着吧，以防万一。"

马迪的举动让我很感动。顶着一头湿发的她美极了。湿漉漉的毛巾搭在她 T 恤上，胸前都湿透了。我把小刀握得紧紧的，想到了还在别处等待她的男朋友。这个男朋友是真的吗？还是她编造出来的人物，为了不让别人去找她麻烦？

"谢谢。"

我脸红了吗？我把小刀放进了口袋。

"我今晚需要你们的帮助。"

"好吧，"阿尔芒叹了口气，"如果哪天我要半夜去找卡米耶的话，你也得帮我哦。"

"没问题。"

卡米耶是整个营地最漂亮的女孩子。

剩下的就是等待。阿尔芒的疑虑和马迪的担忧我都察觉到了。

与父亲的见面就是最好的生日礼物。

一切进行得太顺利了，顺利得有点儿奇怪。就像是有个守护天使突然指引我走向新的命运。

30. 公务车

西蒙还是很难消化刚刚的信息。

不到 24 小时，让·雷米的儿子就要继承这块知名的土地，这块被众人垂涎、地图被造假的土地。调查又有了新方向。这个案子里有太多巧合因素，西蒙暂时还无法把这些线索串联起来。

巴尔东露出了满意的笑容。

"他的儿子知道吗？"西蒙问道。

"够了，小家伙。"公证员抱怨道，"我想你知道的够多了。我还得保护我的客户呢。"

"他的儿子知道吗？"西蒙重复道。

"应该吧。"

"他住哪里？"

"再见了，小家伙。你就是头倔驴。那你继续努力吧！记住了，我的工作室是这个小岛唯一受保护的地方，唯一没有被腐蚀的地方。证据就是这栋房子是唯一没有红色百叶窗的房子。"

的确如此。

西蒙之前没有留意这个细节。整条街房子的百叶窗都被涂成了红色，就像这个小岛上大部分房子一样，鲜艳的红色跟窗边绿色、蓝色和黄色的花儿形成强烈的对比。

只有这个工作室的窗户是白色的，而且还是关着的。

公证员关上了门。

西蒙没有力气也不想去反抗他。公证员没说更多，他了解的也够了。他记住了人名，再找到这些人应该不是难事。

他慢悠悠地骑回市政府，内心越发确定一点，那就是他是对的。

明天，让·雷米的儿子将继承嗜血者工地这块土地。就在前几天，瓦雷利诺成功越狱。

这两个事件同时发生，肯定有什么渊源。

瓦雷利诺就在科林·雷米快要继承土地前越狱，这可不是巧合。但是他的目的是什么呢？他的计划又是什么呢？

西蒙想自己一个人可以搞定。但是他突然又有个想法，那就是这个年轻的科林·雷米现在处境很危险。

西蒙来到了市政府，克拉拉忙着在电脑上玩扑克牌。她脱掉了鞋子，把光溜溜的大腿放在椅子上，阳光透过窗户洒在椅子上。

"你不忙吗？"西蒙一阵风似的闯进来。

"全面封锁，市长命令全面封锁！不再回答记者的提问。不能吓坏那些度假者。我们让警察去干活儿就行。"

"加西亚还在热带岛屿？"

"是的，无论如何，你觉得他来了能干什么？"

她的手指向市政府的电话机，听筒被挂起来放在一旁。

"所有打电话过来的人都会收到市长先生提前录好的语音留言：莫尔塞岛一切正常。天气很好。水温很热。警察正在控制局势。他给市政议员还有市政府其他员工发了信息，他说不能因为一个已经跑到大陆的逃犯，而打扰其他的度假者。"

西蒙耸耸肩。他注意到克拉拉被阳光晒到的大腿，把她的腿挪到地上，然后坐在她身边。

"我从公证员巴尔东那里回来。他是个怪人，不是吗？"

"我不觉得奇怪。"克拉拉反驳道，"他看起来有点儿吓人，仅此而已，但是我跟你说这里所有人都觉得他是个正直的人。"

"是吗？"

"是的。他现在上年纪了。大概20年前，别人跟我讲的，他的大女儿死于吸毒过量，就在离这里不远的大陆上。她跟岛上一帮贩毒团伙混在一起。他后来检举了他们。之后就是一堆麻烦事。岛上很多人想尽办法除掉他，但是他又知道所有人的秘密。他很谨慎。据说他是小岛上少数值得托付的人之一。"

"这样啊。"西蒙不是很相信，"你擅长上网搜索吗？"

"你要找什么？交友网站？唱 K 网站？八卦网站？"

"电话簿！"

"太简单了！你想找谁？"

"加布里埃尔·博尔德里。"

"没有别的信息吗？"

"好像是在蓝色海岸，是环保石头的总经理，他的公司之前叫作欧洲建筑……"

克拉拉吓了一跳。

"卡萨，看来你收获不小啊……不过小心夜路走多了遇到鬼。"

克拉拉试着在整个法国南部找寻加布里埃尔的联系方式，但是没找到。但是他们后来在尼斯北部，圣安德烈－德拉罗什市找到了环保石头的总部。

"他应该住得不远。"西蒙说。

"是的，但他在隐私名单上。"

"也许我们给公司打电话，可以问到他的地址？"

"也许吧，你试试看，你觉得所有的秘书都是笨蛋吗？"

西蒙往后退了退。

"行了，别生气。第二条线索，继承人科林·雷米。事故发生时，你在小岛上吗？"

"是的，那时候我才不过 30 岁。年轻漂亮，可受人欢迎呢！我的足迹遍布小岛每个角落。那时候可是天堂般的日子，你这个小笨蛋什么都不懂。"

西蒙看着克拉拉染上了岁月痕迹的脸，不敢继续看她露出来的胸部。她今天穿的是橙色花纹的紧身胸衣。

"我在开玩笑，卡萨。在那个年代，我跟岛上一个小混混在谈恋爱，他是汽车零配件的供应商……他现在应该还在坐牢吧。"

"那让·雷米的儿子呢？"

"不记得了。我跟其他人知道的差不多。他父亲在海里淹死了。他妈妈几天后在车子里自杀了。孤儿被他的舅舅和舅妈收养了。他们搬到大陆上生活。从那以后就没有消息，将近……"

"将近10年了。你有他舅舅的名字吗？"

"有的！几年前刚刚扫描过。"

克拉拉略显激动地打开电脑，点开一个名为"协会"的文件夹，继续点击"圣－安托万协会"，出现了一张彩色的照片，文件名是主席让·雷米。西蒙被这张照片上人物的笑容惊到了，古铜色的皮肤，高高的额头，长头发。文件夹里还有这个协会其他人的照片，年轻人在烈日下工作，挖石头，坐在大桌子旁吃东西。还有一些石头和废墟的照片，所有的照片都有编号和文字说明。

"他们看起来很幸福，你认识他们吗？"西蒙问。

"不太熟。"克拉拉回复，"他们是外来者，捣乱分子。我们家是这样评价他们的。但是我觉得他们挺有趣的，一个个晒成古铜色，整天在那里挖石头。有时候会在圣－阿让遇见他们。他们很有异国情调……我当时跟男朋友在一起。小岛上所有人都有一个愿望，就是让他们赶紧滚蛋！"

"他们很烦人吗？"

"是的……"

"好吧，那舅舅和舅妈的名字呢？"

"不难。"

她又打开一个WORD文档（一种电子文档格式），里面有协会成员的名单。她找到了蒂埃里·杜库雷和布丽吉特·杜库雷的名字。

"就是他们，没错！"

"再查查电话簿！"

两分钟后，他们找到了一个蒂埃里·杜库雷，他住在帕里西地区科尔梅耶市，路易丝·德·维尔莫兰广场2号。

"搞定了，我马上打电话！"

克拉拉叹了口气。

西蒙等了很长时间，响了十几声，还是没有人接电话。

"没人！"他很失望。

"这个时间，他们要么在工作，要么在度假。"

"该死！"

"你觉得呢？你可以在市政府靠心灵感应解决所有问题吗？可以中午或者晚上甚至是明天再打吗？冷静点儿，卡萨。我们合唱一首歌放松一下如何？"

西蒙没有回复她。

"那个小家伙很危险。年轻的科林·雷米正处于飓风中央，我能感觉到。你说得对，克拉拉。我没法通过心灵感应解决这一切，我也不会在这里一直等到中午或者晚上。"

克拉拉翻着歌名。

"我们来试试《我还梦到了她》，如何？"

西蒙没听到。他在专心想他的案子。

克拉拉继续说："嘿！彼得和斯隆的歌如何？不行吗？达利达和德隆的歌呢？"

西蒙大声说道："从这里到帕里西地区科尔梅耶市，算上渡轮，5个小时能搞定！"

克拉拉停下来。

"如果你从莫尔塞岛骑单车到巴黎，就算是环法自行车赛冠军也需要5个小时。"

西蒙没有反驳。

"5个小时……我下午才能到那里，来回10个小时……一天就没了。"

"你是骑山地车啊！圣 – 阿让市政府没有公务车，我提醒你！"

西蒙扭过头看着克拉拉，露出大白牙，笑着说："你的车是雷诺Twingo吗？"

克拉拉站直了，摆出老虎的架势。

"想都别想！"

"我可以午夜前回来。"

"想都别想！"

"你今天不开车吧？"

"别想了……"

西蒙盯着克拉拉的眼睛。克拉拉没注意到他的眼睛也是蓝色。

"好的，好的，"西蒙慢慢说，"我们在这里等。一起唱K。来吧！你想唱什么？林戈和希拉的歌。哪首都可以。小岛上有个逃犯把尸体埋在海滩。我们中午或者晚上就会从收音机里听到他在巴黎某个郊区犯下的另一宗谋杀案。这次的受害者是个年轻的孤儿，名叫科林·雷米。"

克拉拉尖叫着站起来，冲到西蒙面前。

"你真是烦死人了，卡萨！我受够你们这些男人了！车钥匙在我的短裤里，你自己来拿啊！"

31. 是他吗？

2000 年 8 月 18 日，星期五，下午 5 点 47 分

莫尔塞岛，半岛营地

在营地，一天很快就过去了。我在等待夜幕降临。今天一整天我都很小心，不落人口舌。在吃饭前，我在悠悠和斯蒂芬妮面前表现出强烈的困意，不停地打哈欠。这样做并不是很难，我前两夜几乎都没怎么睡。晚饭一吃完，我就埋头看书，拒绝了其他人的游戏邀请。

"我累死了。"

阿尔芒帮我打掩护。

"没错。他家人明天要来了，他得好好休息一下。"

晚上9点，我宣称自己要睡觉了。悠悠和斯蒂芬妮没有反对意见。钻进帐篷里，我把睡袋折了折，从远处看着好像有人在里面睡觉似的。帐篷里很黑，没什么大风险。出于安全考虑，阿尔芒和马迪会轮流守着帐篷的入口和出口。我看了一下表。

9点4分。

一分钟后，阿尔芒会把悠悠和斯蒂芬妮叫到一边，给他们讲个秘密，那就是他会让他们相信他可能让维尔日妮——夏令营最丑的女孩子——怀孕了。悠悠和斯蒂芬妮不会蠢到相信他，但是他们还是得听他讲完整个故事……

9点5分。

路上没人，我很快就跑了出去。

阿尔芒干得不错。

夜幕降临，我在树木的遮蔽下溜出了营地。大概跑了200米，我打开了手电筒。

天还没有完全黑，但这束光让我安心。我的心跳得很快。还要走半个小时，但我不着急。我不想到了那里又累又怕，想把自己最好的一面展现出来。我从没有过如此强烈的感觉。

这也许就是艺术家们说的怯场吧。

这条路看起来很短，甚至不需要跑。我看见了远处的大海。丘陵高处就是那个醉鬼的车库。我才意识到我不知道他的名字。可以隐约看见车库窗户里发出的蓝色微光，我想那是他的新电视机。

我继续朝海湾走。

天气微凉，伴着微风习习。可以听到潮水有规律的拍打声。丘陵比海湾高 20 米。

他就在那里。

在阴影处，我可以看见一艘橡皮艇，一个男子忙着从上面搬东西下来。

我看不清他是不是我的父亲。我不知道是在原地叫他，还是下去沙滩找他。

最终，我决定走下去。最后一刻，我站在那里一动不动，压低了嗓子喊道：

"爸爸？"

32. 死胡同

2000 年 8 月 18 日，星期五，下午 5 点 57 分
帕里西地区科尔梅耶市

西蒙离开 15 号高速公路时是下午 5 点 53 分。

他累坏了。

他离开诺曼底高速之后，在环道上浪费了很多时间，这就是巴黎大区典型的星期五晚上。

目的地就在前方！帕里西地区科尔梅耶市就在高速出口不远处。西蒙得承认克拉拉的雷诺车跑起来不错，唯一的问题就是车上的音乐：戈尔德曼、巴拉瓦纳和奥维斯波，西蒙听腻了这些法语专辑。但至少音乐让他脑袋放空，可以去思考别的东西。

例如关于这件事的种种巧合。

戈尔德曼已经是第三次唱《一切会好的》，西蒙的车继续往帕里西地区科尔梅耶市驶去。他本来想转弯，但发现跑到了一个商业区中心，周围全是车子。

"该死！"西蒙骂道，"8月份怎么还这么多人。"

栗树商业区人来人往。他花了一刻钟才绕出去，朝反方向开。经过几个圆形广场后，他发现自己又搞错了方向，跑到了阿根特里大街。他把地图放在旁边座位垫子上，时不时瞥一眼地图，但是这样做不方便，好几次要在半路停下来。他看到自己又路过了"阿根特里"的标牌时，骂了一句"该死"。

只能又掉头。

他在阿根特里大街和萨特鲁维尔大街绕了20分钟，终于进入了帕里西地区科尔梅耶市。他按照克拉拉打印的地图，沿着若弗尔大道走，来到了夏都街，这里可以去到路易丝·德·维尔莫兰广场，也就是杜库雷一家住的小区。他本以为几经波折终于要到了，可是又来到了鲍里斯－维安广场和纪尧姆·阿波里奈大街。兜兜转转，骂骂咧咧之后，终于又回到了路易丝·德·维尔莫兰广场。

小区几乎没人，三分之二的房子大门紧闭。西蒙心想，这里倒是入室抢劫的好地方。

吃了两次闭门羹之后，他来到了路易丝·德·维尔莫兰广场2号的死胡同。一座无名的小庭院，白色外墙，迷你花园，木头大门……

百叶窗紧闭。

西蒙再次发出咒骂声。他把车停在院子外，仔细看信箱上的名字。

蒂埃里·杜库雷＆布丽吉特·杜库雷

没错，就是这里了！

他按了门铃。

没人。

他看了一下手表。

6点43分。

也许他们还在上班，或者出去跑步了，一会儿回来……但是如果是去超市可不会关上百叶窗！他看了一下周边环境。隔壁的房子也住了人，窗户开着。他走过去。还没来得及按门铃，一位女性突然出现在他面前。她要么是在跟踪他，要么是来检查花园里的花开好了没。

西蒙马上摆出一副笑容。

"您好，夫人。"

女邻居用狐疑的眼神看着他。

"我在找蒂埃里和布丽吉特，他们不在家吗？"

女邻居看了一眼他的车牌。她不是话多的人，西蒙心想。

"他们去度假了。"女邻居最终松口，"他们一个星期后才回来，你是他们的家人吗？"

西蒙再次在心里骂人。

"一个朋友而已。您知道我可以在哪里找到他们吗？他们有手机吗？"

女邻居越来越怀疑他。一个朋友居然没有他们的手机号……

"我什么都不知道。我只是帮忙照看一下房子，其他的事情我不管。"

"至少，您知道他们去哪里度假了吗？"

女邻居一点儿都不配合。

"通常来说，他们会给我寄一张明信片，所以我知道他们的度假场所……但是这一次他们今天早上才出发，所以我还没有收到明信片，你明白吗？"

"我知道了……他们以往度假是去哪儿啊？"

女邻居皱皱眉头，犹豫着是否要回答。

"他们经常去海边。蒂埃里会划船，你知道吗？其他的我也不清楚。"

继续坚持问下去也没意思。西蒙决定放弃了。

"没关系。"他露出了勉强的笑容。

然后上了车。

他注意到女邻居一直盯着他的车牌，是想记住车牌号码。

"真是气死人了！"

他缓慢发动车子，满口脏话，想让女邻居也能听到。

他开出了公寓区，心想他可能永远都不会知道这个路易丝·德·维尔莫兰到底是谁。他把车停靠在夏都街的一个巴士站点，然后双手抱住头。

死胡同。路易丝·德·维尔莫兰广场是个死胡同！开了 5 个小时一无所获。杜库雷这家人和孤儿科林·雷米可能在法国、希腊或者克罗地亚任何一个地方。怎样才能找到他们呢？

他有个想法，但是他很难下决定。他再次看了一眼表，然后叹了口气。他拍了两下自己的脸，然后拿出地图。

这次是法国地图。

他的手指沿着 6 号高速，滑过里昂、阿维尼翁、艾克斯、尼斯。叹了口气，再次看了一下表，在地图上拍打了好几次，最后指向尼斯。他笑着大声说："出发啦。"

然后他扭动了车钥匙，车子的马达轰轰作响。

"下一站，加布里埃尔。数到 10，10 点整，我就到了！"

他打开车灯，然后朝 15 号高速驶去。

33. 爸爸

2000 年 8 月 18 日，星期五，晚上 9 点 57 分
莫尔塞岛，海鸥湾

影子转过身。

正对我。

天色没有完全变黑，他就在我下面不到 30 米的地方。毫无疑问，他就是我父亲！

就是他，他还活着！

我没错，他们都错了。

我打开了手电筒。

他用手遮住眼睛，太亮了。然后他露出了大大的微笑。

"科林？"

我们两个相隔不到 20 米。一动不动，就这样看着对方。

他先打破了沉默。

"下来，快下来！"

几秒钟后，我就来到了海滩，离他几米远。我有那么一丝丝尴尬，然后他把我拥入怀中。

"科林！你来了，你找到了我！科林，我的儿子啊！"

他退后一步看了看我，双手还在抖。

"你明天就 16 岁了！ 16 岁！我们 10 年没见了……"

我也是，我看着他。我认得出他。我现在想起了每个细节。他留着长胡子，岛上其他人也许认不出他，但我可以。我记得他脸上每个细节。

他松开了我，我也松了口气，我不太习惯这种亲密接触。我内心很激动，他也是，我能感觉到。但是我还是不习惯任何亲吻和拥抱的行动。

他也是。

"坐下来吧。"他温柔地说道。

我们面对面坐在荒凉的沙滩上。月亮倒映在水里。南部的锁链灯塔有规律地扫射过来，就像是瞭望台上的巨大探照灯。一切都很安静。我觉得太不真实了，尤其是看到面前还活着的父亲。

"怎么样，你是怎么过来的？你收到了公证员的信吗？"

他的问题吓了我一跳。

"什么信？"

这一次轮到我父亲吃惊了。

"你没收到信吗？你不是为这个来的吗？"

看我还是一脸吃惊的表情，他跟我解释道："莫尔塞岛的公证员塞尔日·巴尔东应该给你寄了一封信，大概一个星期了，通知你来莫尔塞岛。因为你满 16 岁了，是关于遗产继承的事情。"

我解释说："我在这里参加帆船夏令营，来了一个多星期。"

我给他讲了一些细节。

"蒂埃里和布丽吉特应该收到了那封信。他们应该通知你的……"

我打断了他。

"他们明天到，爸爸。"

他再次露出吃惊的表情。

"明天来这里？"

"是的，他们来给我庆祝生日。应该也会带来那封信吧……"

"那是当然。"

他陷入沉思，沙子在指尖流过。这一刻很平静，空气中弥漫着神秘且怀旧的氛围。我觉得还有时间，于是我继续问："是因为这样，你看见我才不觉得吃惊吗？你一直等我回来，因为你那封信？"

沉默了片刻，父亲回答道："我没有指望什么。那封信只不过海底捞针。10 年了，如果我当年能抓住机会的话……无论如何，现在这样更好。我晚点儿给你解释。你怎么找到我的？"

我抬起头，看着上面的小木屋。

"老水手。"

他笑了。

"我不应该怀疑的。他是最狡猾的，但也是最诚实的人之一。他本可以向其他人揭发我，但是他没有。他很早以前被其他人毁掉了，那是另外一个故事。"

他停下来看着我，手还在玩沙子。

"你成了一个男子汉。"

"你瞎说……"

"是的，是的。"

他笑了。

很明显他不知道从何说起，我帮了他一把。

"你为什么从不告诉我你还活着？"

听到这个问题，他叹了口气。

"我是为了你的安全着想，科林。因为你当时很危险，我必须躲起来，大家都以为我死了。"

"跟我讲讲……"

我在沙子里找了个舒服的位置，然后侧耳倾听，仿佛回到了童年。

"你会知道真相的。但是科林，我们得小心点儿。不要相信任何人，特别是这个岛上的人，一个都不能信。你要知道这个小岛是个很奇怪的地方，不是我们想象中安静和平的小岛。这里每个人都掩盖着他的罪行，每个人都有秘密，就像是西西里岛或者科西嘉岛的黑手党。这里遵循的是沉默法则。每个人都监视着其他人。所以最好让他们以为我死了。我不相信岛上任何一个人。这是唯一的办法。"

"继续……"

"科林，你要知道，最初这个小岛对我们来说是天堂。我们就像是夏天来度假的游客。那个时候小岛比较冷清，没有多少游客。我完成了历史学学业后来到这里，方向是文化遗产和考古学。我当时研究的是圣-安托万修道院遗址，是一个被人遗忘的本笃会修道院，在法国大革命时期几乎完全被摧毁。我在那里先待了几个星期。你妈妈经常来找我。我们是大二的时候在卡昂大学相遇的，当时我们才 19 岁。我在修道院完成了硕士论文，然后继续挖掘古迹。在法国大陆，我曾经做过中学督学，但是每逢假期我就回到岛上的修道院。随着挖掘的进展，我发觉整个修道院地下就是一个巨大的迷宫。两个世纪以来，我是第一个专门研究这片废墟的。整个挖掘工程极其浩大。两年后，我跟你妈妈结婚了。"

父亲和母亲的婚礼……父母的爱情故事……

听着父亲讲述过去的故事，一个萦绕在脑海里许久的画面再次浮现出来：成年人的餐桌，我蹲在地上玩耍。父亲坐在我身边，一只手朝我伸过来，另一只手拿着红酒杯。这只手也摸过那个女孩儿的屁股，那个红头发女孩儿杰茜卡的屁股，而不是我母亲的屁股。

父亲的手滑进沙子里。他叹了口气，好像回忆太过沉重。

我感觉那次在餐桌旁的出轨事件是导火索。我的父母当然很相爱，我周围所有的人都可以证实。如此轰轰烈烈的爱情因为一次出轨事件走向了悲剧。我父母身上到底发生了什么事情？

我抬起头看着父亲，哆嗦了一下。

是我想太多了吗？因为一次出轨事件……或者只是逢场作戏而已？也许事情真相无比简单。最关键的是：我敢开口跟父亲谈论这件事吗？

父亲没有注意到我内心的纠结，继续讲他的故事。

"我跟你母亲经常一起回到这个岛上。我成立了圣－安托万协会。后来协会逐渐壮大。你母亲还把她的弟弟蒂埃里拉进来了，她弟媳妇布丽吉特也跟着来了。他们夫妻在那个时候没工作。我还说服了我大学同学一起来。我们之中没有一个是岛上的居民，所以不被当地人待见。他们认为我们是捣乱分子，但我自己不这么认为。我只是活在自己的世界里。拥有修道院那块地的农民很难接纳我们。我们能维持下去，纯粹是因为历史文物研究所的资助。我手里有官方文件，他不能赶我们走……"

"我以为这块地是属于你的。"

"那个时候还不是。那个农民第二年去世了，于是土地拿出来出售。你妈妈攒了点儿钱，她从她祖父那里继承来的。我也有点儿积蓄。还有一个朋友帮我，借了我点儿钱……你不认识他。"

"是欧洲建筑的总经理吗？"

他吃惊地看着我。

"我昨天去见过保姆了。她给我解释了一些情况。"

"马蒂娜还好吗？"

"是的……"

"你的出现对她来说是莫大的安慰。"

"我想是的。爸爸，你继续说。修道院的土地怎么样了？"

"我们是最早开始买土地的人。在那个年代，还没多少游客，也没有车子，到处是乱石堆，所以价格并不贵……这块地最终属于我们了。这是你母亲和我童年时的梦，或者说是我的梦想。1981 年，我们在岛上安顿下来。一开始，就我们五个人：我和你妈妈，蒂埃里和布丽吉特是几个月后来的，还有一个大学同学。"

"马克西姆？"我问道，"是马克西姆·普里厄？"

父亲听到这个名字，忍不住流露出一丝担心的神色，然后又恢复了正常。

"你还记得他？"

"不，是保姆跟我讲的。他后来怎么样了？"

他犹豫了一下。

"我不知道……"

他的苦笑似乎在说马克西姆让他失望，甚至是背叛了他。

"我们一开始很亲近，非常亲近。我以为他羡慕我，羡慕我的工作，羡慕我跟你母亲的爱情。事实上，他只是嫉妒我。我后来很晚才明白。太晚了……"

我再次想起父亲把手放在杰茜卡裙子下面的画面。这个马克西姆是嫉妒我的父亲吗？他爱着我的母亲吗？大人们之间的肮脏事，我还有什么不知道的吗？

灯塔的灯光再次照亮了沙滩，一瞬间父亲脸上的轮廓无比清晰。他看起来很安静，很安心。我在想什么呢？这么多年过去了，我要去评判他们吗？

父亲继续讲他的故事。

"最初几年，我们在一起过着嬉皮士一样的群居生活。我们的工作是复原修道院遗址。要知道这可是正经活儿。历史文物研究所的监督员也来视察过现场。我们挖啊挖，试图恢复遗址的原貌。外人可能不明白我们的热情所在。石头、盘子、瓦砾、中世纪的工具……这就是我们的宝物。几个世纪以来，这个修道院就是这座小岛的财富，我们这么多年的努力难道不值得吗？3年后你出生了，你是在小岛上出生的。保姆负责照顾你。她是小岛上唯一看得起我们的人之一。她还负责做饭。你出生后，她一直照顾你到5岁。我们在一起住了9年。那是黄金年代……你就是我们的小王子，唯一的孩子。你记得吗？"

我记得的画面只有：马蒂娜家门口那条路，跟狗狗帕查追赶打闹，还有那张大大的餐桌，大人们吃吃喝喝，大声争吵。

"是的，记得一点儿。"我没说实话。

父亲注意到了我的局促。

"你当时还小……"

我补充道："我受到了惊吓……"

"是的，有些事情你不想记起来。"

他安静了一会儿。

"比如我。"

我想开口说话，但父亲示意我不要说。我们就这样保持了片刻的沉默。突然，我身后的声音吓了我一跳。

一阵咔嚓声。

父亲好像什么都没听到。我想也许是只动物吧，应该不是什么要紧的事。他继续讲。

"最开始几年，我们的群居生活就像是田园牧歌一样美好。但是挖掘本身没有任何收益，历史文物研究所的拨款也是远远不够的，而且在逐年减少。大家的干劲都没有那么足了。1981年开始，有些人结婚了，有些人离开了。如果不是你母亲和我，大家都会放弃这个梦想。

我们以为那就是终点，一个时代的终点。我们本来准备把修道院私下
向公众开放。"

修道院废墟的画面浮现在我脑海里。虽然跟父亲有血缘关系，但
我没有继承他对石头堆的热爱之情。父亲继续说。

"然后，省议会为了发展旅游业，开通了轮渡，把大陆的格朗维尔
和莫尔塞岛连接起来，小岛从此变了样。土地的价格翻倍，农民们都
在卖地。很快，大家的眼光就聚集到我们这块 40 公顷的土地上，因为
正好靠着海边，有着一望无垠的海景……协会里所有成员都意识到他
们要发财了。"

"但是土地不是你的吗？"

"是的，从法律上来说，我是土地所有者。但是修道院土地的管
理工作是由协会负责的。是我坚持这种工作方式，出于某种理想主义，
也许过于天真。土地的规划、维护和出售都得由协会成员投票决定。
另外，土地的获益或者损失也由协会来承担。长期以来都是亏损。这
块土地是属于我的，但是我没有资金去资助挖掘工作、购买仪器，甚
至是支付工资。整个协会陷入财政赤字，有些人就想着抛弃这一切，
把地卖掉。他们担心拿不到本来就少得可怜的工资，从天而降的大馅
饼他们都不想错过。官方来说，协会不可能给成员发放福利。但是私
底下……报价让人无法拒绝……蒂埃里就是其中一分子。他没上过什
么学，没什么成就。1988 年还是 1989 年，那时候没人敢当面跟我提这
事。我还能坚持下去。最后是市长出手，他组建了莫尔塞岛旅游投资
混合制公司，简称塞米提。"

"混合制公司是什么？"

"国有和私营混合。在法国很流行，也是合法的。公司里的本地选
民有决定权，但是收益和损失都是属于整个协会和股东的。所以塞米
提公司让市长亨利·莫里索出面，想买下我们这块地，把它开发成旅
游度假地。你要知道，我是绝对不会卖的！我不会同意用水泥在这块

地上修上百个层层叠叠的公寓。市长先采取怀柔策略，说塞米提公司能给小岛带来很多就业机会，每个人都能享受假期。然后是暗箱操作，口头承诺，私下塞钱这种勾当。最后是明摆着的威胁。虽然不是直接威胁，但目的很明确，他们不想我们留下来！我们收到了匿名的死亡威胁。一大早倒在地上的脚手架，被打碎的车窗玻璃，他们不愁找不到跑腿的替他们干坏事。这个小岛上大部分孩子都坐过牢。感觉这就是一场大规模的阴谋，整个小岛上的人都想除掉我们。没有人支持我们。简直忍无可忍！"

父亲停顿了一下，握紧了拳头。他的手在发抖。我感到很抱歉，让他想起了不好的回忆。另一方面，我很高兴跟父亲时隔 10 年后能产生共情。

他继续说：

"最令人惊讶的事情就是这块土地突然变成了可动工区域。这是不可能的事情啊！地下迷宫、无敌海景、临近文化古迹。这可是块风水宝地啊！但是我们没有任何办法。一切都符合法律法规。大家都在硬撑。塞米提公司不光找了市长莫里索，还找了当地的市政议员、农民、手工业者、商人和居民。你要知道，科林，每个盎格鲁－诺曼底小岛都有着不堪的过去。泽西岛是全世界流氓洗钱的地方，萨克岛还保留着领主和封建制度，莫尔塞岛上全是流氓。如果塞米提公司买下修道院附近这块地，那么他们就可以建起囚禁游客的牢笼。他们财大气粗、无法无天，但这一次他们失算了！因为我们的土地拦住了他们的发财路。"

"没人维护你们吗？"我很吃惊地问道。

灯塔的光晃过父亲眼前，他陷入沉思。

"岛上大部分人还是好心肠，但是他们什么都不说，也不做。塞米提公司掌握大权。我决定死撑到底，只有你妈妈站在我身边，我在整个协会中感觉很孤单。我的朋友们被吓坏了……好几个月过去了，大家实在无法忍受下去，就连你妈妈也感到害怕。有一天晚上，修道院的一堵墙垮了。当然是意外。但是这堵墙我们几个星期前刚修好。你前一天在墙脚下玩了一整天。"

父亲看起来很难过，还在为发生的事情自责。他把手伸进沙堆里，找到了一些潮湿的沙子，然后继续讲。

"我独自奋战。你母亲想逃离小岛，还有她的亲兄弟蒂埃里和我最好的朋友马克西姆在背后算计我。他们想偷偷卖掉这块地，然后加入塞米提这家公司。我不知道他们收到的报价具体是多少，但是估计有很大一笔佣金。然而我还是固执己见，现在回想真是太蠢了！我也有一些人脉，可以帮我对抗塞米提。我不想把这块地卖给其他人，市长会使用他的优先购买权。"

我实在不明白什么是优先购买权，但我没有打断他。他继续大声说："于是，我就按照他们的思路走下去，想在莫尔塞岛开发旅游业。为什么不呢？我给另一家公司打了电话。"

"欧洲建筑？"

"是的，欧洲建筑……你知道这事啊。当时引起了社会不少关注。这是一家很专业的建筑公司。他们使用的是环保材料，尽量维持景区原来的模样，不做额外的加工和修饰。他们在爱尔兰、科西嘉岛还有安达卢西亚地区成功地推广了环保旅游的概念，所以我对他们有信心。公司老板是我的童年好友，也是我一直以来的赞助者，加布里埃尔·博尔德里。"

"协会其他人也同意吗？"

"差不多吧……因为我是大股东，他们不太敢正面反驳我。这个计划看起来可行，也不涉及个人佣金或回扣。我甚至亲自跟加布里埃尔一起画了图纸。我们给这个计划取名为'嗜血者'，这块地从中世纪起就叫这个名字。尽管加布里埃尔不喜欢这个名字，觉得不够商业化，但我还是坚持这样做。我们把修道院和圣-安托万十字架都纳入这个旅游开发计划。塞米提公司彻底出局了。我当时觉得自己的想法很完美，尽管我还是担心当地人会反对……你要知道，科林，我把项目公

190

开后，居然获得了不少当地人的好感，他们仿佛松了一口气。岛上大部分人都是站在我这边的，虽然他们什么都不说。你要知道，科林，我觉得那个时候的自己是最厉害的。"

我越来越崇拜我父亲了。他就是别人讲述的那样，是个理想主义斗士。

我像他吗？我配当他儿子吗？

他看着我的眼睛。

"你要知道，科林，永远不要觉得自己是最厉害的！工程开始六个星期后，一台起重机倒了，死了三个工人。塞米提公司发疯了似的抨击我和欧洲建筑。那真是一场酷刑。"

我感觉他沉浸在痛苦的回忆里。

"到底发生了什么事啊？"

"官方版本是工地建在地下隧道上，起重机太重了，地面承受不起它的重量。图纸设计错误。但是我们考古学家都表示不理解，我们不会把起重机放在一块奶酪上。再说，我一开始就说过这块地不适合开发。我自己也被卷入了这个复杂的事故中。但这只是官方版本……"

他停下来。我感觉到从丘陵吹来的风。也许那个醉汉在监视我们。锁链灯塔的光照亮了沙滩。我的眼睛被那束光吸引，它就像警察的手电筒一样刺眼。我犹豫着是否要让父亲小点儿声说话。

但我什么都没说。

"我的个人版本是这样的。起重机倒了不是因为地下隧道坍塌，而是起重机的平台被人破坏了，有几根柱子被做了手脚。我也不是工地专家，那些专家不相信我们的这个假设。对他们来说，这个小岛上都是诚实的岛民。圣-安托万协会和欧洲建筑是要负全部责任的。塞米提赢了。我们失去了信用。欧洲建筑被起诉，直到破产。我们只能解散协会然后卖掉这块土地。塞米提在一旁虎视眈眈……"

"你就让他们这样做吗？"

"我气坏了。你难以想象我的愤怒。我要为这三个工人的死亡负责。三个年轻男子，三个孩子的父亲啊！"

父亲的手紧紧握住一把沙子。一种可怕的情绪笼罩着我，我几乎是大吼出声："这不是你的错。这是一场阴谋！"

"没错，但我也要负责任。我的傲慢、固执还有不愿破坏生态的原则造成了这一切。跟三个人的生命相比，挖出来的石头，还有保存好的风景又算得了什么呢？于是，我的理想主义情结到此终结。我不知道你是否能明白。然后，我解散了协会，写了一封遗书，把所有的罪责都往自己身上扛，为了给加布里埃尔和他的公司欧洲建筑开脱。我一个人出海，踏上了一艘借过来的船，没有带上你、你妈妈或者其他任何人。我一个人承担了所有罪名，隐姓埋名想找到真凶，搜集证据来证明自己的清白。"

他看了一眼冲上沙滩的海浪。

"你看到了，我还是那么骄傲、自负。我这一次还是只想到自己的名誉。我什么都不懂。但当时我没时间思索，就这样做了。我那时有生命危险。我一直都知道，我只是运气好而已。这座岛上值得信赖的人太少了，所以我选择了逃亡。"

这一次轮到我来观察海浪的起伏。父亲就这样选择了逃亡，再也不见他的儿子……我试着压抑内心莫名的愤怒。既然选择了逃亡，那么父亲就牺牲了我，牺牲了我的童年。我不由得苦笑。这世上成千上万的父亲差不多都是这样，缺席了他们孩子的童年……离婚或者遗弃。我们班上的同学们都没有跟生父在一起，而是生活在组合家庭里。

远处海面上的灯塔闪着微光。

理想主义和自尊，这些就是父亲抛弃我们的原因吗？没有别的原因吗？比如那个杰茜卡？我想紧紧握住父亲的手，但是我不敢。我脑子里一团糟。一个青少年应该跟他父亲之间保持恰当的距离，身体上的尴尬不会减少我对他的崇敬之情。

这样正常吗？

父亲看着我。

他也有同样的感受吗？这么多年过去了，有种莫名的生疏感。我们10年都没有拥抱过。虽然很想这样做，但是感觉有点尴尬……说到底，我们两个人还是陌生人。他感觉到我出神了。

"你在想什么，科林？"

我露出一个微笑。又一声"咔嚓"把我们俩都吓到了。

"什么东西？"

父亲让我闭嘴。我们静静等待，结果什么都没有！

父亲给了我一个让人安心的笑容。

"也许是夜晚的噪声。我现在什么都不相信。我希望你不要像我一样，整天战战兢兢，留着大胡子，戴着墨镜和帽子，生怕被人认出来。"

我提了一个棘手的问题。

"妈妈呢？"

"妈妈……你当然叫她妈妈。对我来说，她就是安娜。我不知道，太可怕了……我不知道！我在船上逃亡时，联系上了加布里埃尔，他为我找到了一个藏身之处，就在瓦讷附近的工地。你妈妈也知道。我们经常通电话。她非常不安，很担心我。她不喜欢我的遗书，不喜欢我假死这个计策。尽管我设法说服她这是最好的解决方法，是为了保护你和她。"

我突然明白了母亲最后那句话的意思："科林，你爸爸去了远方，很远的地方。但不要悲伤，要耐心点儿。你会再见到他的。某一天，你会与他相遇。"她不想让我陷入危险，所以没告诉我父亲的逃亡，但是她还是想让我放心。

"她怎么死的？"我低声问道。

这些话说出来难受死了。他一口气回答我，没有停顿。

"她深夜开车出门，独自一人，撞上了一棵树。她准备回莫尔塞岛。谁都不知道发生了什么事。官方版本是车祸，但是所有人都认为她是自杀，认为安娜接受不了我的失踪。但是科林，听我说，不是这样的！我可以确定这一点。她知道我活着，她在等我。在她出车祸前我们还通过电话。你也活着，你还需要她。不，科林，她没有想自杀的念头。她不会抛弃你，抛弃我们。我们是相爱的！我们是一家人！"

我脑海里又浮现出父亲的手摸着杰茜卡屁股的画面。父亲并没有说出全部的故事，还发生了其他事情。他就这么简单地跑掉了？抛弃了我母亲和他儿子？我母亲就如此脆弱吗？

不，不能这样想！要听我父亲说，要相信他这个版本。

他应该注意到了我内心的纠结。然后，他拉着我的手，非常严肃地对我说："车祸？我不相信这是偶然发生的。你母亲失踪了。他们就好办事了，他们知道你母亲跟我一样是不会卖地的，她在我失踪后就继承了那块土地。"

父亲停顿了一下。我不禁打了个寒战。

"虽然我不确定，但我想他们杀了你母亲。她也知道那些人是谁。她什么都知道，她对他们来说是个威胁。我留下她一个人离开，实在是太不谨慎了。这10年来我一直在想这事。她也受到了威胁。工地遭到破坏，这些人手里淌着血。科林，他们是罪犯，有组织的罪犯，就在我们之中，是我们认识的人，我们不能相信他们，但是他们就在我们身边。"

我觉得好冷。这一切太不真实了。我浑身哆嗦。只剩下一个问题：那个穿着我父亲衣服溺死的人是谁？

他怎么死的？

我父亲是杀死了某个人吗？

是背叛了他的人之一吗？

我不敢提问。他讲的这些真相已经让我难以消化。我想紧紧抱住父亲，但还是不敢。一种莫名的矜持和犹豫拦住了我。我感觉到他把我当成男子汉，比我本来的年龄更成熟、更勇敢。我看了一下四周，黑漆漆的一片，只有灯塔的光偶尔闪过。海浪拍打着沙滩。想到那个醉汉就在头顶监视我们，我内心涌起了恐惧之情，还有那个逃犯瓦雷利诺，他肯定是塞米提公司的活跃分子。

杀手。

也许是他杀了我母亲。

父亲一点点靠近我。

"这不是全部，科林，我还没讲你在整个故事里扮演的角色。"

他把一只手放在我肩膀上，我感觉他的手是冰凉的。

"我想请你帮个忙，科林，一个大忙。我没有别的选择。这样做有点儿危险，但就算我不请你帮这个忙，也会有更大的危险。"

第
四
夜

34. 夜间出行

2000 年 8 月 18 日，星期五，晚上 10 点 1 分

\ *内穆尔收费站*

西蒙被困在了内穆尔收费站前，他往四周看了看。

没有警察！

他拿出手机，拨打了圣 – 阿让市政府的号码。

"女士们，先生们，莫尔塞岛的居民们，租户们，游客们，我是贝特朗·加西亚，圣 – 阿让的市长。在跟警察局还有马萨林监狱沟通后，我向你们保证这里没有任何危险……"

西蒙咒骂了一句，然后挂掉了电话。他想象市长是如何冷静地录下了这段话。

真是可悲！

他又拨通了克拉拉的手机号，女秘书马上就接电话了。

"克拉拉，我是西蒙。"

"卡萨！你到了帕里西地区科尔梅耶市吗？"

"我又从那里回来了。"

"他们不在那里啊！我跟你说过的……"克拉拉一副胜利者的语气。

"是的，是的。"西蒙打断了她，"他们不在那里，他们去度假了，我不知道是哪里。真是糟糕透了。"

"很抱歉，卡萨，有时候就是运气问题。"

"好吧，谢谢。没事了，明天一大早你能帮我一个忙吗？"

"等等，你今晚不回来吗？"

"听我说，克拉拉。这个忙很简单，明天一大早，8点到9点，你给环保石头的尼斯总部打电话，你找一下加布里埃尔·博尔德里的女秘书……"

西蒙感觉到克拉拉在电话另一端要暴走了。女秘书扯大了嗓门喊道："卡萨，你这个计划太疯狂了！你不是要一路开到尼斯吧？"

"听我说，你打通电话后……"

克拉拉听不下去了。

"难以置信！你居然要开着我的车去尼斯！"

西蒙非常执着："你给老板的秘书打电话……"

"你要开一夜去尼斯！像个笨蛋一样！再说你没有那个老总的地址，而且别人还不一定会见你……或者说他在地球另一端。"

"好了，你说完了吗？听我说！你给他的女秘书打电话，你装作是加布里埃尔·博尔德里的老婆。"

"什么？你怎么知道他有老婆？"

"为什么没有呢？"

克拉拉叹了口气。

"你继续……"

"你装作是他的老婆，你说你很急，你在理发店有个很重要的约会，类似这样的借口，但是你的车突然抛锚了。然后你打了个的士，给汽车修理工留言让他上午来检查车子。但是你在理发店没法接电话，所以把环保石头的秘书电话给了他。如果汽车修理工打电话过来，环保石头的秘书就可以告诉他车钥匙在最靠近车库的花盆下，汽车引擎盖下面左边有奇怪的声响。反正到时候你随机应变。"

"我试试看！你说你的最终目的是什么，我现在真的很茫然。"

西蒙接着说："半个小时后，我给环保石头打电话。我装作是汽车修理工：您好，小姐，博尔德里夫人给我一个留言，让我给您打电话。女秘书告诉我车钥匙的位置，我假装记下来，然后问她：其实，我想问这个博尔德里夫人住哪儿？她没有留下她的地址。然后，这个女秘书就中招了，我们就成功了。你觉得呢？"

"你想听实话吗？"

"是的。"

"你这个计划太蠢了！"

"但是？"

"但是我不知道能否成功……反正你应该没那么蠢。唯一的问题就是你有极大可能会吃闭门羹，也许博尔德里一家人出发去塞舌尔岛度假去了。"

"那里现在是冬天！"

"卡萨，你别把我的车子搞坏了！如果有人问你在哪儿，我说什么？"

"你就说不知道啊……其实，克拉拉……"

"什么？"

"谢谢！"

"活着回来，浑蛋！"

35. 任务

2000 年 8 月 18 日，星期五，晚上 10 点 33 分

＼*莫尔塞岛，海鸥湾*

父亲往后退了点儿。我们在沙滩里坐着不太舒服。我等不及了。他要托付给我的秘密任务到底有多危险？我准备好了。

"我要给你解释一下这封公证员的信，科林。你要知道，在你母亲去世后，塞米提公司觉得他们赢了，他们认为我们俩都死了，那么嗜血者工地就可以出售了。我做了一件不应该做的事情。"

他停顿了一下，继续说："我让你成为修道院这块土地的正式继承人。"

我目瞪口呆地看着他。

"你是我们唯一的孩子。确切地说，为了保护你，我让你满 16 岁后成为这块土地的正式继承人。之前这块土地是加布里埃尔·博尔德里在管理。我很信任他。别人伤不到他，他在蓝色海岸有势力。这是我在那个时候能想到的保护你的办法。"

我很难消化父亲刚刚讲的事情。我想应该不会有比这更让人吃惊的事了。

"这在我看来是唯一合理的方案。"父亲继续说，"你是土地所有人，但你在 16 岁前没有决定权，你没法做任何事。他们无法对你施压，因为没用。你知道的越少，就越安全。这就是为何我一直没联系你，就是不想把你牵扯进来。至少是你的童年时期……"

他握着我的手。有种既奇怪又紧张的气氛。我想起来这些年来，没有成年人握过我的手。不是和布丽吉特握手的那种感觉。出于本能，我看看黑漆漆的四周，背后一阵哆嗦。

父亲并没有安慰我。

"你害怕是有原因的，科林……我的计划保护了你 10 年。但是现在……我很抱歉，你现在处于风暴中心。我曾经以为 10 年是永远，事情会不一样，因为 16 岁的你不是孩子了……"

我正准备开口，他拦住了我。

"是的，我知道。你准备开口说你可以应对这一切，你现在是个成年人了。而且我确定你也长大了，证据就是你找到了我。但是我今天看到你时，我发觉自己错了。就算你 16 岁，面对这一切也太年轻了。"

他握紧了我的手。

"我还要跟你说另一件事。10 年前，我是唯一知晓这事的人。蒂埃里和布丽吉特知道的内情很少。你妈妈跟他们讲过一些，特别是布丽吉特，她们关系很亲密。我们不想冒任何风险。加布里埃尔不知情，我也一直都不相信马克西姆。如果塞米提的杀手找到我，如果他们杀了我，就没人知道真相了。我们的协会，我们的名字都会被污名化，他们就赢了。科林，我想让你知道谁是你爸爸和妈妈，我想让你从我这里听说一切。如果我消失了，他们杀了我，我希望你从我这里知道真相。这就是为什么我给你写了一封信，科林，在信里我解释了我刚才说的这一切，证据、名字和数字……一封非常危险的信，我在里面揭发的事件，对你来说很危险。"

他陷入了沉思。

"我 10 年前把这封信交给了莫尔塞岛的公证员，塞尔日·巴尔东。"

我准备开口，他示意让我闭嘴。

"我知道，科林，我跟你说过不能相信任何人，但是这个公证员是非常靠谱的。要解释起来就太麻烦了，但可以确定的是他站在我们这边。所以我交给他一个任务：不管发生什么事，不管我发生什么事，他都要在你满 16 岁时把这封信交给你。那时候，你就是这块地的所有者。他会把这封信当面念给你听，我在信里解释了一切。他应该在你16 岁前召唤你。"

我明白了。

这一切巧合让我不安。我居然预料到了这一切，按照自己的意愿来到了莫尔塞岛，在这里过 16 岁生日。这一切在 2 月份时就注定了。

第六感？预感？

我问他："我 16 岁生日那天吗？那就是说我明天得去公证员那里吗？"

父亲朝我笑了笑。他看起来放松了点儿。

"是的，"他回复我，"这不难。他的工作室在村子的出口处。他在那里吃住、工作……足不出户。我还得跟你解释最后一件事情。"

他没有松开我的手，而是握得更紧了。

"10 年前，我把详细的安排给了公证员，这样做是为了保护你。当时我不知道我是否还可以活到现在。但是我的委托是正式的，你会明白为什么，是为了救你的命！你去见他时，必须一个人前往。没有人可以在那里影响你。你要在他面前读这封信。在你离开之前，他会问你是否想给警察打电话，让他们来接你。这是我当年留下的指令，你明白了吗？那时我只能相信这个公证员。我知道这对你来说是一件危险的礼物。从你得知那封信上的名字开始，你就处于危险中。我的指令很简单。我觉得这是最好的解决方案。我一直这样认为。"

"但是你现在还活着啊！"我尖叫。

"是的，他们没有找到我。"

他脸上的微笑并没有让我安心。

"还没有！"他继续说，"我假死成功。这是最好的结果，科林。我希望这些年我没有让你冒风险。明天我们一起见巴尔东先生，你就不需要再读那封信啦！"

我很失望。那封信对我来说没有任何危险，我只感觉到父亲对我的不信任，就像是他拒绝我帮他分担危险。

"如果我想的话……"

他打断了我。

"你想读那封信？那么你就再无安宁可言。你会成为一头困兽。我知道，我这10年就是这样过来的。你觉得这些年来要让自己的儿子相信他父亲死去了，这是件容易的事情吗？你希望这样过一生吗？"

"但是……"

他再次握紧了我的手。

"我们明天再说吧。你要满16岁了，我送你的这份奇怪的生日礼物将会是沉重的负担。"

但我觉得这是我收到的最棒的生日礼物。当然，我也很害怕。这些年我几乎是泡在侦探小说里长大的，小说结局都很完美，如今这份害怕在我看来不够真实。

我的父亲是个英雄。他还活着。他是幸存者。如果他带我一道去冒险，那么任何意外都不会发生在我身上。

我的 16 岁生日礼物居然是一块地！还有一封信和一堆秘密。不能忘记给母亲复仇。要给我们家族的姓氏洗刷罪名！谁不想展开新的生活或者迎接新的命运呢？

一阵微风吹过，没法吹起任何沙子或者浪花，倒是把泡沫吹进了我的鼻子里。

我看着父亲，想着他刚才告诉我的一切。我 10 年前就知道了，我知道他活着，他隐藏了秘密来保护我，他离我远去是因为他落入了陷阱。

真相大白。再也不会有其他事情吓到我了。

突然眼前的天空晃了晃。

父亲把我扑倒在沙子上。

我听到了咔嚓声，就像是有人踩在枯树枝上。

离我们很近，就在丘陵上。

我顿时失去了勇气。

我们趴了一会儿。真的要危险降临，我们才能如此亲近吗？

灯塔的灯光照亮了沙子和树木。我们慢慢起身。这些年来父亲的逃亡生活应该就是如此，不信任任何人，四处躲藏。

我拍掉身上的沙子，脑子里还有很多问题。

"蒂埃里和布丽吉特，他们知道些什么？"

"几乎什么都不知道。我不太信任他们。但是他们是你唯一的家人，他们不是坏人。"

"但是他们知道你还活着？"

"是的，这是让我烦恼的地方。你妈妈坚持这样做。他们是唯一知情的。你妈妈跟布丽吉特说过内幕。10 年来我们很少交流。有时候打打电话，有时候写封信。我虽然不相信他们，但我可以打听到你的情况。在工地出事之后，我跟他们大吵一架。他们也不明白我为什么要假死。他们理解不了。他们认为我疯了，还不负责任。可怜的人！他们太理性了，只关注自己的事情。你这几年过得郁闷吗？"

我本来想回答郁闷，但我还是没有说出口。因为毕竟是他们抚养我长大。我低下头，什么都没说。我看着表，晚上 11 点。还不急。

这个时候，营地的人应该都在睡觉。

我抬起头，沙滩上的树木缓缓地晃动。我还有个问题必须问他。

父亲看到我看了一眼时间。

"你得回去了，科林。我送你。明天还有一整天。"

"我还有个问题，爸爸。"

我们四目相对。我必须问。

"有个人你没有提起过。我在照片上见过好几次，当时你们在修道院废墟外面聚餐。"

他吃惊地看着我。

"一个女孩儿，一个红头发女孩儿。头发很短。她很漂亮。"

我继续说："照片上的她就坐在你身边。"

我必须知道。

"她在一段视频里出现过，我在蒂埃里家里找到的。"

我看到父亲流露出奇怪的眼神，就像是我戳穿了一个不得了的秘密。他跟这个女孩儿之间到底发生了什么事情？她才是我父亲离开的真正原因吗？

他看着我的眼睛，非常郑重地回复我："杰茜卡·索尼耶。你说得对，一个很漂亮的女孩儿。在整个事件中她是无辜的人。科林，你放心，你父亲和这个女孩儿之间没发生什么大事。我向你发誓，用我们之间最宝贵的感情发誓！"

我脑海里又浮现出父亲的手放在女孩儿屁股上的画面。我不想再继续问了。他看起来很真诚。他甚至还发誓。然而我有证据证明他在撒谎。如果他连这个事情都可以撒谎，那么其他事情他有没有撒谎呢？

我脑子里一团乱麻。他跟杰茜卡也许只是一次无心的出轨，只是走过场而已，但这改变不了事实。我父亲是个英雄，一个纯粹的、激情澎湃的英雄，同时也是对感情不忠的英雄。

所以为什么要发誓呢？

一个纯粹的、激情澎湃的英雄，却对感情不忠……还发假誓？

"没发生什么大事……"

这句话是什么意思？对于一个理想主义的青少年来说这是件大事。我喉咙哽咽着，没法让父亲说出更多内幕。我怕让他失望，只能把注意力转移到明天的事情上，那就是与公证员塞尔日·巴尔东的见面。

其他的事情是次要的。

我父亲把一只温暖的手放在我肩膀上。

"我陪你回营地。"

我们离开了沙滩。我慢慢地走在硬邦邦的沙子上，夜风微凉。父亲拿着手电筒，比我那个要亮一些。

我跟在他身后。

"明天我们10点在公证员那里见，可以吗？"父亲问道。

"呃，可以……"

父亲当然不可能帮我跟营地请假。但是我不管了，我要出门！

"爸爸，既然现在我找到了你，我就不需要回营地了。我去拿我的东西，然后跟你一起走。"

他笑了。

"再说吧。没这么容易……官方来说，我已经死了，没有抚养权。但是明天没问题的，我在你营地出口等你。我有一辆小卡车。"

"一辆白色的福特，我就知道！"

他看起来很吃惊。

"我前天在港口见过你，我是因为这样才找到了你。但是奇怪的是

其他人这 10 年来都没认出你，除了那个醉汉。而我只花了不到 10 天
就找到了你……"

我父亲立马回复："你跟其他人不同，你知道我活着！其他人不会
关心死去的人……再说我留着长胡子，每天戴帽子和墨镜。"

他说得没错。这就像是本能一样，一种预感。

一切再次恢复平静。天气微凉，海风吹着我们的背。我们还要谈
什么来着？我想起来了。

"爸爸，那个疯狂马萨林！你没跟我说过这事。这是传说还是？"

父亲走在前面，突然转过身。

"我就等着你提这个问题。年轻人都喜欢这个藏宝故事，不是吗？
我曾经跟你一样。一个考古学家不应该对宝藏如此着迷……疯狂马萨
林……你明天就会知道答案了，科林。公证员的材料里有写。还有一
份我 10 年前留下的图纸和其他东西。你会继承这一切。你会知道我这
些年调查疯狂马萨林的结果。你不知道有什么惊喜在等你……"

我越来越镇定，脚步变得轻盈，就像是去电影院看一部冒险片。
从电影院走出来的那几分钟，我还沉浸在电影情节里，我就是那个
英雄。

"但事实上，科林，"父亲解释道，"关于疯狂马萨林，你知道的比
你想象的多。你以为你都忘了，但是如果你仔细回想，你 6 岁前的回
忆里还有痕迹。"

我不知道他在说什么。我只记得那场聚餐，大人之间的争吵。

"我什么都不记得了。"

"没关系，继续回想吧。总有一天会想起来的。我希望如此。我在
消失前给你说了一个大秘密，就像是跟 6 岁的小朋友讲故事那样，但
其实里面暗含了密码。你仔细想想。"

"关于疯狂马萨林吗？"

他笑了。

"有些人觉得我找到了宝藏，想据为己有。这也是我跟协会里其他

人的分歧所在。时至如今，小岛的报纸还在报道这事，说我是用宝藏里的钱买下了修道院。"

"是真的吗？"

"不，是假的！"

"但是你的确找到了宝藏，疯狂马萨林，不是吗？"

"要比你想象的复杂……"

"你知道在哪里吗？"

"你知道的！"

他指着我的额头。

"就在这里面。"

他笑了。

"自己好好想想！"

我不知道他是什么意思，但我觉得他激发了我内心的某种东西。我是世界上最幸福的青少年。这一切都是我这 10 年来所梦想的。父亲提到的危险并不存在。我内心有一种奇怪的情绪，一种亢奋与平静的混合。我们穿过了荒野。父亲在我前方不到 1 米处。我们好一会儿没说话，都在细细品味这一刻，就这样走了一刻多钟。

我突然感觉到一阵风，一个影子从灌木丛中冲出来扑到我身上。

我手里的手电筒掉落在地上。

接下来我看到了金属的光芒，一把屠夫用的大刀。

刀刺向我。

这一切还不到一秒钟。我没时间感到害怕。

那一瞬间我以为自己死定了。

完全不知道发生了什么事。

36. 黄色之夜

2000 年 8 月 18 日，星期五，晚上 11 点 55 分

高速公路 A6/E15/E21

西蒙走上了高速公路 A6/E15/E21。博讷和里昂之间这段高速是法国最繁忙的高速。

居然有 8 个车道！

西蒙跟在大型卡车队伍后面。一眼看不到头的卡车队伍。西蒙在想这些人怎么生存？住在高速旁边？住在车棚里？在车里生活？在车里工作？

不，这里只是个驿站，要尽快上路。

放在牛仔裤口袋里的手机响了，振个不停。西蒙的右手松开方向盘，去掏口袋里的手机。

太迟了。

等到他终于把手机掏出来，铃声停止了。30 秒钟后，手机再次振动，他收到了一条语音留言。他把手机放在耳朵边。

"你这个浑蛋去哪儿了？我等了你一晚！你觉得我没其他事情吗？你给我滚！"

糟糕……

康迪斯……

西蒙笑了。他完全忘了这个金发美女！他犹豫着要不要打回去。说些什么呢？他开车去了地中海？她会骂他是疯子。她说得没错。

西蒙把手机放在邻座。康迪斯也许在等他回电话。

这就是游戏的一部分。如果他还想继续的话，再次征服她也不在话下。他想起了曾经蜷缩在他怀里的她。如今他的手只能摸着车子的方向盘。

太遗憾了……

高速公路的车流连绵不绝。戈尔德曼又唱了一次《一切会好的》。外面是克里特酒业的厂区。

一路上都是谷仓和酒窖。

路边的酒窖让他想起了圣－安托万修道院废墟，那下面肯定有酒窖和地穴。他觉得在出发前应该去参观一下修道院的，也许可以找到什么线索。他仿佛看见了修道院地下隧道里昏暗的灯光，巨大的长廊把修道院、港口和监狱连接起来。

监狱下面也有地道吗？让－路易·瓦雷利诺也许就藏在哪个阴暗的角落里。西蒙感觉自己在黑色的长廊里缓缓前行。他没有武器，只有一根警棍和一个哨子。

他在发抖。

黑夜里看不清前方的东西。两盏灯以很快的速度朝他靠近。

没有任何生物能跑得这么快。

两束黄色的灯光照亮了他。

37. 红色之夜

2000 年 8 月 19 日，星期六，0 点 11 分

莫尔塞岛，海鸥湾

眼看那把刀下落了 10 多厘米，快要穿透我的肚子。

我瞪大了眼睛。

无法动弹。

然而奇迹发生了。

离我肚子还有几厘米时，凶器停住了。

我转过头。父亲握住了行凶者的两只手，他使尽全力让武器远离我。我想到了马迪送我的小刀，但此刻我被吓坏了，无法做出反应。

父亲突然发力，朝那个人踢了一脚。行凶者发出痛苦的呻吟，然后滚到一边，手里还拿着凶器。在他起身之前，父亲一下子扑了上去。

我担心他会扑到凶器上。我看到他们滚到了路边，消失在沟渠里。

我大叫："爸爸！"

我什么都看不清，赶紧起身，在地上找到了手电筒，然后朝沟渠跑过去。

两个影子扭打在一起。父亲还活着！我感觉自己太没用了。

突然，那把刀又出现了。我认出了行凶者的影子。父亲还在地上找着什么。他来不及还击！

"爸爸！"

那个影子迟疑了几秒钟，但也足够了。父亲手里拿着一块大石头，突然站起来，用尽全力砸向那个行凶者。

那个人被砸中后倒下了。父亲转过身看着我。

"不，科林，别看！"

我出于本能，把手电筒照向倒地的那个人，血从他脑袋左边流出来，他好像死了……我马上认出了他。他的照片登在《小岛人》的头条上。他就是让－路易·瓦雷利诺！监狱的逃犯！

父亲赶紧回到我身边。

"天啊，他一直在监视我们……他也许什么都听到了……他还会告诉其他人。"

"谁？"

"瓦雷利诺。塞米提公司的幕后操纵人员，同时在市政府基层工作。他被捕时被指控的罪名只是冰山一角而已……"

"他死了吗？"

"我不知道。别待在那里，科林。我感觉他是一个人行动，但也不确定。你赶紧回营地，快跑！你在那里是最安全的。直到明天为止。这里太危险了。"

我犹豫了片刻，不知道该做什么。父亲看我的眼神极其严肃。我必须按他说的去做。我不是一个小男孩儿了。我手里拿着手电筒，但几乎没电了，什么也看不清。

"明天见，爸爸。"我故作镇定。

"明天见，科林。10点差一刻，在你的营地前见。你要记住不要相信任何人。别忘了他们很强大。不要相信任何人，听我的，任何人都不能相信。"

再一次，我转过身。除了害怕，我什么都感觉不到。我使劲跑啊跑。什么都看不见。我不知道是要叫醒阿尔芒还是马迪。父亲的话在我脑海里回荡。

不要相信任何人！

任何人都不能相信……就连马迪和阿尔芒也不能相信。他们跟我一样大。他们跟这个小岛没关系。但是父亲说得很明确，任何人都不能相信。

谁知道我今晚会去见我父亲？

只有他们知道！

如果他们之中有个人通知了瓦雷利诺呢？不，这太可笑了。我无法想象马迪扮演双面间谍。

不是马迪，那是阿尔芒吗？

阿尔芒很聪明。他到底想干吗？仔细想想，像他这样的男孩子来参加帆船夏令营本来就是可疑的事情。他的解释毫无意义。而且他那么执着地要做我的朋友……

为什么？

我脱下鞋子，穿着衣服钻进了睡袋里，脑子里一团糟。

阿尔芒一直坚持留在我身边。马迪是我选中的。但是阿尔芒选中了我。怎么回事呢？最简单的就是什么都不说！不管他是无辜的，还是同谋者，最重要的就是不要同他说太多。

闭嘴。

但如果阿尔芒是同谋呢？如果他准备好了背叛我呢？

我在这里还是安全的吗？

不管谁走进来，我都要保持警惕。

帐篷里一片宁静。

突然，我陷入了恐慌。这种宁静是不正常的。

我听不到其他人的呼吸声。

我脑子里有个可怕的想法：他们都死了吗？

我打开手电筒，照向床铺。

其他人床上空无一人！

只有我一个人！

38. 白色之夜 [①]

2000 年 8 月 19 日，星期六，0 点 31 分

高速公路 A6/E15/E21

当西蒙踩下刹车时，他车子的保险杠离前方的卡车只有 3 米远。车子来了个紧急刹车。幸好后面没有车，卡车也赶紧拉开距离。

西蒙揉了揉眼睛。

连续开了 10 个小时没停，也没吃东西。他想起了克拉拉最后

---

① 此处为双关，la nuit blanche 字面意思是"白色之夜"，比喻义为"不眠之夜"。

的话。

"活着回来。"

克拉拉，不要说这种蠢话啊！

他拍打自己的脸颊让自己清醒过来，打开转向灯，准备开往高速路边的休息处。

虽然天色已晚，但加油站还是人山人海。周末刚刚开始，8 月的度假者们成群结队开往南方。西蒙把脸泡在水池里清醒会儿，然后找东西吃。他从莫尔塞岛离开后就没吃过东西。克拉拉给了他严格的指令：不能在她的车里吃东西，连薯条都不可以！

如果她穿着泳衣从沙滩回来，薯条的碎末会戳到屁股。西蒙叹了口气，难道沙子不戳屁股吗？

他终于吃上了三明治和柠檬挞。薄薄的三明治还没有包装纸厚。他一口气吞下去，想到克拉拉肯定不会喜欢这些垃圾食品。

克拉拉……

她说得没错！

他凌晨 1 点在高速公路休息处干吗呢？只是为了追逐幽灵？因为自己某个偏执的想法？

他在找什么？也许这条高速公路的尽头就是死胡同，他在尼斯不会找到任何人，他开了 3000 公里，但可能会一无所获！

他这该死的偏执……

西蒙看到自动贩卖机前面排起了长队。为了喝上一杯恶心的咖啡，他难道要在凌晨 1 点的高速公路上排长队吗？如果他现在掉头回去呢？他在天亮前可以回到莫尔塞岛。瓦雷利诺也许已经被抓住了，没有伤害到其他人。这就是《小岛人》明早的头条。他还可以全身而退，在港口给克拉拉买牛角面包做早餐，再给康迪斯带上一份，去圣 - 安托万修道院的前台来个突袭，握住她的手，在废墟中做爱，然后长时间裸身相对，就像是古希腊悲剧里的恋人一般。

这是他本该做的事，或者说是大家都会做的事……

但这个故事跟他没关系。

他的故事又是什么呢？

仅仅是巧合吗？年轻的科林·雷米今天过 16 岁生日。前几天瓦雷利诺越狱。10 年前被篡改的土地占用计划。一场不幸的工地事故，一个自杀的考古学家，一个二流记者编造出来的藏宝故事。

这一切都没有神秘之处。这些事件之间也没有任何联系。

在他面前，一个父亲在使劲摇晃着自动贩卖机，不知道是故障了还是缺货，总之他花了一刻钟排队结果喝不上咖啡！

西蒙笑了。

任何人都可能会放弃，掉头回家……

但他不会！

39. 黑色之夜

2000 年 8 月 19 日，星期六，0 点 45 分

莫尔塞岛，半岛营地

所有的床都是空的。

我觉得很恐慌。午夜过了。我想象有杀手在帐篷里找我。他们不知道我睡哪里，于是无差别干掉了睡在这里的人，然后把尸体扔了。

我仔细看了其他几张床，几乎没有打斗的痕迹。睡袋整齐地放在床单上。

绑架吗？我想到了马迪和阿尔芒。他们知道我的事。如果有人强迫他们呢？大规模绑架？他们也许受了折磨，都是我的错……

我关掉灯，走出帐篷，把马迪给我的小刀紧紧握在手里，给自己鼓劲。远处的厨房和会议厅还亮着灯。

我悄悄靠近，尽量不发出声音。

我没有注意到身后的影子，有只手突然搭在我肩膀上。

我的后背一凉。

我感受到一阵恐慌，比刚刚还要害怕，以为会有一把刀插入我的肩胛骨。我转过身，挥出手里的小刀。

后面那个影子赶紧退了一步。

我面前居然是一脸嘲讽的悠悠。

"嘿，冷静点儿！"悠悠说，"冷静点儿，是我啊！把刀收起来，伙计，你是不是忘了今天是你的生日……这是大家给你准备的庆祝活动。"

我没法说出一句话，跟随他来到了会议大厅。整个大厅灯火通明。大家都在等我！他们看到我松了口气。

"终于来了，"凯文叹了口气，"我们等了你 3 个小时！"

"生日快乐，科林。"阿尔芒一脸抱歉的表情。

相反，马迪意味深长地看了我一眼。

杜瓦尔神父站在角落里。他冷静地发言："我们整个教师团队有个有趣的想法，或者说想准备一个惊喜。科林你知道吗？我们想给你庆祝生日。在守夜之后……这已经是我们的第五顿饭了……真是个天大的惊喜，不是吗？"

我顿时觉得轻松了。

给我庆祝生日？这群笨蛋！

"你能告诉我你去哪儿了吗？"营地老大问道。

"不能。"

"你的小伙伴们从 10 点开始就在等你了。没人开口，也就是说没人知道你去哪儿了！"

我明白他们脸上的表情了。他们经历了 3 个小时的拷问。因为我这个废物，帆船废物、泡妞废物。难怪他们脸上一副吃屎的神态。

但如果他们知道实情了……

"真的，先生。"阿尔芒回答，"我们都承认了啊，他跟修道院那个瑞典美女有个约会。不能怪他，这是人性，每个人都有权利谈恋爱吧。"

杜瓦尔神父瞪了他一眼。阿尔芒疯了，马迪保持警惕，其他人盯着手表看。斯蒂芬妮坐在桌子上，用一种奇怪的眼神盯着我，想理解我这样做的意图。

"我们可以去睡觉了吗？"凯文说。

"等一下。"杜瓦尔神父回复，"我想大家都了解现状，可是科林你了解吗？莫尔塞岛现在上了全法新闻头条。岛上有个杀人犯在逃。科林，你居然大半夜跑出去了。你明白这件事情的严重性吗？"

我觉得自己似乎占上风，就像是坐在网球场的裁判席上。先生，您是说有一个杀人犯在逃吗？您知道他现在什么情况吗？他摔到阴沟里，头破血流。杜瓦尔神父察觉到了我的无礼和傲慢。

"不要跟我耍花招。"他威胁我，"我们明天再处理这事。你的舅舅和舅妈马上就到了，我们要跟他们一起搞清楚这事。我警告你明天不能离开营地，明天你给我禁足。你会受到严厉的惩罚。没有帆船，什么都没有。但别担心，我们会在营地给你找个活儿干。你真是走运，再过一刻钟，我们就报警了！"

我在脑海里酝酿着明天逃跑的路线。我不担心，他们不会把我拴起来，或者关在房间里锁起来。就算有人监管，逃跑也不是难事。

"我说，科林，你在听吗？"老大生气了。

"是的。"

"好吧，你们去睡觉吧。悠悠，你陪着他们。"

"我们不先吹蜡烛吗？"阿尔芒坚持说。

悠悠耸了耸肩。

"去睡觉，刚刚说了。"

在帐篷里，我等到大家都睡着了。我什么都不想说，不想开口。

不要相信任何人。

独自行动。

将近凌晨 2 点时，我听到阿尔芒的脚步声，他朝我的床头走来。

真是个缠人的家伙！

马迪也收到了信号。她应该就在女生的帘子另一边等着。她从床上跳起来，来到我脚边。我在睡袋里装睡。

"还装睡？起来！怎么样，你的爸爸复活了吗？"

我感觉马迪不会坚持问到底。

"你在搞笑吧，我们为你冒了风险。我们是一伙儿的！我这几天是为了什么跟女战神混在一起的？"

马迪没有开口。谢谢你，马迪！她温柔地看着我，那眼神跟她看其他男生时不同。

"我什么都不能跟你们说。这是为了你们的安全着想。"

"那就是说你看到他了？他还活着？你确定是他吗？"

这个阿尔芒真是气死人了，或者说他真是很狡猾。我实在按捺不住，脱口而出："当然是他！你瞎说什么，当然是他！"

"然后呢？"马迪追问。

"然后？如果我告诉你们，你们会以为我在胡说八道。"

阿尔芒着实是个狡猾分子。

"你什么都不说，我们才会觉得你在胡说八道呢！"

我在脑袋里权衡利弊。不要相信任何人？阿尔芒和马迪也不能相信吗？换个角度思考，我能一个人搞定这一切吗？明天我还是需要他们帮我逃离这里。如果他们是同谋，如果他们在这个故事中扮演了某个角色，我不知道结果会如何。

算了，我宁愿选择冒险。

我深呼一口气，把一切告诉了他们，从瓦雷利诺讲到明天早上要去公证员那里，还有我脑子里关于疯狂马萨林的秘密。我仅仅避开了父亲和那个杰茜卡之间的关系。马迪最感兴趣的是马萨林的宝藏。她黑色的眼睛发着光，抱紧了我。

"你还记得其他细节吗？你要集中注意力，科林！你先睡会儿，然后你就会想起来。"

阿尔芒的反应让我很吃惊。

"你确定那个瓦雷利诺死了吗？"

"不管怎样，他现在肯定状态很差。你为什么这么问？"

阿尔芒如此担心一个囚犯，让我很吃惊。他跟这个家伙有什么瓜葛？他认识他吗？

"没事，我就是觉得你遇袭这个事情比较奇怪。有点儿太……"

"太什么？"

"太过于戏剧化！"

"我不知道你是什么意思。"马迪评论。

阿尔芒的担心让我感到焦虑。我观察了一下四周，除了大家的呼吸声，没有听到任何声音。我以严肃的口吻问道："你到底相不相信我，阿尔芒？"

"当然啊，笨蛋，我肯定相信你啊！"

"什么意思？"

"就是说我是你缺少的理性思考那部分。"

他的话让我不开心。我察觉到他话中有话，但不是特别明白。

"我们该睡了。"马迪对阿尔芒说。

她又唠叨了一句："科林，你得睡了。"

她看我的眼神意味深长，然后他们回到自己的床铺上睡了。在黑暗中，我盯着阿尔芒的睡袋看。如果我现在睡着了，他就会站起来去通知某个人。如果他不是我这边的，他就得在早上 10 点之前，在我拿到公证员那份文件之前动手。如果我睡着了，我就处在危险之中，我就没法控制局面。我得坚持住。

我知道该怎么做，我这么多年来一直在坚持……

接下来的几分钟就像是几个小时，我的眼皮开始打架。

坚持，坚持住！我明天还有任务。我要找到我的父亲。不能让他失望……

我的任务……坚持住！

我的眼皮越来越重，再次合上，完全无法抵抗睡意。

但是我的意识是清醒的。我试图抵抗睡意的想法不可笑吗？我明天早上得一鼓作气才行！这才是最重要的啊！

我转过头，睁开眼睛。

阿尔芒的睡袋均匀地上下起伏，他睡着了，或者说他似乎睡着了。

我试着理性分析这一切。99%的概率，阿尔芒是我的哥们儿，他跟这件事没关系……但是我能忽略那1%的概率吗？如果不是阿尔芒，是马迪呢？

或者两个都是同谋？

或者……

我脑海里一直想着这些问题，直到最后陷入沉沉的睡眠中。

40. 天使湾

2000年8月19日，星期六，8点
尼斯，英国人散步道

早上8点，英国人散步道还是空荡荡的，只有几个上了年纪的跑者。西蒙把车子停在沙滩对面。海边温度宜人。他来到一个空旷的餐厅露台，盯着这一片铺满鹅卵石的沙滩静静思考。

这就是尼斯吗？这里灰色的沙滩无法跟红宝石湾镀金的沙滩相比。

尽管莫尔塞岛上有埋在沙子里的尸体，还有各种阴谋算计……

他要了一杯牛奶咖啡和两个牛角包，服务生身着黑白制服。尼斯也不过如此啊！他看了一下手表。

8点6分。

现在给克拉拉打电话还太早了。在散步道上，他没有看见一个40岁以下的单身女性。确实是太早了。他等一刻钟后再给克拉拉打电话。他想她现在应该还在床上。

"卡萨？"克拉拉醒了，"你在哪儿？"

"在尼斯欣赏英国人散步道的美景。"

"干得好！"

"你还在睡吗？"

"我当然想，但是我还得打个电话，不是吗？"

"所以呢？"

"所以嘛，我就打了。我的车坏了，马达出了问题，马蒂内先生可能会打电话过去。你就是马蒂内先生哦！"

"我明白了！"

西蒙还来得及。

"你是一个人吗，克拉拉？"他问道。

"当然啊，你认为呢？我可不会利用你昨晚给我的信息去引诱迪迪埃上床！"

"你是光着身子的吗？"

"讨厌鬼！我可以做你妈妈了！拜拜，卡萨。我20分钟后就得上班，我还没洗脸。照顾好我的车，马蒂内先生！"

西蒙又等了半个小时，继续在英国人散步道上待着。沙滩上的卷毛狗都比金发美女多。他又吞下了三个牛角包。到了9点，他给环保石头总部的秘书打电话。

一切都是在周密策划下进行的。

女秘书听起来很愿意帮忙的样子，把他需要的信息都提供给了他。不光是地址"克莱尔高领路3号"，她还花了10分钟告诉他如何找到别墅。

"整个山坡上最美的那栋别墅。"她补充说明，"就在美丽别墅大街的上方。正对天使湾，但是被橄榄树和橡树挡住了。"

就在西蒙准备挂断时，她说了一句话差点儿让他从椅子上跳起来，打翻了咖啡杯。

"另外，马蒂内先生，您别担心。博尔德里先生应该十一二点回来。他现在在国外出差，还有两个小时落地。他要回家一趟，再来公司。"

太好了。

他还有两个小时的时间。

41. 巴尔东家的防空洞

2000 年 8 月 19 日，星期六，9 点 28 分

\ *莫尔塞岛，半岛营地*

我醒来时，大家都起来了，马迪和阿尔芒也起床了。我看了一下手表。

9 点 28 分。

天啊！

我赶紧把堆得乱糟糟的衣服塞进包里。几天前，我还想着在舅舅和舅妈来之前收拾一下的。今天，我什么都不管了。

一条短裤和一件 T 恤就凑合了。我穿上球鞋，走出帐篷，眼睛还睁不开。

太阳太刺眼了。

我不习惯这么晚起床。营地的青少年都在忙，没人注意我。我脑子空空，平静地走着。

要吹段口哨吗？

来到操场的两轮车前，我遇了上悠悠，他的眼神仿佛在说："嘿，我不知道你在密谋什么，但我盯着你哦。"

他昨晚收到了来自杜瓦尔神父的命令，或者是其他人的指令？悠悠本来是个没什么攻击性的人。

不要相信任何人，连悠悠也不例外。无论如何，他的眼睛盯着我不放。我只能看了一下表。

9 点 37 分。

父亲还在等我，得抓紧时间。

该死！要怎么逃离这里呢？栏杆离我也才 50 米远，如果我朝那边走去，悠悠就会扑过来。晚上倒是可以躲在树后面，但现在大白天院子里都没人……

实在做不到啊！

阿尔芒坐在一块格子布上看书，光着上身晒太阳，都晒红了。他似乎在跟营地里年纪最大的两个女孩子眉来眼去，这两个女孩子正在编脏辫。马迪这时候才跟两个女伴从帐篷里出来。她手里拿着超薄 CD 机，我注意到她耳朵里还塞着耳机。

我完全没有任何主意。

时间一分分过去了。

9 点 42 分。

悠悠跟往常不太一样，一大早就是一副很警戒的样子。我甚至可以察觉到他嘴角的一丝微笑。

所以他也收到了命令！但是，是谁给他的命令呢？

最后，阿尔芒把他的目光从梳辫子的女孩子们那里收回来，转向我这边。

我试着做出一副极其悲伤的表情，先是盯着悠悠看，然后看回手表。阿尔芒马上站起身。他随机应变的能力让我大吃一惊。他就站在离我几米远的马迪身旁。

"你用我的耳机听音乐很爽，是吧？"

我敢发誓，阿尔芒这辈子都没有一台 CD 机。马迪一下子呆住了。她抓住了阿尔芒的手腕，没有转过身。

"快跑！"她低声说。

阿尔芒没动。

"我可不喜欢重复。疯丫头，这是我的耳机！"

"哦，可能我买了一副一样的？"

"快把我的耳机从你的脏耳朵里拿出来，我可不想得传染病！"

阿尔芒说起谎来可真是绘声绘色啊！他们得快点儿啊！我瞥了一眼悠悠，他一副懒散的模样，似乎在等着阿尔芒和马迪之间爆发一场争执。

最终，马迪也爆发了。

"你说什么？"

马迪突然给阿尔芒两腿之间来了一脚。后者发出痛苦的呻吟声，面部扭曲。马上一群人都拥上来了。

悠悠终于站起身。

"你们真是气死我了！"

他艰难地挤进人群里，弯下腰拦住两个捣蛋分子。

就是现在！

我抓住机会跳出了围栏。

自由啦！

干得好！

我走在一块农田上，走了 100 多米。我知道父亲在转弯处等着我。

快点儿，再快点儿。

太阳太刺眼，我看不太清楚。我忘记戴帽子和墨镜，只能把手挡在额头上。我注意到前方有个影子。

我眨了眨眼睛，放下手，原来是斯蒂芬妮。她停下来，嘴角露出了笑容。

他们在跟踪我！他们是同谋！他们要阻止我去见父亲。我的运气到头了吗？

"斯蒂芬妮，你得让我过去。我没法跟你解释，但这对我来说很重要。"

她没有回复。她伸开手臂，给人的感觉像是守门员在等待罚点球。她继续笑着，手指头做了个手势，仿佛在示意：来啊，来啊！

"斯蒂芬妮，"我几乎在哀求她，"你跟他们不是一伙儿的吧？告诉我你跟他们不是一伙儿的。你得让我走！"

她平静地回答我："科林，你得回去营地。"

我低下头，评估了目前的情况。斯蒂芬妮比我跑得更快、更强壮……但问题是：她决心大吗？她认为她面对的是一个想偷跑的普通青少年，还是一个准备好牺牲生命的逃犯呢？

她向前走了走。

"够了，科林，你做的这些蠢事够了。科林，回去吧！你一会儿就能见到舅舅和舅妈了。你可以做你想做的任何事情。但是我不想看到你跟昨天沙滩上那个被埋起来的尸体一样。"

我彻底爆发了。

"把我埋在沙里？这是在威胁我吗，斯蒂芬妮？"

斯蒂芬妮往前走，离我只有几米远。她突然停下来。

"科林，怎么会是威胁你？你是疯了吗？"

我没想到她是这样的反应，我利用她迟疑的片刻冲向她。她失去了平衡，倒在路边1米高的荨麻丛里。我没有回头，使劲往前跑。

我在营地前这段路上使劲跑啊跑。就在出口处左手边，我看见了父亲的福特车。他就停在拐弯处不远的地方。我赶紧上了车。

父亲熟悉的微笑让我顿时放松下来。

"没问题吧，科林？"

他开车了。

"你看起气喘吁吁，没问题吧？"

"我花了好大功夫才从营地跑出来。"

"有人怀疑你吗？"

"我不知道，我怀疑所有人。"

"是的，我了解那种感受。这就是为什么你不可以打开看公证员家的那份文件。一旦你打开看了，那么你这一辈子都会怀疑所有人……就像我一样。"

我没法回复他。我们不快不慢地穿过了小岛，沿着修道院大街往前开，经过圣－安托万十字架时，我父亲放慢了车速。

"修道院，你去参观过吗？"

我点点头。

"让人印象深刻，不是吗？"

尽管不情愿，但我还是点了点头。

"现在几乎是荒废了，想当年……"

他开得很慢。

"这一切都是你的，科林。从修道院直到海边。这一片田地，这一片面向拉芒什海峡没人居住的土地。嗜血者工地……一个令人尴尬的礼物，不是吗？"

我不知道该怎么回复。16 岁的我感觉自己还是很年轻，无法面对这一切。

这些土地都是我的吗？

但这些对我来说没意义啊！这片赭石和花岗石地对我来说太陌生。小卡车经过了修道院大街 1012 号。我没有勇气问父亲这个神秘的地址到底是哪里，更加不敢告诉他坟墓被亵渎这事。

晚点儿再说。

我脑子里只想着拜访公证员这件事。这是父亲给我的第一项任务。我坐在福特车的前排，从高处俯瞰田地，看到的风景跟我每天步行从海滩往返时看到的不同。

这样说很蠢，但是我感觉自己拥有了某种力量。

我们经过红宝石湾。潮水在退去，仿佛它想离开小岛，只留下上千块陷入紫色泥沙中的石头。我想到了昨晚的袭击。父亲是怎样处理瓦雷利诺的尸体的呢？

晚点儿再说吧。

再过一会儿，我们就会到达公证员家。

不能让他分神。

任务第一。

父亲加快了车速，经过了一排排崭新的公寓。

"你不觉得这些建筑太可怕了吗？幸好修道院附近没有……"

我喉咙里有什么东西堵住了。

"别担心，一切会好起来。只有我们知道今天的见面。"

我想到了昨晚我跟马迪还有阿尔芒说的话。我父亲继续说："你只需要拿回文件……巴尔东的气势有点儿吓人，但他不是坏人。"

过了一会儿，他把车停在了圣-阿让小路的人行道上。小巷子看起来如此平静，阳光普照，繁花似锦。

"就是这里。"他指向一个小房子，阳光把屋顶染成了金色。唯一一个没有红色百叶窗的房子。那里住着父亲的老友塞尔日·巴尔东……

他为了让我安心，露出淡淡的笑容，但其实并不奏效。我能感觉到父亲的紧张。他一只眼睛盯着后视镜，另一只眼睛盯着头顶的车窗。

像猫一样警惕。

我只看见一条荒凉的小路。父亲在巡视了周围一番后，握住了我的手。

"你现在可以去了。记住，他会坚持让你在他家把文件打开。是我当初跟他这样说的。但是我现在的想法不一样了。你一定不要打开文件。你拿了文件就离开，就这么简单。你知道原因的。你带了证件吗？"

"我有带卡。"

"那就好。"

我看了他最后一眼。

"你为什么不陪我去？这样不是更简单吗？"

父亲还是一脸狐疑地巡视着四周。他看起来很着急。

"在巴尔东眼里，我其实已经死了，是溺水身亡。越少人知道我活着，我就越安全。"

"但巴尔东不是你的好友吗？"

"他是个公正的人，但是他也不喜欢撒谎……现在因为瓦雷利诺越狱这事，他们又把嗜血者工地的事故翻出来了。你读了《小岛人》昨天的头条吗？一切都将浮出水面。警察会调查此案，他们会来拜访巴尔东。我不相信巧合，科林。我想我还是一直保持死亡的状态比较好，尤其是现在这个敏感时期。"

他又看了一眼后视镜。

"快去，科林！不要浪费时间。"

我谨慎地走出小卡车。父亲的车停在墙边。我偷偷摸摸地前行。这次轮到我巡视四周。我看到金色的板子上写着：

塞尔日·巴尔东

公证员

我来到了木门前，使劲敲门。

心也在怦怦跳。

房间里灯亮了，有人缓缓走过来，然后门打开了。我感到既惊喜又意外。我面前这个男人几乎挡住了整扇门。他个子并不比我高很多，但是他至少比我重三倍。他的肚子快把白衬衣撑破了，上面系着的小领带看起来很可笑。

他的态度很冷淡。

"谁?"

"您好，呃……我是科林·雷米，让·雷米和安娜·雷米的儿子。"

他过了好大一会儿才转变了态度，从一个冷漠的人变成一个亲切的人。

"原来是小科林啊! 没错，就是今天呢! 我没想到你这么早来。我们终于见面了，不是吗? 我 10 年前就在等这一天了! 进来吧。"

他移动身子比较困难。

我进去了。

他在我身后，对着门按了一下遥控器。门顿时就锁住了。

"欢迎来到莫尔塞岛的防空洞。"公证员开玩笑说道。

听他这样说，我也没觉得多安心。我面前是一个长廊，铺着黑色石板和白色的六角石。巴尔东往右转，我也紧随其后。我们来到一个没有窗户的房间。我在中学时读过福楼拜的《包法利夫人》，公证员的书房让我想起来那个氛围。打蜡的地板，墙上挂着厚厚的地毯。房间里乱成一团。高高的书架上堆着旧书，脚边有个地球仪，矮桌上摆着帆船模型，高高的罐子里放着干花。在这么狭小的空间里，这个公证员是如何移动身体而不打翻这些物品的?

就像是陶瓷店里的大象!

巴尔东叹了口气，就像是走了很长时间累坏了。他邀请我坐下来，坐在他书桌对面。这张书桌是这个房间里最现代化的元素之一。书桌后面是一把丝绒布的转椅，有宽大的扶手。他坐下来后，我只看得见他肩膀以上的部分。这位公务员充满了干劲，挥舞着双手，眼睛扫来扫去。过了好一会儿，终于停下来好好打量了我一番。

"科林，我得先请你出示证件。虽然你的确长得像你父亲，但是我还是得看……"

我没有迟疑，把证件递给他。

"所以，你是收到了我的通知吗？"

我点了点头，不想谈太多细节。

"你这么快就来了？"

我没理由不告诉他真相。

"我正在小岛上参加夏令营。有两个星期了。我的舅舅和舅妈今晚来。"

"太好了，太好了！"

他厚厚的双手灵巧地打开办公桌右边的抽屉，拿出一个厚厚的文件夹：米色卡纸包装，还用棕色缎带系着。他把文件夹放在桌子正中间，给人一种神圣的仪式感。

这样做也说得通！

这份文件他保存了整整 10 年。我觉得他是故意拖拉。我想到了还在外面等待的父亲。所以我得加快速度，但又不能太明显。不要做蠢事。这可是我的第一个任务，要圆满完成。

公证员用他粗粗的手指敲打着米色的文件夹，似乎在思考着什么。

我肯定他心里这番话想了很多年。

"你父亲是个有趣的家伙。"他说道。

我觉得很吃惊，但没有回复。

"你应该不太记得他。你那时还是个小孩儿。但他的确是个正直的家伙，堂吉诃德式的人物，独自对抗风车。他就是这样一个人，完全不妥协。你不要怪他……"

"我不怪他。"我终于说出口了。

他又看了一眼文件。

"都在这里了，孩子。他从没跟其他人说过的事情，这个小岛的所有秘密，还有他选择消失的原因，都在这里了！"

我偷偷观察书房。有一种被囚禁的感觉。我怎样才能走出去？

我怎样才能说服他在不打开文件的前提下让我走出房间？

"你可能不知道，"公证员继续说，"但是这个小岛上有一堆人想花重金买下这个文件里的秘密。这些家伙可不是好惹的。警察也包含在内……你可以相信我。最近都还有人来打听。"

警察？

最近？

他们想知道什么？

我没有提任何问题。公证员的手一直放在文件夹上。

"还好没有很多人知道这份文件的存在。还好我是个谨慎的人。你猜猜看，这10年间，我的书房被偷过几次？"

"我不知道。"

我表现得很腼腆，很有礼貌。

"7次！你听到了吗？7次啊！好吧，我书房里还有其他重要的文件。但是你要知道莫尔塞岛可不安宁啊！前前后后有7次啊！也就是说，他们如果再来，是因为没找到他们想要的，明白吗？"

他往椅子后方坐了坐，为了显示自己的威严。他甚至还等着我的奉承话吧。

"他们没找到吗？"

"没有，这间书房就是这座恶魔岛的保险箱，最后的避难所，罪恶无法触及的地方。"

他露出了大大的微笑。

"我的书房里有暗格。当然，所有材料并不都是放在这一个房间里。如果你只知道一个秘密，那么你在走钢丝。但是如果你知道很多秘密，那么你就是无法触及的！这是长寿的秘诀！"

他又发出一阵爽朗的笑声，但又忍不住咳了几下，手正好离开了那个宝贵的文件夹。

我马上伸出手。

公证员反应过来后，把文件夹拿回去。

"等一下，科林。等了 10 年，再等一下，可以吗？我要给你解释几条规则。"

我认真地听着。我不知道还有什么规则。

"我的使命说出来肯定吓你一跳。科林，我给你的通知是你只能一个人来。"

我点点头。

"这个文件是你父亲 10 年前托付给我的。他是某天晚上悄悄来的。他跟我说他在处理最后的事宜。你的母亲刚刚死于一场车祸。人们都以为你的父亲几天前溺死了，我也是。他跟我说他想消失，为了所有人好。我没有坚持，但我明白他怪罪自己……几天后，人们在海边找到了他的尸体。我不吃惊。科林，很抱歉，让你知道这些细节。"

我内心狂喜。

这个公证员的大手终于松开了。

就是现在！

我再次伸出手。

"再等等，科林。拜托了！你父亲那天晚上没说多少话。他跟我说这个文件里有个产权书，就是你名义下的修道院那块地皮。当你年满 16 岁时，管理权就归还给你。他还说里面有他的忏悔之词，希望你能明白他为什么会消失。他还暗示说文件夹里有一份地图。我不知道你舅舅或者舅妈有没有跟你提起过……"

我明白他是指疯狂马萨林的宝藏，但是他又不想过于明显。

"不，我不知道这事。"

"一个古老的传说。你父亲知道这座小岛上的很多事情，很多人几个世纪以来寻找的秘密。大家都认为你父亲一死，就把秘密也带走了。所以科林，你肩负着重大的责任。落在你肩头的是难以想象的沉重使命。我不清楚你父亲是否考虑清楚，把这个重担压在你肩上是否合适。我相信某些坏人想夺走你手里的文件，不想让你完成你父亲的遗愿。"

我当然知道啊，但是这些人失败了！

至少目前是……

我在发抖。从那时开始，我才意识到如果我拿回这份文件，父亲和我就会陷入危险中。某一天，要把真正的罪犯绳之以法，包括杀害我母亲的人，还有剥夺了我父亲过去10年时间的人。

公证员终于把手从文件夹上拿开，继续说："现在不是说大道理的时候，但是你没的选。我的任务到此为止。现在轮到你了。"

他把文件夹推到我面前。

我看着他。一切都安排好了。文件夹都没有发黄，就像是昨晚才封好的。他说得对，现在轮到我了。

我把文件夹牢牢地抓在手里。

"谢谢你，谢谢你做的一切。"

我准备起身。

巴尔东先生突然跳起来。

他整个人直起身来，胖胖的身体显得极其柔软。似乎他早就预料到我的态度和行动。

他站在书桌后，俯视着我。

"不，科林，你不能这样走出去！这份文件是一颗炸弹，你还没有意识到。你父亲说得对。你要在房间里打开文件，在这里读完再走。花上几个小时也行。等你了解了其中的秘密，你就想想接下来该怎么做。你可以打电话给你想打的人，但我不建议你打给警察。"

公证员来到我身边，断了我的退路。

他至少有120公斤。

我得马上想出一个逃跑计划。

42. 食人蚁

莫尔塞岛，半岛营地

在营地，我的失踪成了一个爆炸事件。

后来我听说了这个故事的好几个版本。
杜瓦尔神父、悠悠、斯蒂芬妮的版本。
阿尔芒和马迪的版本。
他们所谓的事情真相。
他们上演了一出戏，但是没有我出场。

杜瓦尔神父出奇地愤怒，悠悠也被气坏了。斯蒂芬妮身上好几个伤口，但不敢抱怨。然后杜瓦尔神父马上给警察打了电话。营地的所有活动被取消，包括游泳、帆船和自由活动。

没有人敢反抗。至少在大人面前不敢。

悠悠以狐疑的眼神看着马迪和阿尔芒。他似乎猜出了这是他们俩搞出来的花招。但是他不敢说出口，怕引起新的波澜。营地弥漫着奇怪的气氛。

就像是我死了一样。

阿尔芒首先开始行动。他把马迪偷偷拉到院子后方的苹果树旁边。
"我们不会像傻瓜蛋一样留在这里吧？"
"不然呢？"马迪问。
"该死，一想到要在这里无所事事等警察来就烦死。每个人还要接受审讯，真是太糟糕了！"
"那你建议？"

"我们逃吧！"

"什么？"马迪重复问道，似乎没听懂。

"我们逃吧！马上！"

马迪仔细看了看阿尔芒。

"你在开玩笑吧？"

"如果不在警察来之前逃走的话，就是死路一条。等审讯结束，我们就成了筛子。这个营地让人恶心。"

"你真的有胆子逃吗？"

"怕什么？我们赶在警察来之前逃走。"

阿尔芒注意到警察这件事让马迪不安。

"你有别的法子吗，疯狂的女孩儿？"

"但我们能在岛上干什么？"

"瞎逛啊！给科林帮忙呗。好比储备军。我们可以展开调查。科林给我讲述的这一切进展过于完美……让人心生疑虑。"

"我们会被警察抓住的。"马迪抗议。

"我们是未成年，无所谓的。除了被骂几句，他们还能把我们怎么样？所以，你是跟我一起，还是我先溜？"

马迪没有犹豫。她走向阿尔芒，为了让他明白她比他高一个头。

"你独闯龙潭，我担心啊！"

杜瓦尔神父、悠悠和斯蒂芬妮怎么都想不到又有两个青少年失踪了。阿尔芒和马迪趁他们给警察打电话时溜走了。

"我们去哪儿？"马迪在路上再次发问。他们离开营地有 50 米了。

"去海鸥湾。这一切是在那里发生的，不是吗？"

"既然你这样说……"

"是的，我说就去那里。这是本能！"

20 分钟后，他们走在前往海鸥湾的路上。阿尔芒让马迪停下来。

"我们得找到案发地。"他说。

"科林的爸爸敲碎了瓦雷利诺头的地方吗？"

"是的，科林说离海湾一刻钟距离。我们应该离得不远。"

马迪观察到阿尔芒在寻找血的痕迹。

"没有，"阿尔芒嘀咕着，"一点儿血迹都没有！要么就是科林在说大话，但是他说这些假话没意义啊！我们了解他，不是吗？他有病吗？"

"你才有病。"马迪反驳他，"我觉得你就是疯子，像狗一样闻来闻去找血迹有用吗？如果你不是豆丁样，我还以为你要在荒郊野岭强奸我。"

阿尔芒没有回话。他继续寻找血迹。突然他激动地大叫："看啊，科林没有瞎掰。在这里！"

阿尔芒指向沟渠 3 米深处一个皮球大小的石头，那上面有血迹。马迪跑过去看。

"太好了，石头上有血迹。我们转了半天没白忙活！雷米爸爸肯定把这个家伙埋在附近。你要在露营的孩子们发现尸体前去沙滩上挖沙子吗？"

"也许吧……"

"好吧，现在我们干吗？"

阿尔芒痴迷地看着血迹。

"科林说的是事实，"他说，"瓦雷利诺被他父亲打倒了。"

"你之前不相信吗？"

"是的，我是个怀疑论者。好吧，我得承认……我们走吧。"

马迪最后看了一眼那个血迹。突然她露出吃惊的表情，提了一个最重要的问题："纳瓦罗，蚂蚁是食肉动物吗？"

阿尔芒没听懂。

"你在发什么疯？"

"快回答我，蚂蚁是食肉动物吗？"

43. 女巫

2000 年 8 月 19 日，星期六，10 点 6 分

莫尔塞岛，皮瓦那大街，巴尔东家书房

我落入了陷阱。

我手里拿着文件夹好一会儿，脑子里想着对策。公证员还在我身边，120 公斤的他横在我跟大门口之间。

怎么办？

他决心已定。没法不经他同意就走出去。

那么我按部就班如何？我打开文件夹，迅速浏览一下，10 分钟，最多 20 分钟，我就告诉他我决定了，不给任何人打电话，不管是警察还是谁。这样他就能让我出去了。

这是最好的解决方法。

文件夹用棕色的缎带系着，我只需要解开带子就行。

然而我不能再继续下一步，因为父亲叮嘱过我。不是 10 年前，而是几分钟前。

千万不要打开文件夹！巴尔东也提醒过我：这个文件夹是个炸弹。

我父亲还活着，他想保护我。

他可以的。

我要违反他的命令吗？第一次任务就要失败了吗？

任务其实很简单，把文件夹带出去，但不能打开。

思索一番后，我观察到巴尔东朝办公室大门走去。

"你有的是时间。"他向我保证。

这家伙到底想干吗？他在玩什么游戏？他也是同伙吗？

我继续想法子。没法违背父亲的命令，要坚决完成任务。

是的，我没有别的选择。如果我不在这个公务员面前读这份文件的话，他不会让我出去的。而我父亲就在外面等着。

我落入了陷阱！

我把文件夹紧紧抱在怀里，感觉指头陷进了卡纸里。

打开吗？

打开吧！

这是唯一的方法……我内心深处也非常好奇。这份文件里到底有什么？我能承受揭秘之后的压力吗？无论如何，这是我父亲10年前想让我知道的。

我再次看了一眼棕色缎带，就在触手可及的地方。我转过身，看了一眼公证员，他也在等我的反应。他离大门不到1米远。

一瞬间我明白了他想干吗。我看到书房大门上插着一把钥匙。他把钥匙放回口袋里，想把我锁在房间里。

他想断绝我逃走的念头。他早已经知晓我的计划。

我只能听从自己的直觉，绝处逢生。

接下来发生的事情不到5秒钟就结束了。

我评估了一下现状，肉搏和武器都不是我擅长的。一边是难以突破的公证员那堵人墙，另一边是孱弱的我坐在转椅里。

转椅！

这是我唯一的武器！

我把腿抬起来放在书桌的边缘，然后蜷起身子，使劲往后蹬。

我身后的公证员明白得太晚了。

我往后蹬的劲很大，椅子"嗖"的一下弹出去。

我没法瞄准，但是公证员正好挡在中间，错不了的。巴尔东被椅子撞了个正着，加上我的重量，他的膝盖和肚子被撞疼了。

他可没想到我会这样做。

他倒下来大喊："小浑蛋！"

我没空搭理他，从椅子上跳下来，打开门，冲进走廊。我突然想到了公证员在我进门时用的遥控器。

这些锁都是自动的。

我撞倒他也没用啊！没有密码或者钥匙，我出不去。

我听到他在我身后的嘶吼声："科林，为什么，你为什么这么做？"

我没回复，想尽各种办法打开外面的大门。奇迹发生了，门打开了！

电子门应该是设计好的开关程序，为了不让任何人随便进出。父亲就在对面，福特车的马达还响着。

我大喊一声："快走！"

我没时间沿着墙走到另一边上车。我直接打开后门，跳进后车厢。父亲马上发动了车子，他回过头看着我。

他戴上了墨镜和帽子，以保证不被其他人认出来。

"你拿到了吗？"他很着急。

"是的！"

"你打开了吗？"

"没有。"

父亲露出了大大的笑容，给了我极大的鼓励。

"巴尔东先生让你出来了？"他有点儿怀疑。

"他没别的选择。"

恢复自由身，我感到自豪且幸福，我把事情经过告诉了父亲。他穿过了圣－阿让村子的小路，避开 1908-5-20 广场和港口。

"我们去哪儿？"我问道。

"去谷仓，在海鸥湾上方。"

那个醉汉的谷仓？

这还真是我没想到过的地方。

五　复活

44. 复活

阿尔芒搞不懂马迪的问题。

"疯女孩儿，你的问题是什么意思？蚂蚁是食肉动物吗？"

"是的。"马迪确认。

阿尔芒叹了口气，只能回答说："不，我认为不是。至少我们这里的蚂蚁不是。"

马迪用手指向不远处。

"看啊，要么莫尔塞岛上的蚂蚁是特别的种类，是吸血的蚂蚁……要么这个石头上沾的不是血！"

阿尔芒仔细看了一眼沾了血迹的石头。没错，一群蚂蚁围在血迹周围。在阿尔芒反应过来之前，年轻人跳进了沟渠。她用手指沾了一点儿石头上的血迹，然后放在嘴巴里舔了舔。阿尔芒觉得好恶心。

"这是甜的！"马迪说，"某种甜甜的东西，有点儿恶心……但不是血！"

"你确定？你以前尝过血的味道吗？"

马迪耸了耸肩。

"你想试试吗？"

阿尔芒咳了几声。他取下眼镜，把手放在眼镜前方。

"该死！这是什么鬼故事！"

马迪回到路上。

"你说得对，纳瓦罗。要么瓦雷利诺血液里流淌的是糖浆……要么他还没死。"

阿尔芒回过头。

"等等，让我想想。"

"他没死的话，就是假装晕倒。他为什么这样做？"

"等等……"

"等什么？"

"我在想。总得有个合理的解释啊！"

"好的，那你想吧，在此期间，我们做什么？"

"嗯……"

"你不能同时想两件事情吗？"

"嗯……"

"所以？"

阿尔芒下决定了。

"我们继续调查。去海鸥湾那个醉汉的谷仓，跟科林有关的地方都去看看。"

"好的，纳瓦罗。但是你要明白，为了最后不跟他们一样变成活死人，记住我们不是去观光的，一路上也不要唱什么马赛曲。"

"你说得对。莫尔塞岛的特点就是，人就算死了，也不会死太久。"

两个青少年离开了大路，来到了荒原高高的草丛里。几分钟后，他们看到了海鸥湾上方谷仓的屋顶。他们弓着背继续往前。离谷仓不到 50 米处，马迪轻轻抬起头，就那么几秒钟，然后弯下腰跟阿尔芒蹲在一起。

她大声喘了口气，身体在发抖，就像是受到了惊吓。

"你看到了什么？"阿尔芒问。

"科林在里面！"马迪低声回复，"他在谷仓里。他父亲的小卡车停在前面。"

"你确定是他的车吗？"阿尔芒表示怀疑。

"不确定……但是是一辆白色的福特车。你现在相信巧合吗？"

"好吧，小姐。我们去勘察一下？"

阿尔芒在草地里爬行。马迪抓住了他的袖子，几乎要把他整个人拉倒在地。

"我没有说完。阿尔芒，我们现在的处境很糟糕。"

马迪双手抱住头，一副很恐慌的表情。阿尔芒不想听她解释太多，只想站起来。马迪把他狠狠压在地上。

"你别做蠢事！"

"什么？"

"他在那里！"

"谁？"

"瓦雷利诺！"

阿尔芒也被吓到了，他还是不放弃："你是说他的尸体吧？"

"不是的……他还活着……手里拿着一把枪！"

45. 恋父情结

2000 年 8 月 19 日，星期六，10 点 27 分
莫尔塞岛，海鸥湾谷仓

我感到头晕。

谷仓里有股恶臭味，混合了酒精、烟草和发霉的食物的味道。

"这里很安静，"父亲安慰我，"乐贝托这几天应该不在。"

我明白了，这个乐贝托应该就是那醉醺醺的酒鬼。我没有追问细节，我也不想知道更多。谷仓跟前一夜一样，乱糟糟的。唯一奇怪的是电视机不见了。

成箱的废报纸堆在角落里。

"他是为了过冬准备的。"父亲开玩笑说道。

我一脸厌恶的表情，这里面的味道让我想吐。

"我们不会待很长时间，科林。"父亲安慰我，"但是大白天我们最好不要出门溜达。我们得小心点儿。你之前辛苦了，坐会儿！"

我摇晃着椅子，把上面的面包屑晃掉，然后坐上去。

"谢谢。"

"不不，你是为了你自己。你没打开文件夹，你做得很对，现在可以把文件给我了。"

我从公证员家逃出来之后，就紧紧抱着文件夹，在车上也是。父亲走过来，我把文件夹递给他。

我这样就轻松了吗？

不，奇怪的是，我内心涌上来的是失望的情绪。

"谢谢，你终于可以卸下这个重担了！"父亲拿过文件夹。

父亲拿过一把脏脏的椅子，坐在房间另一头，好像故意离我很远。他解开棕色的缎带，打开米色的文件夹，开始翻看文件。有30来页。我看不清，但也不敢移动椅子。

父亲吃惊地看着我，我从没见过他这种冷酷的表情。

"你什么都没动吗，科林？"

"我没打开过啊，爸爸。有问题吗？"

"不，不……"

很明显有问题。

父亲看起来很激动，就像是在释放内心压抑了很久的情绪。他突然转向我，冷静地说道："你渴吗，科林？"

我摇摇头。

"你饿了吗？"

"不饿。"

我想吐。

这个谷仓让我想起公共垃圾堆。各种各样的虫子沿着墙壁爬来爬去。父亲表面上看起来很满意，但是他紧绷的手指表露出他的紧张情绪。

"我们现在时间还算充裕，科林。"

"干吗呢？"

"呃……你记得我昨晚跟你说过的话吗？"

他昨晚说了那么多。他到底是指什么？

"我们最后讲的。你还记得吗？疯狂马萨林，那个只有你知道的秘密。"

"哦，是的。"我机械地回答。

其实我还真没想过这事。疯狂马萨林，我身上有什么秘密？我脑子里只有那次聚餐的场景：父亲把手伸向我，还有那些尖叫声。

"所以呢？"父亲提高了声调。

这个谷仓的臭味实在让人难以忍受。一个柜子上摆放着一些装了葡萄酒的脏杯子。葡萄酒？

我要跟他提到这个唯一的回忆吗？那顿聚餐？那些尖叫声？他伸到裙子下的手？为什么要盘问我？他自己不记得吗？这太可笑了，是他告诉我这些秘密的！

"我记得一顿饭。"

父亲俯下身子，把另一个木头柜子上的旧罐头瓶扫到地上，然后在我身边坐下来。

"是的，最后一顿饭。"他的笑容略带嘲讽，"耶稣最后的晚餐。耶稣和他的信徒们还有犹大……最后一顿饭。一切都爆发了。你当时很害怕，科林。我们当时吵了一大架。几年来内心的愤恨都宣泄出来。你藏在桌子下面。你不应该在那里的。实在是太蠢了。我们应该保护你的。"

他还记得，当然了。

我得继续问他更详细的问题。

"除了聚餐，你还记得什么？"

他的语气越来越不耐烦。

"我记得你递给我一杯酒。"

他一直坐着，用脚踢翻了地上的空酒瓶。虽然他不说话，但我能感觉到他内心的波动。

不管那么多了。

"我还记得你的手伸到那个女孩子的裙子下面。就是那个杰茜卡。"

我本来以为他会爆发，会骂我。疯狂马萨林的秘密让他很紧张。然而我似乎错了。他非常冷静且温柔地回答说："这件事啊，我也记得她皮肤的热度。杰茜卡就是个天使，是我遇见过的最美丽的人。当然你现在还年轻，不明白这些事……我希望你以后能明白。"

不！

我拒绝！

他昨天撒谎了，他昨天发誓说他跟这个杰茜卡之间没有任何事情发生。

我父亲的确是一个充满激情、意志坚定、受人尊敬的学者。

但是他背叛了我母亲！

我在观察他的举动。他的右脚紧张地在地上画圈圈，他的手也在微微发抖……我第一次注意到他没有戴对戒，在我印象中，他一直戴在无名指上。

这是最后的证据！

是的，他离开了我母亲，抛弃了我，然后消失……

跟这个女孩儿一起跑了。

为了这个女孩儿跑路了。

他背叛了我们所有人。母亲也因为他死了。我很想站起来，把这个臭烘烘的房间砸个稀巴烂，把空瓶子扔到脏兮兮的墙上。

但我只是抬起了头。父亲出奇地冷静。他尴尬地朝我笑。

这个通奸的故事跟宝藏、犯罪、阴谋相比如此可笑吗？

毫无疑问……

这个故事当然很无聊。也许很多男人都会背着他们的老婆出轨。或者反过来，很多女人也会背着他们的老公出轨。每天，这样的惨剧在成千上万的家庭里上演。

但不能是我的父母啊！

这部我是主演的冒险电影好像撑不下去了！父亲不应当是个完美的角色吗？

当然不是！

我再次观察这个谷仓，视线停留在桌子旁边烂掉的水果篮上。很多虫子趴在两个苹果和一串葡萄上。蚂蚁成群结队，沿着桌角行进，爬上了天花板。我真的什么都不想去想，只想机械地看着蚂蚁爬来爬去。

玻璃杯的声音，酒瓶撞击父亲脚部的声音把我拉回现实。

我一瞬间仿佛经历了一场痛苦的蜕皮过程，在几个小时内把 10 年父子情来了个沉浸式体验。

我经历了恋父情结的所有阶段。

从崇拜一个完美无缺的父亲到接受一个不完美、有缺点的父亲。

我长大了。

要自己长成大人才能明白这些事情。

父亲看了看手表，他很紧张。

"科林，你得集中注意力。我们没多少时间了。我们现在很危险。他们是有组织的，人数众多，他们马上会找到我们。我们是这个岛上唯一可以依靠对方的人。我们是唯一抵抗他们的人。你得想起来，科林，在他们找到我们之前。"

我忍不住怒火中烧。

"什么？究竟要我想起什么啊？"

46. 最后的证人

2000 年 8 月 19 日，星期六，10 点 57 分

尼斯，克莱尔高领路

西蒙的车在克莱尔高领路路边停了一个多小时。他没什么可抱怨的，这里可以看到天使湾的风景。眼前是最豪华的游艇游来游去。这里是尼斯最繁华的区域，可以眺望旧城区，远处是英国人散步道和港口。

加布里埃尔·博尔德里的别墅跟其他别墅一样：白色，宽敞，富丽堂皇。入口处是一排棕榈树，花园里肯定还有游泳池。草坪整齐划一，花团锦簇。博尔德里给园丁的酬劳肯定很丰厚。

11 点。

如果秘书没搞错，加布里埃尔·博尔德里快要到了。

他可不能再拖拉！

西蒙在这里等了将近一个小时，邻居都准备给警察打电话了。

一辆雷诺太空车，看起来像是机场接驳车，从西蒙面前经过。一个 40 来岁的家伙从里面出来。他的身形让西蒙感到吃惊。本来西蒙以为一个公司的老总应该是穿深色西服加领带，但是这个加布里埃尔一身休闲打扮。他穿着皱巴巴的花衬衫，脏脏宽大的帆布裤子，皮凉鞋，胡子看起来也像是三天没刮。简直是个乡巴佬！这哪是什么老总！

西蒙从车里走出来，向前冲了几步，拦下了加布里埃尔，后者从司机手里接过行李箱。

"是博尔德里先生吗？我想跟您说几句话。"

加布里埃尔·博尔德里看他的眼神比较冷漠。

"抱歉，我不认识您。我飞了一整夜，8 个小时前我还在马里的巴马科。您要找我的话先去我公司预约吧，就在圣安德烈－德拉罗什。"

西蒙紧追不舍。

"我也是一整夜没睡。我开了 15 个小时，开了 1500 公里。"

加布里埃尔没理他，拖着行李箱往前走。

"我是从莫尔塞岛来的！"西蒙大喊道。

博尔德里转过身。西蒙继续说："我是专程来找您的。我有一些关于让·雷米的问题想询问您。涉及您管理的修道院还有让·雷米的儿子，他今天正式成为修道院土地的所有人。"

加布里埃尔·博尔德里把手放在额头上。

"科林发生了什么事吗？"他不安地问道。

"我不知道，我希望没有。"

"您是警察吗？"

"算是吧。"

加布里埃尔露出大门牙。

"我可以请您喝杯咖啡吗？我想我们两个都需要。"

"当然好。"

西蒙走进了别墅，他没见过这么华丽的房子。墙壁上的现代派油画，闪闪发光的白色瓷砖，高科技家具……阳台下是游泳池，游泳池前面是朝南的大平台。他们坐在阳台的藤椅上，眼前是一望无垠的地中海。加布里埃尔·博尔德里来到厨房，把自动咖啡机打开，然后回到客人身边。

"我就是在莫尔塞岛发家的，从拉芒什海峡来到地中海……但是莫尔塞岛也有它独特的魅力。虽然太阳稍微小点儿，但是充满了神秘感。"

"您在巴马科做什么？"西蒙接着他的话说下去。

"我去谈大学校园的扩建合同。尼日尔右岸的萨瓦丘陵，他们是这样称呼的。马里的大学生数量迅猛增长，他们想扩张校园来迎接这些新生。我去就是谈这笔买卖。上亿非洲法郎的买卖啊！我出价最高！"

他哈哈大笑，西蒙目瞪口呆。

"最贵的！您听说过公平建筑这个概念吗？我聘请马里建筑师、马里水泥工、马里工人。都是当地的成年人，报酬丰厚，还有社保。用的原材料也是马里产的。完工后这些建筑符合国际环保标准。ISO（国际标准化组织）体系认证，您了解吗？"

"就算您的报价是最贵的，他们也会选您吗？"西蒙觉得很吃惊。

"当然了。我太了解这些所谓的发展中国家了。有些是出于公民的信念，有些是源于品牌形象，他们都有求于我，他们有世界银行、联合国开发计划署、国际货币基金组织和欧盟支援。可持续发展和政府支持，就是环保石头的两大王牌！"

西蒙在这个怪异的老总宫殿里显得很不自在。

"我是这个行业的领头羊！"加布里埃尔·博尔德里继续说，"我20年前投身城市环保建设，一开始没人相信我，非常艰难。我开的第一家公司欧洲建筑……"

"特别是在经历了莫尔塞岛事故后？"西蒙插嘴。

"是的，我得感谢让·雷米。如果他没有担下所有责任，那么今天我可能在牢房里吧。"

他又爆发出一阵笑声，转身去厨房拿咖啡，一路说个不停。

"在欧洲建筑的丑闻后，我给公司改了名字，环保石头听起来不错。我把视野投到国际市场上，终于赶上了好时机。我成立了一个无国界建筑师关系网，信誉良好，质量过硬，这几年发展得很好。"

他把咖啡端上来。

"光是尼斯地区就有300号员工……世界范围有3000人，几乎都在热带地区……一个庞大的外交关系网。现在谁都伤不到我。不管是蓝色海岸的小混混，还是莫尔塞岛的诈骗犯。"

西蒙听到这句话吓了一跳。

"谁都伤不到我！"博尔德里强调说，"让·雷米10年前选择了我。

他信任我，没有把我卷进去……我不是岛上的人，我躲得很远……我当时还算有点儿分量。"

加布里埃尔·博尔德里拿起咖啡杯，目光投向蓝色海岸。

"我知道我看起来不像。很多人把我当成是天真的环保主义者，一个不太危险的梦想家。这是我竞争对手的想法。所以他们活该！如果我不会自我保护，不了解国际自由市场的丛林法则，我是无法建立起环保石头这个帝国的。我有着坚定的信念，以及对现实清晰的认识。"

他脱掉衬衣，露出古铜色的皮肤。

"所以说莫尔塞岛的人渣从来不敢来找我麻烦……"

他突然停下来，盯着西蒙看。

"您到底是谁？您说您算是警察，是什么意思？"

西蒙赶紧把事情近况一股脑儿说给他听。

"我本来可以多讲点儿细节，但是现在最重要的是，那个让－路易·瓦雷利诺，您10年前认识的人渣从马萨林监狱逃走了。他朝他的同伙背后开了两枪，然后把他埋在沙滩里。这是这三天来的头条消息……也许马里那边还不知道……我还发现瓦雷利诺也牵涉到欧洲建筑的丑闻。他篡改了莫尔塞岛土地占用计划的图纸。"

加布里埃尔·博尔德里的眼睛瞪圆了。西蒙站起来，一脸正气。

"这一切太巧了！这个瓦雷利诺赶着科林成为修道院土地法定继承人的时候越狱。这块地的图纸当初被瓦雷利诺私下篡改过。正是在这块地上发生了那场事故，导致三个工人死亡。还有疯狂马萨林的传说，地下宝藏。"

"就这些吗？"博尔德里并没有惊慌失措。

"就这些啊！我是没明白，所以我才想，也许您……"

加布里埃尔·博尔德里把系住马尾的头巾又拉紧了点儿。

"我相信您，西蒙。这是我的直觉。我凭直觉工作20年了，很少犯错。您有科林·雷米的消息吗？"

"没有，我昨天去过他的监护人家，但是他们不在家。"

加布里埃尔·博尔德里看起来很不安。

"我不喜欢这样子。我跟让说过他太不谨慎了。什么遗嘱之类的，公证员也不靠谱，这份遗嘱对他儿子来说太危险。这 10 年来它就是一颗定时炸弹。"

"您说得太快了，我没听懂。"西蒙打断了他。

加布里埃尔·博尔德里最后一次打量西蒙。

"明天，我要去佛得角半岛，今晚 11 点的飞机，您要知道，我很忙的。"

他从矮桌上拿起遥控器，指向白墙，按下密码。墙面突然打开了，里面是大概 50 平方厘米的保险箱。

他拿出橙色封面的巨大文件夹。

"我 10 年来都没有翻开这个文件夹。让·雷米托付给我的，就在他死前。他在莫尔塞岛把另一个文件夹留给了他儿子。"

西蒙眼睛都直了。

"让·雷米是我最好的朋友，"博尔德里继续说，"我唯一可以无条件信任的人。一个理想主义者。一个纯粹的家伙。可以这样说吧，我是最后一个见到他活着的人。"

47. 高墙之后

2000 年 8 月 19 日，星期六，11 点 3 分

莫尔塞岛，海鸥湾谷仓

马迪扶着阿尔芒的肩膀，小心地站起来。他们来到了田野的尽头，那里离谷仓还有 50 米远，被一堵石头墙挡住了一部分。他们看见了那个人，他跟《小岛人》上登的照片一样，脸色发青，眼窝深邃，紧张地抽着烟，右手还拿着一把手枪。

两个年轻人赶紧弯下腰，躲在草丛里。

"他看起来不像是被食人蚂蚁吃掉了啊！他在这里做什么？"马迪问道。

阿尔芒没回复，他在发抖。

"他在出口等他们。"马迪继续说，"他等着把他们一网打尽。"

阿尔芒已经吓到无法动弹。

"要赶紧通知警察，快！"

"没时间了。"马迪反驳，"我们离村子还有 3 公里。科林和他的父亲落入了陷阱。只有我们能阻止这一切。"

"我们能做什么？"阿尔芒不安地回复，身子抖得更厉害。

马迪站起身来，她朝瓦雷利诺看去，后者正好扭过头看向他们这边。

马迪赶紧蹲下。

"该死……"

"你被发现了吗？"

"不知道，我想没有。"

"什么意思？我们得赶紧撤，然后带着警察回来。"

"他把枪靠墙放着。"马迪说。

"什么？"阿尔芒小声问。

"闭嘴。"马迪用手捂住了阿尔芒的嘴巴，"你给我安静会儿，别抖啊抖的！他会发现我们的。你看见他靠着的那堵墙了吗？这个家伙把枪放在墙头。"

"他在哪儿？"

"旁边。"

"所以呢？"

"我们走到那堵墙后，抢过那把枪就行了！"

阿尔芒吃惊地看着马迪。

"就行了？你是彻底疯了吗？你以前摸过枪吗？"

"是的！"

马迪没有继续说下去，她沿着草丛俯身前行，借助石墙掩盖自己的行踪。

"我不去。我留在这里，万一需要转移视线什么的……"阿尔芒说。

马迪回过头。

"浑蛋，如果你跑去转移他的视线，他做的第一件事情就是拿枪！跟我走！"

阿尔芒违心地跟在马迪身后。走了不到50米远，他们站在了墙后。

马迪把手指放在嘴巴上，示意阿尔芒闭嘴。然后，指向墙脚下一个看不见的点儿。阿尔芒什么都看不见。

只看见了天空。

他眯起眼睛。

然后他明白了。

有一股青烟从屋顶冒出来，像是有人在抽烟。逃犯就在离他们不远的地方，墙壁的另一边。阿尔芒感觉体力不支。他害怕到无法动弹。

马迪不担心他，继续往前走。她来到石墙边，蹲下来。墙壁大概1米高。阿尔芒的视线无法离开烟雾，生怕逃犯跑了。他如果站起来，应该可以看到瓦雷利诺的头顶。

马迪小心地站起身来。

她慢慢抬起胳膊，手沿着石墙往上爬，在阿尔芒看来就像是蜥蜴。她的五根手指一下子抓住那把枪。同时，马迪跳起来，站直了，双手紧握手枪，对着墙壁上方。她挡住了太阳，阿尔芒躲在她的影子里。她巨大的身影看起来非常不真实。

阿尔芒也站了起来。

在墙的另一边，让－路易·瓦雷利诺嘴巴里还叼着烟，看起来并不惊讶，本能地举起手。他长时间端详着这两个年轻人，似乎在判定他们的年纪和决心。他终于笑出来，把烟头扔在了地上。

"举起手来，浑蛋！"马迪大喊。

瓦雷利诺冷笑一声，还是举起了手。他直勾勾地看着马迪的眼睛。

"小女生，把玩具放下来，你还太小……"

"闭嘴！"

瓦雷利诺转过头看着阿尔芒……

"你看起来是个讲道理的人。让你的女朋友不要逞强做英雄。她会弄伤自己的。"

马迪一动不动地拿枪对着瓦雷利诺。阿尔芒看起来毫无办法。

"好吧。"瓦雷利诺说，"无论如何，你们是不会开枪的。行了，别玩了。把枪给我！"他把手伸向马迪。

"别听他的！"阿尔芒大吼。

瓦雷利诺面无表情地朝马迪走去。

"开枪啊！"阿尔芒大吼。

马迪非常专注，她慢慢举起枪，然后按下了扳机。

枪声在田野里回荡。子弹刚刚擦过瓦雷利诺耳朵上方。逃犯站住了，被女孩子的决心吓到了。

"你再继续向前，下一发子弹就会打中你眼睛正中间。阿尔芒，快去通知科林和他父亲。"马迪大喊。

我还沉浸在回忆中，直到外面枪声响起。一瞬间，我以为是房间里开枪了。

枪声是那么近。

父亲赶紧跑出去。我紧随其后，不知道什么最让我惊讶。

居然是马迪和阿尔芒？

马迪手里居然拿着枪？

瓦雷利诺举着双手站在我面前。他居然还活着?

我没时间思索,也没时间问问题。父亲走上前。

"这是你的朋友们吗,科林?"他没时间看我。

"是的。"我嘀咕着。

他微微一笑。我虽然不太明白现在的情况,但是内心还是有点儿骄傲的。我的朋友们! 太厉害啦! 我早就知道应该相信他们的! 我父亲朝马迪走过去。

"干得好,女士。把枪给我。"

马迪用怀疑的眼神看着我,让我有点儿生气。

"你打得很准,冠军小姐! 但是最好把枪给我拿着比较好。"父亲坚持。

马迪还在犹豫。我看着瓦雷利诺,他看起来像随时要逃走的样子。我大喊。

"马迪,你快点儿啊! 把枪给我爸爸!"

马迪放弃了。

"给您,先生。"马迪不情愿地把枪递给了我父亲。

我惊恐地看着瓦雷利诺,总担心他在密谋什么。

他一动不动。

父亲拿着枪,一瞬间我觉得很安全。

但只是一瞬间。

接下来发生的一切颠覆了我的认知。

父亲转身走向瓦雷利诺,还带着我无法理解的笑容。他把枪递给瓦雷利诺,说出来的话让我马上想死:"你可不要被这群小鬼给玩弄了。你把这个叫作巡逻?"

瓦雷利诺耸耸肩,把枪对准了阿尔芒和马迪。

"好了,孩子们,玩够了,我们回谷仓去。"父亲说。

256

48. 罗杜克酒庄 1978

2000 年 8 月 19 日，星期六，11 点 18 分

尼斯，克莱尔高领路

"您是最后一个见到让·雷米活着的人吗？"西蒙很吃惊。

加布里埃尔·博尔德里坐下来，把文件夹放在他们身前的矮凳上。

"是的。那时候所有人都以为他消失了。那天晚上，他趁着涨潮开船出海，别人以为他死了。我把他安置在我的一个工地上，就在莫尔比昂湾。他给警察留下一封诀别信，在信里他招认了一切。他想扛下所有的责任，保护他的老婆和孩子。他让警察转移注意力，伺机东山再起。他那个时候脑子一团糟。他的诀别信不过是个幌子，但是他老婆安娜很不安。工地上三条生命让他们的梦想全部破灭了。他得知他老婆死于车祸时，我正好跟他在一起。我试着安慰他，但是我感觉他内心彻底崩溃了。我们聊了很久。第二天晚上，他开船去莫尔塞岛，把修道院土地继承等事宜托付给公证员，还给他儿子科林留下一封信解释了这一切，等他到了一定年纪就可以打开看。他安慰我说他还会回来的，我们都知道这是假的。他在莫尔塞岛外海溺水身亡。几天后找到了他的尸体。"

西蒙忍不住开口。

"他一个人承担了所有的责任，还主动消失，他救了您啊！他给了您一份大礼啊！您能从头开始讲吗？你们不是很好的朋友吗？"

"是的。"博尔德里说，"那我们从头开始吧。您想喝酒吗？这些日子在海外，都没时间去酒窖。在伊斯兰国家都喝不到好酒。"

没有等到西蒙回复他，博尔德里就消失了，几分钟后回来时手里拿着一瓶红酒和两个红酒杯。

"来一杯罗杜克酒庄 1978 吧！让·雷米是业余的品酒大师，我们

因为这个爱好关系更亲近了。"

"你们什么时候认识的？"

"在大学的文化遗产课。我们三个人是铁三角：他、马克西姆·普里厄和我。我们每个人各有所长。让是学术型，适合做研究。我没他聪明，但是我也有梦想和信念。我一年半后就退学了，背着背包去环游世界。让在学校混得风生水起。几年后，他虽然穷得叮当响，但拉了一帮人跑去莫尔塞岛修复修道院。我已经是公司老总，手下 20 多个员工，每年赚几百万法郎。"

"这个马克西姆·普里厄是谁？他擅长什么？"

"追女孩子呗。典型的花花公子，投机分子。"

"你们不太喜欢他？"

"是的，他跟让的小舅子蒂埃里背叛了让。天知道他们能做出什么来。"

"他后来怎么样？"

"完全不知道……他应该在诺曼底还是英国某个地方玩吧。"

西蒙犹豫了一下，他觉得这个马克西姆不简单。

"您和让是什么时候再见面的？"

加布里埃尔·博尔德里细细品鉴酒杯里酒的成色。

"哪一年并不是很重要。您在想什么？"

西蒙不知道怎么回答。

"他是个……好人吧。我不太了解他。"

"您还年轻，会慢慢成熟的。就像我刚刚说过的，大学铁三角。是让·雷米找到了我。他们很穷，快破产了。他很需要钱。"

"您就给了他们？"

加布里埃尔·博尔德里喝了一大口，在嘴里回味着。

"我给了一小部分。让·雷米并没有找我要钱，我也不是资助者。我是个商人……让·雷米很清楚。"

"欧洲建筑？"

"欧洲建筑是另一回事。莫尔塞岛本来就是被人遗忘的角落。直到开通渡轮，这座小岛焕然一新，开始了大规模的土地开发。英国人、巴黎人、诺曼底人纷至沓来。每半年房价就上涨20%。之后没有可以开发和售卖的土地了。岛上一群恶霸成立了塞米提公司，他们垂涎让·雷米手下那块土地，软硬兼施。让·雷米实在被逼急了，他只能卖掉那块地。就连他的兄弟们也合起伙来欺骗他。他最后的期望就是这块地是无法施工的，那么就不值钱了！但是让我吃惊的是，这块地在土地占用计划图纸上居然是可动工区域！看来塞米提花了不少功夫啊！"

"我有证据证明是让－路易·瓦雷利诺篡改了图纸。"西蒙很骄傲地说。

加布里埃尔·博尔德里很生气，又给自己倒了一杯酒，然后给西蒙也倒了一杯，甚至不问他还喝不喝。

"这些证据如果10年前找到就好了！"

"你们当时不可能知道的，让·雷米也不可能。这块地因为地下隧道的关系是很危险的，不适合施工作业。土地占用计划的图纸是假的，官方也失职。当时为什么不去求助，不去操控舆论？"

"一切发展得太快。让所属的圣－安托万协会处于破产的边缘。塞米提抓住了他们的弱点。上诉、求助可能会花上好几个星期，甚至好几个月的时间。这块土地变成可动工区域后，让·雷米手下大部分人都倒戈了，首先是他的小舅子。"

"蒂埃里·杜库雷，就是他把科林养大的。"

"是的……让·雷米向他们保证过这块土地永远都不可能动工。他是不准备卖这块地的，也不会向塞米提妥协。但是图纸公开后，他的威信一扫而光。所有人都投票要卖掉土地！"

"但是让·雷米还是土地所有人，"西蒙继续说，"他才有决定权，于是他找到老朋友加布里埃尔和他的公司欧洲建筑。"

"没错！"

加布里埃尔·博尔德里拿酒杯跟西蒙的酒杯碰了一下。他突然开始对西蒙以你相称。但是西蒙还是以您相称，毕竟博尔德里比他大。

"干杯！"博尔德里说道，"这个计划让我欣喜若狂。这不是赞助，而是投资！一个我喜欢的项目，而且是跟朋友一道干。塞米提那些大鲨鱼要搞的项目是钢筋水泥的怪物，我们追求的是可持续发展。我不是在打广告。你不需要相信我，但我的目标是环保旅游。虽然名字有点奇怪，但是嗜血者工地本来是一个不错的计划。"

"但是出了一场事故……"

"是的，该死的事故！"

加布里埃尔停下来，看着在地中海中浮动的白色帆船，让心情平静下来。

"开了 20 年公司，我的工地上从来没出过事故。而且还有比嗜血者工地更危险的施工地。与其说是事故，还不如说是谋杀！一场有预谋的谋杀！起重机下方的土地被掏空了。地下隧道的支柱被动了手脚。让确认过。他对地下长廊很熟悉。"

"您相信吗？"

"当然！"

"这样您的良心就不会受谴责了。"

"如果你这样说的话……"

西蒙很固执。

"这块土地很危险，原则上来说是不能施工的。让·雷米是知道的。您也知道。你们冒了巨大的风险。不管是有心还是无心，这场事故你们都脱不了干系。"

博尔德里叹了口气，又给自己倒了杯酒，没有继续给西蒙倒酒。

"让·雷米 10 年前的分析结论跟你是一样的。我白白跟他解释了半天，我当时采取了所有的预防措施，就算是在危险的工地上，也不会发生事故的，这是一场犯罪，我们没有责任……"

"他没有听您的话？"

"他觉得自己对那三个死者有责任。他一个人承担下所有的责任，他拯救了他手下的协会还有欧洲建筑……他对得起自己的良心。他是个正直的家伙。正如我跟你所说，当他老婆去世后，一切都乱套了。她当年跟我们一起上大学的，也是学文化遗产。当年才 19 岁……她可是大美人，众人艳羡的对象。让和安娜互相爱慕。他们是天作之合。"

"关于安娜·雷米的死亡，您的版本是？您觉得是交通事故还是自杀？"

"都不是。"

"那是怎么回事？"

"交通事故也未免太过于巧合了。自杀的话没有意义，因为她知道让还活着。他躲在我这里。安娜有什么理由自杀？没有啊！她爱她的丈夫，她在等他。不，安娜·雷米的意外是一场犯罪，另一场犯罪。"

"天啊！"西蒙大喊。

加布里埃尔给自己倒了第三杯酒，继续说。

"整个故事就是一个悲剧。其中的始作俑者一直没有付出代价。我没有勇气继续调查下去。我太胆小了，躲在幕后不敢露面。"

为了消除内心的恐惧，或者说是内疚，加布里埃尔·博尔德里在阳光普照的阳台上做着放松的动作，被晒成古铜色的胸肌露了出来。

"那么修道院这块地到底怎么办？"西蒙继续问。

"你连这个都知道？"

西蒙点点头。博尔德里又喝了一口酒，继续说。

"你肯定见过了小岛上的公证员吧！他还活着吗，那个胖胖的巴尔东？他是小岛上唯一正直的家伙。虽然有点儿奇怪，但值得信赖。我们跟让说好了，如果他消失了，我来管理这块土地，直到科林满 16 岁。一晃 10 年过去了，天啊！时间过得可真快。我要向你承认，这些年来，这块地在小岛上是无人打理的。我的会计每年交税。我这几年签了几份关于修道院博物馆的文件。我同意将场地免费开放，只要他们不在上面施工就行。我要向你承认，就在你进门之前，一个小时前，我对修道院这块地可不上心呢。"

西蒙看了看墙上的抽象画：几何图案，颜色丰富，极简主义。绝对花了大价钱。但是他对于这些画的了解还不及红酒深刻。

"你说不出话了吗？"博尔德里问道，"这也正常，你还年轻。你专程过来，让我觉得羞愧。10年了，人这一辈子都在跟时间竞走，还没有好好经历当下。忘记过往，向前看，一直向前看。"

"科林呢？"

博尔德里直勾勾看着他："你真的觉得他有危险吗，过了这么多年？"

"瓦雷利诺越狱真的只是巧合吗？"

博尔德里喝完了杯子里的酒，站了起来，在平台上的石子路上来回走着。

"该死！我跟让说过放在公证员那里的文件对科林来说是危险的礼物。他毫不知情，却被卷入风暴中心。他这样做只是为了让他儿子知道他不是杀人犯，让科林为他感到骄傲。科林在16岁这天，为他亲爱的爸爸感到骄傲。我的儿子啊，请为我感到骄傲。然后赶紧跑啊！"

"让·雷米在这份文件中揭发了真正的罪犯吗？"

"是的，还有证据。"博尔德里回复。

"天啊……这就解释清楚了瓦雷利诺为何选择此时越狱。就是为了拦住年轻的科林，阻止他拿到文件。我希望他跟他舅舅舅妈在安的列斯群岛或者澳大利亚度假。总之，离莫尔塞岛越远越好！"

博尔德里转过头，忧伤地看着空瓶子。

"别忘记这场犯罪的另一个动机，那就是疯狂马萨林这个传说。你肯定听说过吧？"

西蒙点点头。

"没错……"博尔德里笑了，"文件里还有一份藏宝图。"

西蒙看了看矮桌上的橙色文件夹。

"这是莫尔塞岛公证员家那份文件的副本吗？"

"不，这是补充材料。让没那么蠢，他没有把所有鸡蛋放在一个篮子里。放在我这里的文件夹是他关于疯狂马萨林的研究资料，另一颗定时炸弹。"

西蒙的眼睛紧紧盯着这份文件。

博尔德里叹了口气。

"你也想掺和这桩破事吗？"

49. 黑暗中

2000 年 8 月 19 日，星期六，11 点 26 分

莫尔塞岛，海鸥湾谷仓

在瓦雷利诺手枪的威胁下，阿尔芒、马迪和我都进了谷仓。

再一次，谷仓里发霉的食物味道让我喉咙反酸。马迪和阿尔芒进来后也在观察角落里堆着的箱子，打翻的椅子，以及墙上乱爬的虫子。

我没办法说出一个字。我试图吸引父亲的视线，向他表达我的不舒服和不理解。

到底是怎么回事？

他一个眼神就能让我放下心来。没事的，这是个计谋，我晚点儿给你解释。

但是没有，父亲一直躲避我的眼神。他完全没把我放在心上，完全忽视了我的存在。瓦雷利诺和父亲让我们坐在谷仓最里面脏脏的箱子上，他们两个在大声商量。

"我们要怎么处理他们？"瓦雷利诺问道，"如果开枪的话，动静太大。现在岛上气氛比较紧张……得赶紧做决定！"

父亲还在思考。这一次，轮到我在躲避马迪和阿尔芒的眼神了。他们似乎在问：你父亲在干吗？

我没有答案。肯定是有原因的。

"你说得对，我们没的选。"父亲回复。

他紧张地把桌子上的物品全部清空。水果烂掉了，葡萄和苹果掉在地上变成一团稀泥。他双手撑在桌子上，然后转头看着我。

"科林，我最后问你一次，你什么都不记得吗？在那顿饭之前或者之后，或者吃饭的时候，关于疯狂马萨林的任何线索？"

我说不出话。

"爸爸。"

这既是疑问也是请求。

10年来的希望都包含在这一个词里。

父亲面无表情地看着他的同伙。

"文件里有张地图，我看过，但还不够。"

"算了，管他的。"瓦雷利诺回答。

父亲还犹豫了一下，然后说："你说得对，没有他我们也能搞定。"

"没有他"这几个字像一把尖刀穿透了我的心。为什么他不敢当着我的面说这句话："没有他我们也能搞定。"

我感觉身旁的马迪在缓缓移动。她看到右前方2米的箱子上有一把餐刀，一把生锈的刀。我没有勇气去劝阻她。

"我们还差最关键的！"瓦雷利诺吼道。

父亲拿起我从公证员那里拿来的米色文件夹。

"这里有证据，这是最关键的，不是吗？我们一起看地图，会找到的！无论如何，他什么都不记得了。"

这个"他"再次穿透了我的心。

"你只会这样说。"瓦雷利诺很生气，"为什么没法让他开口呢？"

"我正在做这事啊，结果你的枪被人偷了！"

"是是，好吧，我们赶紧了结此事，不能再待在这里了。"

马迪一瞬间从箱子上跳起来想抓住小刀。她刚刚把手放在刀把上，父亲的大手就扣住了她的手腕。

"松手，不然我会弄疼你的。"

马迪没有退让，她试着扭动手臂，应该是来自她学过的巴西柔术的灵感。但是父亲紧紧抓住了她的另一只手臂，然后扭转到后背，马迪疼得大叫，最终放弃了武器。

父亲把马迪推到我们这边。

"浑蛋。"马迪跳着说，在面前吐了口痰。

我的脑子要炸掉了，没法思考。刚刚发生的事情在我脑子里回荡，我无法理解。

然而最坏的还在后面。

父亲从地上拿起几个旧箱子，掀起一块油布，下方应该是谷仓的酒窖。他打开了酒窖的木门。

"你们三个进去。"

我们还没来得及反应，瓦雷利诺把枪指向我们。一个词，两个音节，在我脑子里回荡。但是我没法说出口来。

爸爸。

如果我能说出口，如果我能捕捉他的目光，他就没法忽视我。还是有希望的。要有信念、爱和敬意。

阿尔芒和马迪已经走进了那个酒窖。

我是最后一个。

我张开嘴，但是父亲转过了身。

他走了几步路，俯身从角落里的箱子里拿出一把长长的电缆。

他无动于衷。

我什么话都没说。

我安静地走下了最后几级台阶，下面是黑漆漆的酒窖。瓦雷利诺弯下腰来看我们，我居然庆幸我看到的最后一个画面不是背过脸不看我们的父亲。

"没多少人知道这个酒窖的存在。"瓦雷利诺说，"你们也别心存幻想。你们只是在一个错误的时间来到了一个错误的地点。"

他盖上油布，整个酒窖陷入一片黑暗中。我们不说话，连呼吸都不敢出声，听着上面的动静。我们等着关门的声音，或者是家具移动的声音，但什么都没有。

死一般的寂静。

持续了一分钟。

突然一阵剧烈的嘈杂声。

不是家具倒在油布上面的声音，而是上方整个建筑物坍塌的声音。

"我们得逃出去！"阿尔芒尖叫，"整个谷仓都塌了，我们被困在地下。没有人知道我们在这里。没有人知道这个酒窖的存在。就算有人经过，就算我们疯狂大叫，也没人听得到。"

马迪不开口。

在黑暗中，我看不见她。她还在吗？

"我们死定了。"阿尔芒很恐慌，"我们会饿死在这里的。"

在黑暗中，不知道身处何处的马迪说出了最可怕的一句话，我甚至无法责怪她："科林，你的父亲挺酷的嘛。"

50. 吕西安·韦尔热的秘密

2000 年 8 月 19 日，星期六，11 点 37 分

尼斯，克莱尔高领路

加布里埃尔·博尔德里弯下腰看文件，然后又拿起来继续看。

"你还要第二瓶吗？"

"其实我得出发了……还有 1200 公里呢。"

"不用这么快吧？"

"不，必须走了。"

加布里埃尔·博尔德里再一次去到酒窖，拿回了一瓶沃恩－罗曼尼 1989。他给自己倒了一杯。

"啊！我们调查方向是对的，进展不错。"

西蒙觉得跟第一瓶味道一样，但没有做任何评价。

"那么，我们打开文件看看？"博尔德里说。

"您从没打开过？"西蒙很吃惊。

"10 年前刚收到时打开过一次。从那以后，就一直躺在保险箱里。"

"10 年一下子就过去了。"西蒙有点儿激动，"这份不是公证员家那份的复印件吗？"

"不，让当时说这份不是。公证员家那份是留给科林的。那里面有土地证、个人的回忆还有一封信，他在里面控诉了真正的罪犯，有具体的名字，是跟塞米提有关的人……还有一张地图，小岛的地图，和一份地下隧道的图纸，包含可以找到疯狂马萨林宝藏的线索。"

"藏宝图？他发现了疯狂马萨林的宝藏了吗？"

"好像是的。我们可以相信他。在消失之前，他说了一些奇怪的话，大概意思是：我把疯狂马萨林的秘密告诉了科林。在公证员那里的地图可以帮他想起来。光是地图没用，光是科林的记忆也没用。"

西蒙把酒喝完了，然后说自己不应该喝多了。他觉得头晕。

他说自己得走了，得马上出发。这出戏此时此刻正在小岛上演，但是他此刻却站不起来。

"那您的文件夹里是什么？"他问道。

"我这份文件夹，是关于疯狂马萨林其他的研究资料。他将近 20 年来的调查结果。他还说过这样一句话：你是我朋友中唯一的富人，你不关心这个宝藏。但是如果科林想了解更多，想知道我是如何调查的，你可以把整个事情真相读给他听。他也许会感兴趣。他也许会比我更喜欢历史。他当时还说了这样一句话：当你明白了我坟墓里最深的真相，你会骂我是个浑蛋！我到现在都没明白这是什么意思。"

加布里埃尔·博尔德里也喝完了酒杯里的酒。他看起来比西蒙能喝。他走在地板砖上，欣赏着天使湾的海景，绿松石般的海水上漂浮着白色的帆船。

博尔德里继续说："据我所知，他在协会最后一次聚餐时告诉了科林他的秘密，从那以后，整个协会就分崩离析了。"

"就像是基督的最后一餐。让·雷米认为自己是基督吗？"西蒙评价道。

"也许吧，至少是先知。但是有一件事情是确定的，就是他没有复活。"

他举起了空杯子，若有所思。

"唉……"

西蒙看了一眼橙色文件夹。

"我们打开吗？"

加布里埃尔·博尔德里把绳结解开。西蒙一副怀疑的表情：这里面真的包含了宝藏的线索吗？

加布里埃尔·博尔德里打开了文件夹。厚厚的 100 来页，他迅速翻了翻。

"整整 20 年的研究啊！"

他翻回前面几页。

"将近 300 年的历史，最早的线索是塞维涅夫人的信件。传说马萨林拥有取之不竭的财富，他控制了整个法国王室，甚至还帮助年轻的路易十四加冕成功。"

"我知道这些。"

"你读过《小岛人》吧？让·雷米是第一个发现这封信的人。我想他是因为这封信才燃起考古的激情。修道院，宝藏。我承认他一开始跟我讲的时候，我一点儿都不相信。他那套理论仅仅是因为这封信，这些来自上流社会的八卦，就花上一辈子去研究。"

"好比人们根据时尚杂志《此时》或者《盛宴》里面的八卦勾勒出2000 年一整年的概况。"

"没错，你不觉得这样很不靠谱？"

"这是研究者的直觉。"

"也许吧。"

加布里埃尔·博尔德里继续翻看文件。西蒙站起来，看了一眼墙上的抽象画。他的眼睛紧紧盯着一幅绿色和橙色的方格画。他转过身，站在老总身后。

加布里埃尔·博尔德里在翻看小岛上的遗迹地图，修道院的老地图，大革命时期的文件，土地买卖公证书，市政文件等，甚至还有土壤成分报告。

"这些文件太厉害了。"西蒙不禁感叹。

"是的，让·雷米发现了整件事情的关键。"

"是年轻的农民那件事？"

"是的，"博尔德里回复，"《小岛人》报道过。但是这里包含所有的细节。这里有吕西安·韦尔热在 1914 年开垦土地时写的信。让·雷米能找到这些档案真是不容易。我当年没认真看。我给你读几封信，然后我们再比比看谁更聪明。"

西蒙认真听。

"谁给谁写的信？"

"农民吕西安·韦尔热跟莫尔塞岛小学老师亨利·富舍罗之间的通信，后者退休去了佩里戈尔。我给你读第一封信：莫尔塞岛，1914 年1 月 3 日。富舍罗先生……他感谢他当年的辛勤培育。下面是重点：您会收到一个大惊喜包裹。我不是这方面的专家，但我想这个跟宝藏有关。我对此抱有很大希望。也许我会因此发大财。但我知道您是这方面的专家，希望您能告诉我这个物品的真实价值。就这样，然后他又提到了他的童年。对我们来说没什么意思。那么你的想法是？"

"还不清楚，有老师的回复吗？"西蒙皱紧了眉头。

"有。泰拉松－拉维勒迪约，1914年2月21日。我亲爱的吕西安……我很高兴收到你的消息。我收到了你的'宝藏'，我不知道莫尔塞岛居然有这种财宝。虽然很奇怪，但仔细想想，也说得过去。你问对了人。吕西安，你手里的宝贝是整个法国甚至是全世界独一无二的。是的，除了财富，你还会收获名誉。这种发现在当今是很罕见的。如果你不相信我的判断，那么不要迟疑，把你发现的其他宝贝也寄过来。我开玩笑的。注意身体。然后是一些废话……"

"天啊！"西蒙高喊，"他们就不能在信里说清楚是什么吗？还有其他信吗？"

"还有最后一封。几个星期后吕西安就出发去前线了，然后再也没有回来。莫尔塞岛，1914年7月26日。富舍罗先生，谢谢您的鼓励。我工作很辛苦。我特别希望出人头地。您会收到其他的包裹。类似的我发现了十多个，估计还有更多。但是这一切被该死的战争耽搁了。但您要明白这不重要。然后他讲到他很怕出发去战场……这就是所有的细节。"

西蒙无语了。

"天啊，他们到底在谈论什么？为什么他被战争耽搁了挖宝藏这事不重要呢？"

"不知道啊！"博尔德里把文件夹合上。

"财富，地下宝藏，取之不尽的财宝。文件里没有别的吗？"西蒙问道。

"无论如何，我没找到其他的资料。但是我也没有读完，所有的线索都在里面。让读懂了这些信件。"

"他是历史学家，而且他在岛上，你必须在岛上才能理解。"西蒙回答说。

加布里埃尔·博尔德里把文件放在桌子上，走了几步路，面向大海。阳光透过玻璃门洒进房间。光线层层叠叠，就像激光光束一样，射在白色的瓷砖和游泳池光滑的地面上。

"无论如何，我们马上会知道答案。"老总说道，"不久以后，小科林就会从公证员那里拿到地图，然后寻找记忆中的线索。他会来找我，我们终究会知道真相。"

"希望如此吧。"西蒙感叹道。

"你在想什么？"博尔德里不免担心。

"总是有股不祥的预感。这封信，古老的秘密，定时炸弹，就像您说的。这个 16 岁的孩子被卷入风暴中。"

"没事的，你也说了，他去度假了。他不在岛上，跟这事搭不上边。起码过几天或者过几个星期才会有音信呢。我们还有时间想办法保护他。我会着手处理的。我有法子。我欠他的。"

他伸展四肢，模仿着格斗里的姿势。

"我希望你说的没错。"西蒙退让了，"我真的希望自己是想多了。让·雷米是个聪明、有条理的男人。关于他儿子继承财产一事，他应该都安排好了。"

51. 地下酒窖

2000 年 8 月 19 日，星期六，11 点 48 分

莫尔塞岛，海鸥湾谷仓

马迪用尽全力呼喊。

"有人吗？"

黑暗中，她夸张的喊声穿透了我的背。

"算了，"阿尔芒说，"没人可以听到我们的声音。"

马迪继续大喊，每隔 15 秒一次。"嘿！！！""我们在这里！！！"或者是"救命啊！！！"

我们的眼睛渐渐习惯了暗处，可以辨别对方的轮廓。

但也只看得见昏暗的轮廓而已。

"5个半小时，"阿尔芒低声说，"我们三个人待在一个不到5平方米的房间里，我想我们最多还剩五六个小时，直到氧气全部耗尽。"

"别瞎说了，"马迪阻止他，"你的算术没什么用，帮我大喊救命吧。你不清楚还剩下多少时间，你甚至不知道酒窖的具体面积。"

"我们坚持不了多久的。"阿尔芒继续说丧气话，"如果你一直大喊大叫，氧气消耗得更快。再说你想呼叫谁呢？"

马迪继续大喊："嘿！！！"然后冷静地回复道："我不知道，海鸥？鸬鹚？我们不能坐以待毙。快来啊！"

马迪爬到台阶上，用尽全力去推上面的出口。她推不动。

"快来帮忙啊，浑蛋！"

我们三个人一起试着推，但还是推不动。过了几分钟，我们都放弃了。

马迪和阿尔芒开始用手在墙壁上摸索，我坐着不动。酒窖应该是长4米，宽3米，就在谷仓正下方。马迪继续有规律地大喊："嘿哦！！！"

酒窖里一直很安静。马迪和阿尔芒花了很长时间找出口。阿尔芒甚至站在马迪的肩膀上去触碰天花板，看看有没有另一个出口。但是一无所获！他们最终放弃了，跌坐在冰冷的地板上。

他们终于接受了这个事实：没有出路。

我们落在陷阱里快45分钟了。我一言不发。

突然马迪开口了："科林，你父亲弄断了一根电缆是吧？"

我蜷缩在角落里，不想说话，不想思考。我很冷静地回复："不能说话，马迪，不要浪费氧气。要保存实力。"

"滚！我们还没死呢！如果我们还要待上5个小时，那么好好利用最后这段时间，行不？"

"我不想吵架，马迪。"

我看见马迪的影子在酒窖里走来走去，就像一头困兽。

"不，我偏要吵架！这样我才能放松。我很紧张。你父亲是个浑蛋。你得面对他。这不是你的错，我们也没怪你。你也不可能知道。世界上浑蛋可多了，他们也有孩子的。我就知道好多这样的……"

"闭嘴，马迪。"阿尔芒开口了。

我脑子里一团糟。我不想说话，不想大喊，不想哭，不想争斗，只想安静地待在黑暗里。我觉得黑暗没什么不好。就等一切结束吧。

等待，等着呼吸停止，不做任何努力，等着世界在我眼里熄灭。

"有人吗？"马迪还在高喊。

阿尔芒开口了。

"科林，你还是这么冷静。你要知道我现在还是处男，就这么死了太不值得了。"

他是说实话吗？还是在搞笑？

马迪反驳他："不管是 15 岁还是 85 岁，你死之前都会是处男，事实就是如此。但是如果就这样死在酒窖里，那也不错。你这辈子注定单身。"

阿尔芒暴走了。

"如果我出去了，就去找你的姐妹们算账，她们一个都逃不掉。"

"我有五个姐妹，你这小身板可不行。她们都是大美女，可瞧不上你。不过我有个哥哥，就是给我小刀的那个，他喜欢重口味。"

一声响亮的"嘿哦"再次穿透黑暗。

阿尔芒还不放弃。

"你说你的姐妹们都是大美女，怎么你不是呢？"

一片寂静。

"我向你保证，龟孙子，等我们出去了，我让我的哥们儿骑摩托车来莫尔塞岛，然后扒你的皮，抽你的筋。"

我感觉他们俩就差打起来了，但是我没力气去干涉。我就想待在这里，他们出去好了。用我的生命换他们两个的。

"你们冷静一下，都是我的错。得赶紧想个办法才行。"

"你说得对，想办法！我们花了半个小时推门，但是打不开。"马迪回复。

"电影里总会有个什么下水道或者通风口。但是我们现在是在洞里，一个没有出口的洞！"阿尔芒大喊。

又安静了片刻。马迪坚持不懈地呼救。时间就这样流逝，毫无希望可言。突然阿尔芒问道："科林，我们在这里待了多久？"

"不知道，一个小时还是两个小时？"

"嘿哦！！！"

"好吧，"阿尔芒冷静地说，"接下来我们实施 B 计划。"

马迪嘲讽地回复他："B 计划。你别瞎说了！你的 B 计划是什么啊？"

阿尔芒又恢复了以往嘲讽的口气。

"请叫我 007。我的口袋里有个高科技玩意儿，可以解救我们。"

"比利时刀吗？"马迪笑道。

"瑞士。是瑞士军刀。"

"管它是瑞士还是比利时。我们又不能拿来推倒墙壁！"

"我没说过我口袋里有瑞士军刀啊！我是有一台手机！"

马迪只喊出了"嘿"，把"哦"吞下去了。

我也不知道该怎么接话，但是心里生出了一丝活下去的希望。

"手机？"马迪问道。

"不是……"

"浑蛋，我就不该相信你。我从没见你在营地打过电话。"

"正常来说，杜瓦尔神父是禁止使用手机的！再说如果我告诉你我有的话，你不会偷走吗？"

"那倒没说错。"马迪承认。

"我偷偷地打。每晚都打。我家人坚持要我打！"

马迪的声音听起来比较轻松。

"好吧，那你得谢谢你家人了。你为什么不早点儿说你有个手机？"

"我想等上一个小时……"

"你的计划真让人讨厌。快来，快给骑兵打电话。"

阿尔芒没有回复，也没有动。

他没有打电话。

什么都没做。

马迪不耐烦了。

"你在等什么？失语了吗？快打给警察啊！"

"不行啊！"

"为什么？"

"没钱了！"

马迪又发出一声"嘿哦"，我发誓这声音能穿过墙壁。但是我还是保持沉默。

"怎么会没钱呢？"

"我昨晚花光了。跟一个在安达卢西亚访学时认识的女中学生聊天。"

"发短信呢？"马迪问。

"不行！"

"免费呼叫？紧急号码？"我也不放弃。

"不行，"阿尔芒回答，"太糟糕了。我刚刚在黑暗里试过，每一次都会在语言信箱里提示我要充值。"

又是一记重弹。

刚才一瞬间我仿佛有了希望，可现在又沉入海底。原来不过是错觉，一种海市蜃楼，给了我最后致命的打击。

"谁身上有银行卡？"

"你是想要维萨卡还是万事达卡？"马迪调侃道。

他们的嘴仗让我特无语。

就这样吧……

就在沉默中消亡……

马迪也无能为力。

"如果我不再就手机这事开口，那么你可以闭嘴吗？"马迪继续说。

"如果你可以的话……"阿尔芒说道。

"好吧，我暂且相信你。那么跟伊冯·帕皮永说谢谢吧，他可以帮我们一把……"

我盖住了耳朵。我不想再听他们说话，那只会让我一再陷入绝望中。

"他是谁？"阿尔芒问道。

"伊冯·帕皮永。"马迪回复，"一个玩帆船的家伙。"

"这个家伙有什么超能力？他可以推倒墙壁吗？"

"他没超能力。只不过他接下来会有些麻烦而已。"

"什么意思？"

"昨天他的银行卡在帆船学校的更衣室不见了。正巧我的短裤后面的口袋里有这张卡。所以如果这个家伙不反对的话……"

阿尔芒爆发了，没想节省氧气。

"你不能早点儿说你有银行卡吗？"

"你不能早点儿说你有手机吗？"

我又鼓起了勇气。

"嘿！停下来！赶紧打电话吧，我求你们了！"

我的话起了作用。

马迪马上拿出了维萨卡。阿尔芒走到她身边，打开手机。

"把号码给我，疯女孩儿。"

马迪眯缝着眼睛，她意识到在黑暗里看不清卡上的号码。阿尔芒把手机凑近了，但是屏幕的光并不足以照亮银行卡上的数字。

"试试盲文！"阿尔芒大喊。

"什么意思？"

"就是给盲人看的，卡上的浮雕数字，你用手指可以摸出来的。"

马迪明白了。她的手指在卡上慢慢掠过，但是她读不出来上面的数字。

"给我！"阿尔芒生气了。

阿尔芒抓过银行卡，一口气破译了银行卡上的 16 个数字和卡片到期日期。

马迪不免感到惊讶。

"你这是金手指吗？"

"12 年钢琴可不是白弹的啊，大姐。在钢琴键盘前浪费了 12 年时间。我也许成不了钢琴大师，但是我手指的敏感度可不是吹的。"

他再次按下手机按键，进入语音信箱，输入银行卡号。

"搞定了！"阿尔芒大叫，"充了 100 欧！我快要疯了！如果他们回头抓到我，我可不背锅。"

"可以打了吗？如果你说没有网络，那我把你的头拿去撞墙！"

大家等待了几秒。我也在一旁心存希望。阿尔芒肯定把耳朵贴在了手机上。

"可以了！"阿尔芒大叫，"一位女性非常激动地通知我 100 欧充值成功，额外赠送 7.4 欧话费。来，给你卡片，你到时候还给那个伊冯。我给谁打电话呢？杜瓦尔神父吗？"

我脑子里突然闪过一丝疑虑。来自父亲的建议：不要相信任何人。悠悠在监视我，斯蒂芬妮不想我离开营地。但这都是之前发生的事情。

现在什么都无所谓了。我可以重新信任大家。

可以相信所有人……除了我的亲生父亲。

阿尔芒没有等到我的回复，他给营地打了电话。那边接电话的正好是杜瓦尔神父，他肯定在电话机旁等了很久。想想三个青少年失踪是多么可怕的事情啊！接下来就不难说服他派人来海鸥湾拯救我们。

黑暗中响起的警铃让我们安下心来。警察和消防员同时到达。我马上投入马迪和阿尔芒的怀抱。我们大喊大叫，说着听不懂的话。我想我们三个还哭了。上面的人花了 10 分钟才把门打开。

光线射进来。

马迪和阿尔芒迅速冲了出去。

只有我没动。

我待在黑暗里。我知道外面等待我的比地窖里更加黑暗。

52. 温水浴

2000 年 8 月 19 日，星期六，12 点 38 分

尼斯，克莱尔高领路

西蒙站起来，有点儿站不稳。他来到被阳光照射的大玻璃窗前，看着一望无垠的地中海海景。大大小小的帆船，颜色各异，就像是水面上的点线画。他的一只手放在有点儿烫的玻璃窗上，然后转过身。

"您给我灌了太多酒。我还得回莫尔塞岛。您可以借我一台直升机吗？"

"需要驾驶员吗？"

"有当然更好。"

"抱歉，没有……我跟你说过，我要回办公室，然后出发去非洲的佛得角半岛。你真的想马上出发回莫尔塞岛吗？"

"我不知道。我只是觉得我必须出发了。"

"警察的直觉？"

"是的，还有这些巧合。今天是科林·雷米的生日。我有种预感……不好的预感……"

博尔德里在阳台上走了几步路。他盯着游泳池完美无瑕的蓝色。西蒙感觉加布里埃尔·博尔德里对这个事情不太上心。博尔德里不想再浪费他宝贵的时间,现在对他来说重要的是跳进游泳池,然后在露台睡个午觉,再去赶下一班飞机。博尔德里蹲在游泳池边,转过身看着西蒙。

"你的预感是什么?"

"不确定。这些事情接连发生。感觉今天是一切重启的日子,或者说昨天就开始了。事态已经无法逆转。"

"让·雷米布下的局?"

"或多或少是的。"

博尔德里用手在游泳池里搅了搅,露出了大白牙,笑着说:"不可能。那我就是同谋啊!我是最后一个看到他活着的人,跟他分享计划的人。"

"或者说……"

博尔德里奇怪地看着他。

"你不是想说让·雷米没死吧?"

"这个……"

"你这就错了。他可不是吹牛的人。如果你认识他,你会明白的。况且我们找到了他的尸体。你该不会想象他为了假死而杀了其他人吧?那个替死鬼又是谁?"

一瞬间,西蒙想到了马克西姆·普里厄,这个背叛了让·雷米的朋友。事后他杳无音信。

他问道:"马克西姆·普里厄,你们在大学的好友,他现在怎么样?他跟让·雷米一样高吗?"

博尔德里吓到了。他弯下腰,用水拍打他古铜色的胸膛。

"你不是想说那是马克西姆·普里厄的尸体吧?"

"有可能。你想想,让·雷米报复一个背叛了他的朋友,或者以为是马克西姆造成了他老婆的事故。他换了衣服,把戒指套在马克西姆·普里厄的手指上，让尸体泡在水里直到膨胀。这种做法从逻辑上推理是成立的。"

博尔德里的身体被水打湿了。

"你真是固执啊，可以做警察呢！"

"您没有回答我的问题……"

博尔德里叹了口气。他似乎陷入了回忆中，大学教室里，让、马克西姆和他，三个好哥们儿在一起。

"好吧，"他松口了，"的确，让和马克西姆身高差不多，头发颜色差不多，身形几乎一致。但是让·雷米不是杀人犯，小岛上好几个人都验明了尸体是他本人。"

"这不过是假设。"西蒙反驳。

"如果他还活着，他会联系我的。或者说，他会联系他儿子的。"博尔德里说。

"谁跟您说过他没有联系他呢？"

博尔德里用双手抱住头。

"不要用你的这些推理来搅乱我的脑子。你是真的想回到莫尔塞岛吗？"

"是的……我可以请您帮个忙吗？"

"看情况。"

西蒙站起来，这一次他比博尔德里高。

"我可以在这里洗个澡吗？我从昨天开车到现在臭死了。我还喝多了。我想冷水澡可以让自己清醒点儿。"

加布里埃尔·博尔德里听到这句话放心了。

"不用客气。就在右边走廊后方。别在浴缸里淹死了！"

不用再被西蒙骚扰，博尔德里脱下了长裤和内裤，然后跳进了游泳池。

西蒙离开了平台，来到了走廊。

他这时才明白了博尔德里的意思。这与其说是浴室，还不如说是游泳池。大理石水龙头，白色的地板砖，厚厚的浴巾。他在水里泡了一刻钟，然后重新穿上了脏衣服。

他回到平台时身上还是湿漉漉的。博尔德里从水里出来了。他身上系了一件蓝色的浴袍，坐在藤椅上，手提电脑放在膝盖上，敲打着键盘。

"已经开始工作了？"西蒙问道。

"我在网上搜索新闻。瓦雷利诺越狱，还有莫尔塞岛其他的新闻。现在这事很火。他还刺杀了他的同伙。"

"您不相信我？"

博尔德里合上了电脑。

"查验一下真实性也是应该的。莫尔塞岛上这样的消息总是虚虚实实。媒体也很夸张。大家都被吓坏了，赶紧坐渡轮逃跑。"

博尔德里站起来，拿起矮桌上的橙色文件夹，向前走了几步，把文件夹塞给西蒙。

"你拿着吧，你拿着更有用处。"

西蒙很犹豫。

"让·雷米是托付给您的。您又不认识我。"

"要学会冒风险……我也算是帮了科林一把。你这样做，实际上是帮我减轻良心的负担。"

西蒙环顾四周，如此富丽堂皇的大宅子，他的良心这些年还是过得很好嘛！这次，他顺势把好朋友托付给他的任务转交给一个陌生人，然而西蒙不想抱怨什么。

"谢谢，我试试看。"

"你酒醒了吗？"

"是的，冷水让我清醒了。我会加油的！"

"你不想吃点儿东西再走吗？"

"不了，我吃过了。我想天黑之前到。"

西蒙走了几步路，然后停下来。

"加布里埃尔，您有太太吗？"

博尔德里很吃惊地看着他。

"不止一个，不，有好几个……"

西蒙笑了。他犹豫了片刻，把跟克拉拉合谋找到他地址的计谋告诉了他。

博尔德里笑了。

"我也在想你是怎么找到我的……你运气不错。我的秘书们一般不掺和我跟那些女孩子的事情。有时候我会忘记床上还有一个女人。"

两个男人握了握手。西蒙一个人走出门，加布里埃尔·博尔德里没有送他。这位百万富翁看着地中海的海景。

他陷入了回忆。

他想起了非洲的场景。

西蒙把车子发动了。他其实撒谎了。他还没有完全醒酒。但是他这次醉酒不算很厉害，只要在路上不要碰到警察就好。

他避开了尼斯，走 A8 高速。他对自己的方向感很自豪，开始加速。一连串的隧道让他头疼。为了不加剧头疼，他弹出戈尔德曼的CD，但是高速广播又响起来了。在自动搜索了不同电台后，指针停在了 107.7 交通信息台。

"红色的一天，请绕道而行！"主持人以一副悲伤的口吻播报。

"该死！"西蒙咒骂着，真是火上浇油。

六　噩梦

53. 真相

\ *莫尔塞岛，半岛营地*

在营地里，大家都小心翼翼地对待我，给我吃的喝的，但是我只吃了点儿奶酪和水果。警察在盘问马迪和阿尔芒，他们让我在医务室休息。里面有床、床头柜、药柜。这里平时是用来关禁闭的。

杜瓦尔神父过了一刻钟来看我。那时，我才注意到我还没有跟他单独说过话。他可能把我当成一个无名青少年，这 30 年来营地里再平常不过的一个捣蛋鬼。

如果他不让我做忏悔我就感激不尽了。

"科林，你的舅舅和舅妈打过电话。他们过一两个小时到。我想他们跟警察通过话。在此期间，我希望你一个人待着，休息会儿。如果需要的话，睡会儿吧。我先走了。我想你现在应该不会逃跑了。无论如何，这里不是青少年夏令营，这里是军事夏令营。院子里还有警察。需要的话就叫我，我就在隔壁。我得去忙了，那些家长还等着我。你打起精神来！"

他离开了房间。

我躺在床上，盖着灰色粗糙的毯子。我试着脑袋放空，但怎么都睡不着。外面传来吵闹声。大人讲话的声音，可能是警察在用对讲机大声说话。这一切太不真实了。我感觉身处医院的病房，这一切都是梦境。

我住在疯人院里。

我闭上眼睛，脑海里浮现出父亲的面孔。我床头柜上摆放的那张全家福，我们一家三口站在修道院前，他一脸微笑的模样。我从公证员那里取回文件时，他脸上浮现出自豪和幸福的笑容。过了几分钟，他变成了冷酷无情的模样。他拧着马迪的胳膊时，手上没有戴戒指。还有他不停盘问我的那张嘴。他到底想让我想起什么？

我那时才6岁。我得好好回忆最后那顿饭。我闭上眼睛，集中注意力，一些画面开始在我脑海里浮现。我看见了母亲。她站在那里，穿着一条宽大的麻布裙子，披着长长的金色头发。她是如此美，虽然脸色苍白，但风采依旧。她看着男人们在争吵。她也想开口，但没人会听。

她把脏盘子收起来，离桌子远远的。但是她坚定地看着我，仿佛是在说大人之间的争吵并不可怕。我看着她光脚走远。我想跟她一起走，但是一只手拉住了我。

是父亲的手。

他拉住我的胳膊，弯下腰，手里拿着酒杯。我只看见他的嘴巴。他想跟我说悄悄话，不想让其他人看见。他把手指放在嘴唇上，靠近我耳边，就像是在讲一个秘密。

科林。

"科林，科林，醒醒。你的舅舅和舅妈到了。"

杜瓦尔神父出去了，蒂埃里和布丽吉特进来了。布丽吉特坐在我床边，蒂埃里把手撑在床头柜上的小镜子前。我坐起来。蒂埃里穿着一件刺眼的橙色休闲衫，神色看起来并不轻松。

此外，布丽吉特让我很吃惊。虽然她的妆容和花裙子给人一种在度假的错觉，但我太了解她了。她哭过了，眼睛还是湿润的。她没法正眼看我。

"我想我们欠你一个解释，科林。"蒂埃里开口了。

我盘腿而坐，觉得自己充满了力量。光芒虽小，但是充满了希望。在这座小岛的营地里，在同龄人之中，我找到了自己的归属。

我已经是成年人了。

我可以承受他们的谎言。

我有权不再相信他们。

"警察说你找到了让。"蒂埃里继续说。

他终于说到重点了。

"你应该怪我们的。这些年我们向你隐瞒了真相，让你相信你父亲还活着。你现在应该明白我们为什么不能告诉你。在你经历了这些之后，在他对你做了这些事之后。"

我的中学同学中有好几个寄宿生，他们的父母有些是暴力分子，有些是酗酒分子，还有些是性变态。

这些破事总会发生。

这些孩子当然想跟他们的父母一起生活。然而为了保护他们，他们不得不跟父母分离。

布丽吉特开始号啕大哭。蒂埃里弯下腰，递给她纸巾。尽管最近发生了一些事情，我还是讨厌他谈论我父亲的方式，特别是那句话"在他对你做了这些事之后"。

尽管他真的做了这些事情，他把我和其他两个朋友活埋，简直禽兽不如，但是我还是接受不了大家说他坏话。我是不是疯了？

"你还想知道其他事情吗？"蒂埃里问道。

我点点头。

"其实很简单，我想你也了解了大概。你父亲对考古充满热情，对其他事漠不关心。他痴迷于疯狂马萨林的宝藏……疯狂这个词暗示了很多。你父亲无法接受工地被关闭，他的王国坍塌了，考古和集体生活都结束了。但是这个工地还有修道院就是他的全部。他是这个小世界的缔造者，创始人。你要知道他变了很多。他拥有双重人格。一方面，他是有教养、大方、激情澎湃的公众人物……另一方面，他疑神疑鬼，性格孤僻，他觉得身边的人都要害他。很难承认这个事实……但你现在应该了解了他的双重人格。"

不，我不承认！

我不想承认。布丽吉特还在哭，平时话多的她此刻却说不出一个字。蒂埃里继续。

"他听不进任何人的话，包括你母亲的、我的以及马克西姆的话。他一意孤行。你父亲欠了很多债，我们都不知道。他无处可逃，所以他跟一个不负责任的商人加布里埃尔·博尔德里勾结起来。这个坏蛋当年在大学追了你母亲好久。没人同意他跟欧洲建筑之间的合作。这个公司不靠谱，但是老总是你父亲的好友。其实这块地很危险，没法施工，但是你父亲搞定了一切。他在岛上有很多朋友。该发生的终究发生了。就是那起事故，死了三个工人。一桩大丑闻。施工不符合法规，工地没有买保险，甚至连图纸都是假的。只剩下坐牢这条路，所以你父亲跑路了。没有承担责任，也没有负责赔偿。科林，你得了解这一切。"

我现在知道了。

一个毫不犹豫地把他的亲生儿子活埋的父亲，当年在房地产上玩猫腻也是游刃有余。然后他抛妻弃子，和那个红头发的杰茜卡一起跑了。我都知道，然而……

然而，尽管听起来很荒谬，我还是无法相信舅舅讲的话。他对我来说什么都不是。我对这个舅舅毫无好感，他只想着在我面前抹黑我父亲的形象。

蒂埃里看了一眼小镜子，然后调整了一下领口，仿佛现在是他人生的光辉时刻。

"最后，这桩丑闻以你父亲自杀结束。这样就解决了一切纷争。没有人起诉，案子被压下了。但是大家也不是笨蛋。你父亲有很多朋友，他很有势力，假死对他来说并不是一件难事。"

我突然爆发了。

"你从一开始就知道他还活着？"我坚定的语气把自己都吓到了。

"是的，"蒂埃里冷静地回答，"你母亲知道。她跟我们说过。她也受了很多苦。你可能不记得了，但是你的父亲不是一个忠诚的人，他欺骗过你母亲……"

"不要把我妈妈扯进来！"我在脑袋里大喊。但是我突然想到了母亲的话，她最后说的那些话就是在暗示我父亲没有死，只是去了远方。还有她的失望之情，她后悔嫁给了一个疯子，一个罪犯……一个背叛者。这份失望之情让她最终选择了自杀。

蒂埃里叽叽喳喳的声音非常刺耳。

"他时不时会写信过来，打探你的消息。他这个人情绪很不稳定。他一直很纠结疯马萨林这事，他认为你知道事情的部分真相。科林，你肯定怪我们，但我们是在保护你。我们尽最大努力了。也许我们的方式有点儿笨拙，但是我们不能告诉你真相。"

我想让他闭嘴。

他还在说什么鬼话？

"他操控的人不止你一个，"蒂埃里继续说，"还有安娜，安娜也被他蛊惑了。我的姐姐，我唯一的姐姐。"

一瞬间，发生了一件奇怪的事情。刚刚还在哭哭啼啼的布丽吉特，突然站起来，弯下腰，把我拥入怀中。

她这辈子都没有对我这么温柔过。

过去这 10 年来从未有过。

我很吃惊的是自己也像个小孩儿一样，在她的怀抱里软下来。

蒂埃里抓住了他老婆的手腕。

"不行，布丽吉特，你不能现在就崩溃了啊！"

她摇了摇头，晕倒在床上。我脑子里越来越清晰地感觉到这个房间里充满了谎言。

蒂埃里在观察我的反应。他又继续说："科林，我知道你很难理解。你认为你死去的父亲是个英雄，结果他还活着，是个浑蛋。"

我还是沉默不语。

"我不强迫你相信我，科林。我很清楚你不是很喜欢我。你需要时间去消化。这次他差点儿杀了你——他的亲生儿子。你看清楚现实吧！"

蒂埃里把手放在布丽吉特的膝盖上。我从没见过他这么温柔。

"科林，你已经知道事情真相了。现在你的问题就是如何接受这一切。"

浑蛋！浑蛋！

我恨他。他说得没错，他没什么可被指责的，一切都应该怪罪在我父亲身上。但是我内心不是这样想的。我进行了还击。

"每个人都说我父亲是个好人。岛上每个人都是这样说的……"

布丽吉特开口了，嗓子都哑了。

"大家不想伤害你，科林。大家都想保护你。然后……"

蒂埃里的手冷冰冰的。

"你父亲跟很多人关系很好。揭发你父亲，就是揭发他们自己。"

不，没有这么简单！

保姆呢？

公证员塞尔日·巴尔东呢？

还有《小岛人》的记者呢？

他们都是同谋？他们在撒谎？他们都被我父亲的双重人格欺骗了吗？

蒂埃里在镜子前整理发型。我真是烦死他了，但我又想知道。

"他为什么想找到我？因为公证员这事？"

蒂埃里笑了，仿佛知晓了一切。

"公证员这件事只是个让你到岛上来的借口。文件里什么都没有，它只是一个幌子而已。真正的原因还是疯狂马萨林的宝藏。我不知道为什么，似乎你知晓其中部分真相。他在信里经常问我们这事。"

就连公证员这事也是个借口吗？我父亲感兴趣的只是一个记忆，一个深藏在我脑海里的记忆。

蒂埃里弯下腰，把手放在我大腿上。他之前从未这样做过。

"科林，你真的什么都不记得了吗？"

他怎么也这样，他也对我脑海里的记忆感兴趣？

我跟他装傻。

"记得什么？"

"就是我刚刚提到的啊！关于疯狂马萨林的秘密。"

再一次，修道院最后一顿饭的画面又浮现出来，那场争执，穿着麻裙的母亲，弯下腰在我耳边说话的父亲。某种本能阻止我告诉他们真相。

"不，我什么都不记得。"我的声音很自然。

蒂埃里对我的回答很满意，但是我相信布丽吉特注意到了我的犹豫。舅舅最后一次照镜子。

"你是想一个人待着，还是想知道更多事情？"

"我想一个人。"

"好的，我们明天上午出发，如果警察同意的话。这样对大家都好。"

他看着我，表情有点尴尬，然后转过身，示意布丽吉特该走了。

布丽吉特拖拖拉拉。

她亲吻了我，然后紧紧抱了我一下。她在我耳边轻声说了一句话，蒂埃里听不见。

"对不起……"

然后她离开了。

他刚刚列举的证据，加上我的亲身经历，表明他说的这些都是事实。但我脑海里只有一个可笑的念头，这个念头支撑着我不去撞墙或者用枕头埋住脑袋。

我不相信他们刚刚说的每一个字！

54. 红色警报

2000 年 8 月 19 日，星期六，晚上 11 点 52 分

休息站

将近午夜时分，西蒙离莫尔塞岛还有 400 公里。一路上很塞车，他受够了。刚才 50 分钟才走了 15 公里。交通广播说有个度假者在高速丢了车顶的货箱。再往前 23 公里又是连续塞车。

他跟在一辆蓝色雪铁龙桑蒂亚（车牌号是阿尔萨斯省的）后面一个小时了。左边的车流无比流畅。他超过了一辆米色的丰田卡罗拉十来次，结果这辆车又反超他。这时，丰田在前方 5 米处，西蒙的车子只能龟速前行。

真是太糟心了！

只有康迪斯的短信让他不去想这些糟心事："西蒙，你这个浑蛋去哪儿了？你不能就这样消失掉。我今天一整天在修道院的柜台后面，我可担心你了！"

西蒙想到了康迪斯完美的身体曲线，想到了他们在一起的时光。他应该跟康迪斯一起待在小岛上，而不是被困在高速公路上，被雪铁龙和丰田夹在中间！

真是倒了大霉!

西蒙觉得自己毫无用处。他怎么可以这么蠢?离开莫尔塞岛干吗?脑子发昏就穿越整个法国?他不能打电话问清楚吗?

他看到招牌上写着:前方 400 米休息站。运气好的话,15 分钟后可以到。

他在犹豫。

还要继续吗?

是 5 点到还是 6 点到重要吗?现在最紧急的难道不是把消息传出去吗?西蒙越发觉得让·雷米 10 年前给加布里埃尔·博尔德里的文件里包含着重要线索。这份文件就在副驾驶座上。他刚才在博尔德里家没时间看,现在不是正好可以停下来找找线索吗?

跟克拉拉或者岛上其他人联系。让自己变成有用的人!他已经离开了一天半。他不想被雪铁龙和丰田夹在中间了。

他终于来到了休息站。

停下车,夜色正浓。很多度假者也在这里停车休息。孩子们首先占据了游戏区。西蒙等了一会儿,等一个家庭离开桌子就坐过去。

他安静地坐下,打开让·雷米的文件夹。

他试着在历史档案里找到线索,文件都是用古法语写成的。他把吕西安的信读了一遍又一遍,试着找到其中的联系。

看了 45 分钟后,他受够了。没有新线索。他没有能力找到新线索,他不得不承认这一点。他看了一下表。

1 点 7 分。

他犹豫了片刻。

下一步至关重要。他拿出手机,拨打了一个很重要的号码。电话铃声响了很长时间。西蒙很耐心。这个点别人估计都睡了。

响了 14 下后,终于一个生气又不安的声音接听了。

"喂?"

"是塞尔日·巴尔东先生吗？我是西蒙·卡萨诺瓦，昨天去拜访您的安全负责人。很抱歉……"

公证员打断了他的话。

"卡萨诺瓦？那个业余的侦探？在凌晨 1 点多给我打电话？看来糟糕的一天还没结束啊！"

西蒙犹豫要不要问他白天发生了什么糟糕的事情。

"您还记得我们昨天的谈话吗？"

"是的，我还没有老年痴呆！"

"我刚从加布里埃尔·博尔德里家出来。"

"你真的去了啊？真是疯了！"

"其实我去尼斯之前还去了一趟巴黎，想去找科林·雷米的监护人，蒂埃里和布丽吉特。"

"你完全疯了，而且还是个蠢货！"

西蒙很吃惊。

"为什么？"

"去巴黎找科林·雷米是很愚蠢的行为，因为他就在莫尔塞岛上度假！"

西蒙快要窒息了。

科林·雷米在莫尔塞岛上度假？那他这趟不是白走了？

"什么？你确定吗？"他在电话里大喊。

"不要大声吼！我确定。他在岛上参加夏令营，来了两个星期。"

"您见过他了吗？"

"我还接待了他。这个小浑蛋昨天上午来的，然后拿着礼物走了，给我留下一个烂摊子。"

西蒙无法想象一个 16 岁的青少年居然敢正面对抗这个重量级的公证员。

"您后来又见过他吗？"

"没有，他没有留下联系方式。他的行为让人很难理解。"

"您确定他不是在躲避危险吗？"

"我觉得他是主动朝危险跑过去。他手里拿着的文件会吸引岛上的坏人。相信我！他就像是拿着一罐蜂蜜走在一群黄蜂中间。"

"您没有阻止他吗？"

"没用！我一整天都在卡昂的医院做检查，两个小时前回来的。这个小浑蛋可厉害了。我要打三个星期石膏。"

西蒙无法想象那个画面。

"他只是个青少年……您刚才也说了他处于危险中。您没有通知警察吗？"

"跟警察说什么，我的推断吗？每个人都有自己的工作，卡萨诺瓦。我的工作就是在工作室里干活儿。这是 30 年来莫尔塞岛的生存法则。不过你也别太担心。这个年轻的科林·雷米很像他父亲，在我看来他有过人之处！"

55. 童年的噩梦

2000 年 8 月 20 日，星期日，凌晨 1 点 11 分

莫尔塞岛，半岛营地

大家都在帐篷里睡觉。我坚持要跟其他青少年一起在帐篷里睡，不想一个人在医务室里待着。警察们同意了。跟其他人在一起，风险会小点儿。警察在营地巡逻。他们在日落时盘问了我，我简单讲明了事实。

但只是事实，不是我的感受。

他们对我的答复还算满意。

我很晚才回到帐篷里。自从蒂埃里和布丽吉特离开后，时间过得非常慢。斯蒂芬妮来过医务室，给我端来晚餐。一盘沙拉和两块鸡肉，我几乎没吃。杜瓦尔神父给了我几本莫尔塞岛的摄影书，一本黑白的小岛历史书。书放在床脚，我没勇气去翻开看。

我也没机会跟阿尔芒见面。

他也许还在怪罪我把他拖入这个陷阱中。我倒是跟马迪聊了一会儿，她让我放心，她的父母都是醉鬼还家暴，所以他们失去了她哥哥还有姐妹们的监护权。她出奇地冷静和温柔，跟平时那副凶巴巴的模样相反。我觉得她很漂亮，她穿着破洞的牛仔短裤，T恤上是我不认识的摇滚明星，眼睛是深棕色的。我试着牵她的手，但是她退缩了，她害羞地说现在不是时候，她还得每晚给她的男朋友打电话，我现在应该操心的是其他事情。

帐篷里其他青少年均匀的呼吸声让我安心。我来这里睡觉是正确的。我不怕，什么都不怕。但是我没法入睡。

我脑子里一团糟。该相信谁？我父亲到底是怪物还是恶魔？

一个死了10年的父亲复活归来……居然是为了杀死他的儿子！在这之前父子俩还重叙旧情。

这是不可能的。太好笑了。然而这是我的亲身经历。

父亲在我面前举起了枪。

为什么我现在还想否认呢，就因为他是我父亲？

不，绝对不是这样！

还有其他的证词，除了舅舅的证词之外。

父亲曾经是个英雄，至少是个正直的人，诚实的人。人会改变，但会改变这么多吗？他拥有双重人格吗？

不，这是不可能的。

我钻进睡袋里，试图找到一个舒服的姿势。其他人的呼吸声在我脑袋里回荡，就像是一场和谐的音乐会。熟悉的场景。他们享受着正常的生活，安宁的睡眠。

还有一件事。父亲曾告诉我一个阴谋，他让我不要相信任何人。

任何人！

他躲躲藏藏这么多年。

突然我前方有个出口。

如果这也是阴谋呢？

如果我父亲对瓦雷利诺的态度不过是在演戏呢？为了赢得这个坏人的信任。为何不可？装作可以牺牲最宝贵的东西，借此骗过所有人！如果父亲想在谷仓里杀死我们，那么来一枪是最快的。但是我们被关在地窖里，父亲还是可以回头来救我们的，或者偷偷跟外面打电话求助。

是的，我的推理是合理的。这样就不会有危险。

我父亲在演戏！

这样一切就说得清了！

舅舅的指责不过是谎言。他把我父亲描绘成恶魔就只有一个目的：让我害怕，让我远离他，阻止我去救他。

首先，让我相信他死了。

然后我找到了他，认出了他。

父亲很吃惊，他随机应变，跟我说了真相，或者是部分真相。然后为了保护我，让我不要牵扯进去。

是的，一切明朗了！

他被人当成一个浑蛋的话，我就会远离他！

他还是在保护我！

为什么呢？

我在床上翻来覆去，找不到答案。我的目光在黑暗的帐篷中徘徊，我注意到旁边平躺的身影有规律地上下起伏。

他们还在隐瞒什么？谁是我父亲？需要跟马迪和阿尔芒说一下我刚才的推断吗？他们会继续相信我吗？不，他们肯定以为我疯了，他们才刚刚逃脱陷阱，还是我父亲害的。

但是我需要他们的帮助……

我想起身去找他们。

外面响起了脚步声，我不禁发抖。是悠悠吗？

还是巡逻的警察？

帐篷动了，有人进来了。

一个身影走进来。我是装睡还是睁开眼睛呢？

得快点儿做决定。

脚步声离我越来越近。

太迟了。

我没法选，蜷缩在床上，睡袋遮住了脸。但是我睁大了眼睛，我习惯在睡袋里睁着眼睛。外面有一个模糊的影子。

一个影子悄悄站在那里。

他想找什么？

那不是悠悠、斯蒂芬妮或者杜瓦尔神父的影子。这两个星期以来，我非常熟悉他们的呼吸声和脚步声，还有身形。

影子继续往前走。

我知道他是谁。

这些年来，我已经是熬夜专家，就像是夜间动物，可以在暗夜里通过呼吸和味道来辨别对方。在帐篷里，此时此刻，我认出了这个呼吸声。

这就是这些年来让我做噩梦的影子。其中有个噩梦就是我不在帐篷里，他们抓住了我，我没法逃脱。那时我 6 岁。我一直待在同一个房间里，在童年的床上瑟瑟发抖。

此刻，这个影子就在我面前。

他在巡游，好像在我床头晃荡了上千个夜晚。什么时候才能走出这个黑暗的隧道？影子朝我走来，步伐稳健。

过去的 10 年，每一晚，这个影子都会吓到我。但是如今我不再害怕，影子也明白这点。事情真相即将揭晓。

而我终将知晓一切。

56. 沉醉之夜

西蒙挂了电话，目瞪口呆。

小科林就在莫尔塞岛上参加夏令营，而且已经待了两个星期。

简直太讽刺了！

他气愤地看着高速上的车流，埋怨自己在这里干吗，这里离小岛上百公里远。

克拉拉预知了这一切。

他真是个傻瓜蛋！

克拉拉！

西蒙在想回到小岛后会是怎样的窘境。他再看了一眼地图。现在是凌晨 1 点。他得马上跟科林·雷米取得联系。但是该怎么办呢？小科林在营地，但是他没有营地的名字和地址。只有一个方法，那就是克拉拉！

她要讽刺就随她去吧……

休息站的人越来越少。有些人继续上路，有些人在车里凑合过夜。夜色不算太凉。西蒙是唯一还坐在木头桌子旁的人。他深呼一口气，然后打给女秘书。他希望他没有吵醒她。克拉拉在第一声铃响后就接电话了。

"是你吗，卡萨？"电话那头的语气一半讽刺，一半不耐烦。

她应该看到了来电显示的号码。她听起来是清醒的……而且状态不错。

"你在哪儿?"她没给西蒙回答的时间。

"我也不知道,刚刚过尼奥尔市。塞车呢!你得帮我,克拉拉。我需要你。"

"快点儿,卡萨。我可忙了!"

西蒙吃惊地发现她在这个点还很忙。

"好吧,我希望你没忘记速记。我需要莫尔塞岛所有青少年夏令营的地址和电话。"

"就这些?你要来干吗?"克拉拉回复。

西蒙觉得有必要跟克拉拉说清楚。

"你别管了,我晚点儿给你解释,帮帮忙吧……"

"帮忙?行啊!但是你为什么对青少年夏令营感兴趣呢?"

突然克拉拉爆发出狂笑声,她明白了。

"不是吧,卡萨?你该不会要告诉我那个科林·雷米就在莫尔塞岛参加夏令营吧?"

西蒙沉默不语。前面20厘米处,有几个小孩儿在妈妈的看护下玩滑梯。他想岔开话题,但没成功。

"你什么都不说吗,卡萨?那就对了!雷米的儿子就在岛上,而你跑到法国另一端去找他。我就说嘛,你的自行车比我的车子有用。"

"好了,克拉拉……"

突然,西蒙也明白了,这个点克拉拉如果还醒着的话……

"德尔佩什跟你在一起!"

"没错。今天是星期六,丝绸床单加玫瑰花瓣。"

西蒙在电话里听到了干杯的声音。

"你不在的时候,我很忧郁。所以投入了第一个陌生人的怀抱……"克拉拉说。

她很激动地笑出声,好像是那个记者在挠她痒痒。

"克拉拉!"西蒙吼道,"我没开玩笑。我们现在面对的是生死问题。我在博尔德里那里拿到了所有材料。他给了我一份机密文件。"

克拉拉还在笑。西蒙感觉她喝多了,是香槟吗?

"这句话你说过了,关于生死问题。"

"克拉拉!我必须联系科林·雷米。"

"是的,我的卡萨。明天一大早……"

西蒙很生气。

"克拉拉,德尔佩什跟你在一起是吧?"

"是的……他这个好奇宝宝,都听到了……"

"你让他接电话!"

这不是问题,而是命令。他肯定克拉拉在另一头会生气,但是别无他法……

"你好啊,西蒙,"德尔佩什的声音,"我想现在不是我们对立的时候。如果我们早点儿合作会更好。我知道让·雷米的儿子在哪儿。我前天晚上还在港口跟他一起吃过饭。他在半岛营地……内幕消息说,他今天下午差点儿在一个谷仓里被杀死。详情我不清楚,警察插手了。"

"天啊!"西蒙说,"你有电话号码吗?"

"没,但是我能找到。"

西蒙想了想。

"我希望你可以赶过去!半岛开车的话三分钟就能到。要找到这个年轻人,马上就去!"

"这个时间点吗?我下午其实去过,但营地被封了,到处都是警察,我没有得到什么消息。"

"那你一有新消息就赶紧告诉我。跟科林·雷米讲讲加布里埃尔·博尔德里这人。科林·雷米必须给我打电话!"

"你很烦啊,卡萨!我们明天就去。今晚还有别的事呢!"

西蒙不回复她的话,继续以坚定的语气说道:

"我就指望你了,德尔佩什。你一旦联系上科林·雷米就给我打电话好吗?"

"好的，但是你也得给我再说说尼斯那份文件的事。我的报纸差点儿料。我明天准备的头条应该可以唤醒不少人的记忆。两个小时前我在小岛上贴的广告应该起效果了……"

"好的，好的，你不会失望的。德尔佩什，你有武器吗？"

"有，我有一把手枪。你知道的，在小岛上有备无患……"

"好的，你记得带上。"

西蒙听到克拉拉在那边打哈欠。

"你真是很烦呢！不是这事，就是那事！"

突然，西蒙听到了杯子碎掉的声音，肯定是有人把香槟杯砸到墙上去了。

"德尔佩什，她在你家吗？"西蒙八卦地问道。

"是的，我们这个年纪喜欢在家里玩。"

"就靠你了。我真的认为科林·雷米现在很危险。你们要小心点儿……务必尽快！"

"我的职业就是以谨慎出名。你保证给我爆料的哦！"

"是的，双赢，可以了吧！"

"我可不这么认为！"克拉拉很生气，"卡萨，如果你继续纠缠的话，我捏碎你的蛋蛋！"

57. 小拇指

2000 年 8 月 20 日，星期日，凌晨 1 点 12 分
莫尔塞岛，半岛营地

童年噩梦的影子轻轻地朝我走来，他弯下腰，可能以为我在睡觉。这 10 年来我都在装睡。他摇晃了一下我的睡袋，尽可能不发出太大的声音。

他低声说:"科林,科林……"

他估计怕我被吓得跳起来,或者是尖叫,不想我吵醒其他人。他不知道我早就认出了他,一直在等他。

"科林,嘘……我是蒂埃里……"

蒂埃里。

没错。

这么多年来,从我记事开始,他总是会在我房间里巡视,看我睡着没有。正常来说,有家庭成员的陪伴孩子会更加安心,但是,我并不觉得他的存在让我安心。

他是在监视我。不是看护,而是监视。

我是不是对他有偏见?

不,我是发自内心深处的不信任。

"科林,我是你的舅舅,快醒醒……"

我睁开双眼,揉揉眼睛,就像是刚刚被他吵醒一样。我演得还不错。

"蒂埃里?"

"科林,不要发出声音。听我说,这很重要。我刚才没跟你说。有一些事情只有我们知道。"

我看着他,试图模仿阿尔芒猫头鹰一样的眼睛。

"科林,"舅舅继续在我耳边低声说,"你得马上起床,穿好衣服跟我来。很重要,我现在不能跟你透露太多。"

这是个陷阱。

他想引诱我单独出门,远离警察和营地。蒂埃里还在继续说。

"你得跟我来,如果你想了解这一切的话。"

这是个大大的陷阱。但是我没别的选择,如果我想了解真相的话。我非常想知道谁在撒谎,这一系列疯狂事件后面的逻辑。我必须跟他走。不管是否要付出生命的代价,不管我是否能活着回来。

蒂埃里不需要再怂恿我。我从床上跳起来，穿上裤子和 T 恤，两天没换，臭死了。

"你跟我在一起不用害怕，会比这里更安全。"

我想对他说，不用试图安慰我，无论如何，我会跟他走的。我们沿着帐篷边缘走。蒂埃里转身看着我，露出会心一笑。

"那些守夜的每隔 7 分钟转一圈。他们马上就来了，快点儿！"

我们等着那些巡逻的警察经过营地。我感觉到蒂埃里缓慢的呼吸，就像是猎人屏住气息。他的手想抓住我的胳膊或者手，不是为了安慰我，是为了防止我逃跑。

我逃离这个保护我的营地，自愿把自己扔进未知的世界。但是我没有别的选择，我必须知道真相，必须找到父亲，他得给我解释清楚……

然而我还是感到害怕。

他要带我去哪儿？如果我可以通知某个人呢？我可以在离开之前留下痕迹吗？

是马迪还是阿尔芒？我怎么做才能不让蒂埃里发现呢？

远处院子里，手电筒的灯光从会议厅射出来。

是巡逻的人。

我得赶紧想个法子。

我在裤子的口袋里掏东西，找到了皱皱的纸团，还有一块钱硬币。

还有马迪的小刀！

怎么办？我脑子里萌生了一个想法，但是我没时间。巡逻的人还有几米就到了。他照亮了帐篷，但是蒂埃里小心地关上了帐篷，往后退。他在帐篷后面的小缝隙里观察巡逻的人。

我打开折刀，阿尔芒的床不到 3 米远。我们玩过一个危险的游戏，就是把刀插在对方的大腿之间。

我练过的……

就是现在！

我抬起一只脚，保持住平衡，然后扔出了小刀，尽可能离阿尔芒的床近点儿。金属落地的声音跟我脚落地的声音重叠在一起，蒂埃里应该没听到。

他转向我，低声说："嘘……"

他听了他们的呼吸声，确定我没有吵醒任何人，然后转头看向外面。这时巡逻的人走远了。

"快走，"蒂埃里说，"我们沿着树后面走。"

我认识那条路，但是蒂埃里不知道。营地的院子被照亮了。一瞬间，他打开帐篷冲出去，一丝微光透进帐篷里。

就是现在！

我右手抓住帐篷，空出来的左手把硬币扔向阿尔芒。

然后走出去。

硬币没有发出声音，应该是落在床上了。我本来以为会击中阿尔芒的脸颊，但一切发生得太快。我跟在蒂埃里后面。我们之间间隔 2 米。他什么都没注意到。也许我可以多花点儿时间瞄准点儿的，现在后悔也来不及了。

在一片黑暗中，我们毫无困难地逃出了营地。警察的职责是确保没有人进去营地，但是他们没有注意到有人溜出去。我们肩并肩走在农场上，一言不发。蒂埃里打开了手电筒。他走得很快，但我可以跟上他。我们很快来到一个十字路口。左边是修道院大街直到圣 - 阿让，右边是小教堂，前方不到 100 米就是圣 - 安托万修道院的遗址。路灯照亮了十字路口。蒂埃里停下来示意让我等一下，他不想被人发现。他仔细辨别黑暗里的声音，试图确认远方马达的声音。但是这个时间点，街头空荡荡的。

跟往常一样，《小岛人》第二天的头条贴在路灯上。海报被路灯照亮了。

标题很清晰，但也很吓人。

十年前，嗜血者工地发生了悲剧

三个工人付出了生命

三个负责人消失了

在标题下方是三张照片，黑白的特写镜头。

我马上认出了左边的让－路易·瓦雷利诺，中间是我父亲，右边的男人我不认识。也许我在修道院废墟合影的照片或者视频里见过，但是很模糊，没见过正脸和特写。

他是谁？

是马克西姆·普里厄，我父亲的好朋友吗？

蒂埃里做了个手势，示意我可以继续走。我没动。右边这个陌生人的头像让我触动很大。我在哪里见过他。6岁时的创伤又浮现出来。我6岁前的确经常见他，但是还有其他事。

我记忆深处的某件事。

蒂埃里注意到了我的尴尬。他马上转过头看到了《小岛人》的海报，一脸错愕的表情，仿佛看到了幽灵。他犹豫了一下要不要撕掉海报，但他担心这样做会引起我的好奇心。

"我们走吧，科林，快点儿！"

这个海报有点儿不对劲。我们来到了十字路口，准备穿过小径前往修道院遗址。

蒂埃里突然蹲下来，示意我也这样做。远方开过来一辆车，在十字路口前缓缓停了下来。他再次观察周围的情况。我利用片刻的休息来整理思路，突然有个想法让我僵住了。如果我那枚硬币恰好可以叫醒阿尔芒，他明白我的求救信号，但是他怎么找到我呢？我得马上想办法。

我再次翻裤袋，里面只有一些纸片……

旧纸片？我突然想起来一件事情，两天前我们才用这些纸片做过寻宝游戏。

太好了!

马迪和阿尔芒肯定能认出这些纸片。

蒂埃里回过头。

"快点儿,科林!我们过街!"

我跟在他身后,在路边留下一小块红色纸片。在《小岛人》的海报前面也贴上一片。几乎没有风。运气好的话,不会被吹走。我跟在蒂埃里身后,走在修道院大街上。

我一直在想《小岛人》头条上的三张头像。那张陌生的脸引起了我的回忆。我走在黑暗里,蒂埃里手电筒的亮光在我面前晃动。报纸上的陌生人其实我认识。在修道院废墟的最后一餐,他也坐在桌子旁盯着我看。

他就是……

我的心跳得很快。我是不是疯了?

他就是……

现在画面变得清晰了。不会再错了。

就是他。

毫无疑问。

然而,我知道这是不可能的。

58. 三合一

2000 年 8 月 20 日,星期日,凌晨 1 点 18 分

\\ **莫尔塞岛,半岛营地**

阿尔芒睡得很浅。他在做梦。他在商业中心的地下停车场晃荡,跟在一个从电影院出来的女孩子后面,那个女孩子却像幻影一样消失了。他迷路了，很恐慌。周围很黑，前方也没有出口。

他走在水洼里。天花板上的一滴大水滴落在他脸颊上。出自本能，他想擦掉。他揉了揉眼睛下方。

他在床上滚啊滚，半梦半醒的状态。

那枚硬币在他睡袋上滚了一圈，然后落在床板上，转了几圈才停下。这一次，阿尔芒睁开了眼睛。硬币的叮当声吵醒了他。这个东西怎么会落在他床上？

阿尔芒从床头柜上抓起眼镜，弯下腰想看一看这从天而降的硬币，结果他被吓坏了。在黑暗的帐篷里，他发现一把刀插在床板上，离他不到1米远。他彻底没了睡意。

一把刀？

插在床板上，离他这么近！

谁干的？这是什么意思，威胁吗？在他睡觉时发出的死亡警告？他低下头好看仔细点儿，他认出了刀把上的商标。是马迪给科林的那把刀。

浑蛋！

他一下子从床上跳起来，朝科林的床扑去，结果扑了个空。

他再次跳起来，跑到女孩子帐篷那边，把马迪摇醒了，低声说：

"救命，救命，马迪，科林不在床上！我在我的床上发现了这把刀。"

他把刀递给马迪。

"你觉得这是什么意思？"

"他差点儿刺中了你，"马迪打了个哈欠，"但他还是错过了。你现在赶紧滚……"

"什么？"阿尔芒抗议，"但科林是……"

"我要穿件衣服。科林的留言很清楚啊，他又被卷入麻烦中了，他想我们跟上去，保持适当的距离。"

"这也是我想到的。"阿尔芒看马迪还在床上，不免有些着急。

阿尔芒回到了男生帐篷区。马迪迅速穿上衣服，紧随其后。阿尔芒准备揭开帐篷，马迪阻止了他。

"别做蠢事！外面院子里肯定都是警察！"

他们观察了一下巡逻的人，避开他们溜了出去。终于来到农场的路上时，天色已全黑。

"我想你应该拿了手电筒吧？"阿尔芒问马迪。

"你呢？印第安纳·琼斯，你想到了吗？"

"我手机有光……"

"我们走不了多远，在夜里我看不清！"

"我们先走到路边吧，十字路口那里比较亮。"阿尔芒说道。

几分钟后，他们来到了十字路口。他们越走越快，在路灯下面停住，那里贴着《小岛人》的海报。科林匆忙贴上去的红色纸片被风吹到了地上，可惜两个青少年没有注意到。他们专心读报纸的头条：

十年前，嗜血者工地发生了悲剧

三个工人付出了生命

三个负责人消失了

"三个负责人消失了，浑蛋！"马迪骂道，"瓦雷利诺和科林的父亲看起来状态还不错。"

"一个死而复生的人和两个强盗。"阿尔芒评论道。

"两个强盗？"

"两个浑蛋！两个王八蛋！但是第三个人是谁？"

"有辆车！"马迪喊道。

阿尔芒示意藏起来，但是马迪没动。她看着车子沿着修道院大街的右边朝他们开过来。两束黄色的灯光越来越亮。

突然，马迪走上前，站在路中央。

"你疯了！"阿尔芒大喊。

"看啊，"这次轮到马迪大喊，"这是小岛人的车。"

阿尔芒也注意到这辆标致 106 的车身跟"小岛人"LOGO 的颜色一样，红白相间，LOGO 是摆成问号形状的贝壳碎片。

"所以？"阿尔芒问。

"把车拦下来！要在凌晨 1 点找到人帮忙可是太难了！"

马迪挥舞着手臂，想引起对方的注意。车子减速，停在马迪前方十几米处。一个男人从车里走出来，手枪指着年轻的女孩子。阿尔芒在黑暗里吓呆了。马迪举起手，冷静地说道："冷静点儿……"

"这个时间点，你横在路中央干吗？"德尔佩什没有放下武器。

一个穿着紫色晚礼服的金发女子从车里走下来。

"别蠢了，迪迪埃，"克拉拉说，"你看清楚了，一个小女孩儿而已。"

马迪吹了一声口哨。

"嘿……你的身材比电视上的明星还要好。"

"小家伙，放尊重点儿。"记者说道。

"她不是不尊重我。"克拉拉解释道。

德尔佩什放下武器，叹了口气。

"好吧，我们赶时间。你，那个戴眼镜的小个子，从那边出来，别藏着掖着。"

阿尔芒从黑暗里走出来，表情局促。德尔佩什继续提问题。

"你们也是参加夏令营的吗？我猜想你们的组织者并没有安排夜间游戏吧。"

"那你们在这里干吗？"阿尔芒开口回击，"你们是来给狼人写报道的吗？我觉得你们明天的头条已经够劲爆了！"

德尔佩什在思考。

这两个小鬼深更半夜在营地 200 米外干吗？根据之前的信息，他得出了一个大胆的结论：

"你们不会就是科林·雷米的小伙伴吧，之前一起被锁在海鸥湾的谷仓里？"

"消息传得很快嘛！"马迪回复。

"那你们是科林的朋友吗？你们在找他……或者是掩护他？我们需要找到他，孩子们。我们需要马上告知他一些事情，因为他现在身处危险之中。"

阿尔芒正准备回答他这个问题，马迪大喊："暂停！"

克拉拉吃惊地看着他们。

"她都说了暂停，"阿尔芒接着说，"我们需要想想。你可以把枪收起来，把车停好，它现在停在路中央。"

标致 106 的车门还开着，车灯也亮着。德尔佩什虽然不欣赏这小屁孩儿的口气，也不想理睬克拉拉的眼神，但他还是把车子停靠在路边。两个青少年走过来。

"好吧，"阿尔芒想了一会儿开口，"我们决定相信你们。我们或多或少有点儿侦探情结，但是我的女朋友比较嫉妒金发美女。"他没让马迪开口抗议，继续说，"我们相信你们。是的，我们也在找科林。他不在营地里，深更半夜消失得无影无踪……现在轮到你们开口了！你们知道些什么呢？"

德尔佩什的手插在口袋里，玩味地看着阿尔芒。

"小家伙，你又想知道什么呢？"

"一切……"

"说来话长，你得再详细点儿。"

阿尔芒想了想。金发美女的裹身裙让他心神荡漾。

马迪开口了。

"我说吧。海报上的三个人。"

她指向路灯上贴的海报。

"怎么了？"德尔佩什问道。

"我们认识其中的两个人，"马迪继续说，"让–路易·瓦雷利诺，还有让·雷米。但是第三个人是谁？"

德尔佩什看着克拉拉，有点儿犹豫。女秘书示意让他开口。德尔佩什继续。

"第三个就是马克西姆·普里厄，圣–安托万协会的二把手，也是让·雷米的童年好友。在嗜血者工地事故发生之前，他还是让–路易·瓦雷利诺的好友……"

"他也死了吗？"阿尔芒问道。

德尔佩什安静了一会儿。

"我认为他没死。他应该藏在某个角落里。但是我也好多年没见过他了。最新的消息是说他住在法国大陆，前不久还开了一家设计公司。这个家伙很有天赋，不管是拍照、设计图纸还是绘画。这也是他在圣–安托万协会的角色，负责电脑绘图，重现遗址原貌。那时候还是他帮忙设计了《小岛人》的LOGO，他用某种绘图软件将贝壳拼成问号的形状。"

他转过身，看着他的车子，一辆红白相间的标致106，前门一个大大的"小岛人"LOGO。

"好的，他很有天赋，"马迪说，"但是他跟瓦雷利诺还有让·雷米一起混，跟电脑绘图相比，他应该对其他东西更感兴趣。他是同伙吗？你在海报里是这样暗示的。他们三个是一伙儿的吗？"

"不，"德尔佩什反驳，"他们三个都跟此事有关，但没有证据证明他们是同伙。比如让·雷米，他没有……"

"好了，不用解释了，"阿尔芒打断了他，"这太明显了吧。这就是一个犯罪组织。你在照片里就是这样暗示的。两边是同伙，让–路易·瓦雷利诺和马克西姆·普里厄，中间是老大让·雷米。"

他们四个看着海报。德尔佩什看起来有点儿惊慌失措。突然，马迪弯下腰，开心地大叫。

"我知道科林在哪儿！看啊！"

她手里拿着一块红色纸片。

"他在玩小拇指的游戏，"马迪解释说，"我们只需要跟着纸片走！"

阿尔芒点点头。

然而德尔佩什对小纸片不感兴趣。他看着海报，神色迷惑。

"小家伙，在提到红色纸片之前，关于这张海报你说了什么？"

"我吗？"阿尔芒问道。

"是的。"

"我说你们把让·雷米的照片放中间，就是在暗示他才是幕后黑手，然后普里厄和瓦雷利诺是他的同伙。"

德尔佩什非常吃惊地看着他。

"你们搞错了，这张海报上，让·雷米不在正中央，他在右边啊！马克西姆·普里厄才是中间那个。"

59. 修道院的幽灵

2000年8月20日，星期日，凌晨1点23分

\ 莫尔塞岛，圣-安托万修道院遗址

蒂埃里走在我前面。我知道这条路一直延伸到修道院。路边布满了灰尘，松树和橡树随风缓缓摆动。一轮月亮在黑色弯曲的树枝间隐约可见。

我跟蒂埃里之间隔了一两米远的距离。我时不时从口袋里掏出小纸片，撒在身后。纸片不多了，得省着点儿用。我不知道我们要去哪里，怕口袋里的纸片不够用。

风不大，运气不错。如果阿尔芒醒了，他会明白的。如果他逃离了营地，如果他找到了纸片……这么多如果，我希望他能找到我。

但是我们要去哪里呢？

前方就是修道院。我们沿着小路，一直来到了废墟。蒂埃里走得很快，越来越快。他的手电筒摇摇晃晃，照得不是很清楚。我跟在他身后，几乎什么都看不清，只能跟着他的影子走。我一直想着海报上的三个人，尤其是右边那个陌生人。

这是不可能的，太可笑了。

完全没有意义。

然而我的记忆似乎发生了波动。

海报上最右边这个陌生人才是我父亲！

虽然他不像我父亲，不是在修道院前跟我和妈妈合影的男人，也不是这10年来我床头柜照片上的男人。就在一刻钟之前，海报上的男人还是个陌生人。但是我现在很确定，这个陌生人就是我父亲！

蒂埃里走得很快。我几乎是小跑，脚踢到一块石头，差点儿摔跤。我得集中注意力。我的记忆出了点儿问题。

我真正的记忆。

就像是有人造了假。错误的记忆消失了，正确的记忆浮现出来。

我的记忆被篡改了吗？这怎么可能？我当时才6岁，但是我是清醒的啊！

我会不会是疯了？

这一次，我又想自己创造一个父亲吗？换一张脸吗？

我们来到修道院的废墟。圣－安托万巨大的十字架影子落在我们身上。蒂埃里经过了关闭的入口处，没有停下来。

他把手电筒关掉，又打开。接连做了四次，就像是密码。一个影子出现了，走过来。我注意到钥匙的哐当声。蒂埃里转身面向我。

"布丽吉特在里面。"他这样说是为了让我安心。

布丽吉特苍白的脸颊出现在手电筒的白光里。她从钥匙串里找出

314

一把钥匙，很古老的款式，然后打开了铁门，居然没有咯吱响。我试着朝布丽吉特微笑，但她转过脸去，试图藏在暗处。她的态度还有姿势都是那么不自然。

跟之前在医务室一样。

甚至更糟糕。

我的手指在口袋里找啊找，小纸片所剩无几。我只能撕成更小的纸片，然后偷偷扔在栏杆前。蒂埃里转过身用钥匙重新锁住门。

"快点儿！"他低声说。

他在黑暗里前行，跟前方的布丽吉特保持一定距离。这片遗址跟我见过的大部分名胜古迹不同，这里没有探照灯。这里已经被人遗忘了。莫尔塞岛也没钱装几个灯泡来照亮这些旧石头。

手电筒照亮了前方。

我早就猜到了我们要去的地方。我们朝地下隧道的入口走去。我前天就去过的地方。蒂埃里站在狭小的入口处，照亮了三级台阶。布丽吉特也打开了手电筒，第一个走进去。蒂埃里从口袋里拿出第二个手电筒，没那么亮，递到我手里。

"你会需要的，里面没那么亮。"

我刚刚在口袋里撕了一块纸片，伸出手接过手电筒时，纸片正好从手里滑落。一瞬间，我以为他注意到了我手里的东西，还好他低下了头，应该什么都没看见。

舅舅示意我进去。我下了三级台阶，然后走进去，被夹在蒂埃里和布丽吉特中间。隧道的入口很狭小，大概只有 1.5 米高。我们被迫弓着身子。手电筒照亮了灰色的墙壁，隧道里每隔 1 米都有柱子支撑，现在我明白了，原来嗜血者工地是这么回事啊！

这个小岛地下是空的，就像是奶酪的洞一样！

我们又下了十几级台阶。隧道内部越来越高，我们终于可以站直了。但是出奇地冷。是寒冷的氛围，还是笼罩我全身的恐惧，或者只是洞里的旧石头给人这种感觉？

布丽吉特在我前方，往左转。我的手电筒不够亮，但是能看到前面笔直的走廊。又一片红色纸片在黑暗中轻轻落在地上。如果地下隧道是个迷宫，十字路口一个接一个，我的纸片就不够用了。我集中注意力记住走过的距离和方向。大概 60 厘米，然后左转。

我在脑海里数着走了多少步。我一定要记住这段走过的路程。

万一……

《小岛人》头条的照片在我脑海里徘徊，那个陌生人就是我的父亲。

不能恐慌，不能疯掉，抓住现实，比如这个迷宫。

布丽吉特再次左转。

经过上一个十字路口后走了 30 步。

我们是在转圈圈吗？我手里只有不到 3 厘米的红色纸片了。我撕下一块，握在拳头里，手沿着裤腿滑落下去，在黑暗中张开手。我的脚撞到了某个石块，手电筒照亮了一根裂开的柱子。

墙壁内侧有一部分已经坍塌了！

我浑身颤抖。布丽吉特看起来对这块地方很熟悉。她本能地低下头，继续前行，没有露出担心的表情。蒂埃里在我身后，但我没有回头。我一直在数步子。

我走了 45 步。

在走廊深处，我注意到某个灯光。是我的眼睛习惯了黑暗吗？还是出口？或者是第三个人来接我们？

不，那个灯光没有移动，但是越来越清晰。走了 80 步，突然转弯了，前方还有 20 米。

灯光是从那里发出来的。

布丽吉特转弯时尽量避开我的眼神。她不敢跟我讲话，用手臂示意让我先走。我犹豫了。

蒂埃里在我后面推着我。再一次，我从头到脚浑身发毛。我没的选择，朝走廊里的灯光前行。

走了 10 米远，然后是三级台阶。走廊突然往左转，然后指向一个门廊。

我走进去。

这是一间很大的墓室，大概长 10 米，宽 10 米，由三根大柱子撑着。里面有几件家具：脏脏的地毯，几把椅子，一张铁桌，桌子上一盏煤气灯。一个男人趴在桌子上研究一张巨大的地图。

在煤气灯的灯光下，我很容易认出了这个人。

是父亲！

他脸上留着凌乱的胡须，露出了一个大大的微笑，就像是我们在海鸥湾重聚时的笑容一样。

"科林，我在等你，希望你不要因为谷仓的事情怪罪我。"他温柔地说道。

是父亲！

再次变得热情的父亲！他又恢复到谷仓事件发生之前的态度。他会解释给我听。我也会明白，我的父亲就是他。《小岛人》头条上的陌生人跟我没关系。我的父亲在这里，在我面前。他会把一切解释清楚。我向前走了几步。布丽吉特和蒂埃里在我后面进来了。

父亲把地图收起来，起身迎接我。他张开双臂。

"我们终于团聚了！"他感慨道，"没事的，科林。我希望你不要把谷仓发生的事当回事。你知道的，没什么危险的。我们关几个小时不会被憋死。只是让你害怕了，我演坏人是为了转移对方的注意力。蒂埃里也演了坏人，把我描绘成一个恶魔的形象。"

父亲开怀大笑。我转过身，看着蒂埃里露出一个勉强的笑容，但是他没有反对父亲的话。所以说，他之前在医务室说的那些话，关于我父亲的罪行都是谎言而已。

不，我父亲才不是恶魔！

我早就知道了！

布丽吉特还是试图避开我的眼神。父亲向前走了一步。我张开嘴想提问题，但是他举起了手。

"没事的，科林。我们是一家人。我晚点儿给你解释。现在有件紧急的事情。"

他看着地图。

"这是小岛地下隧道的图纸，科林。10年的研究、探索和改造。一米米画出来的，独一无二的图纸。"

"这是你之前存在公证员那里的那份地图吗？"

"是的……"

蒂埃里转过身看着走廊，一副不安的表情。他突然看了一下手表。父亲也表现出不耐烦的情绪。

"我们没时间了，科林。你得集中注意力。这个地图可以带我们找到疯狂马萨林……"

又是这个被诅咒的宝藏！也是大家唯一感兴趣的东西！

父亲继续说："这些隧道是几个世纪以来传教士挖出来的。名副其实的迷宫。你看啊……"

我向前走了几步路。父亲指向发黄的地图上的一个红色十字架。

"看这个十字架，科林，这里藏着宝藏。就在迷宫的正中央。"

我弯下腰，仔细研究那个十字架。父亲的手搭在我肩膀上。

"但是我们还差一个细节，科林。一个只有你知道的细节。一个只有你记得的细节。"

我闭上眼睛，做出顺从的表情。我只不过是个工具，负责回想起脑海中那段记忆。

什么细节？哪个细节？

最后那顿饭吗？尖叫声。父亲的手。他的戒指。他拿着酒杯的手。

他的脸贴近了我。

他的脸！

不……

桌子上煤气灯的光照亮了周边的柱子，几个成年人的影子看起来像恶魔一样包围在我身边。

在记忆中，那个弯下腰靠在我身边的男人是我父亲，我知道。但是，他的脸不是我父亲的脸。不是这个墓室里的父亲，不是那个跟我和母亲一起拍照的父亲，不是放在我床头柜 10 年的照片上的父亲。

布丽吉特把这张照片放在我床头，就在父亲去世后几天。我当时才 6 岁。只有 6 岁。但是我的记忆已经很清晰了。我认识这张脸，谁都不可能偷走我的记忆，改成别的记忆。

然而……

在我新的记忆中，在修道院废墟上的最后一餐，那个海报上的陌生人弯下腰，在我耳边说了这句话：科林，我的儿子，我要给你说个大秘密。

不！

我睁开眼睛，眼睛瞪得大大的。我不想去回忆，我快疯了。我只能说："对不起……我想不起来。"

我说不出"爸爸"这个词。

"必须想起来啊，科林。"父亲继续说。

他的声音又恢复到在谷仓时那个冷漠至极的样子。

噩梦又开始了吗？

不，蒂埃里和布丽吉特也在。我的家人都在！

"必须的，科林！"

他的声音比刚才更加威严。

"你刚刚明明想起来一些事情的，就在医务室里，布丽吉特跟我说的。"

我转过身看着布丽吉特。

她靠着墙，躲在影子里，我无法触碰她的目光。他们在我背后密谋，窥视着我的行为，只对这个被诅咒的宝藏感兴趣。

布丽吉特沉默许久之后，缓缓移动。她来到光亮处。她的外表看起来有些麻木甚至是惊恐，但是我在她的目光里察觉到一丝慈悲和同情。

"拜托了，科林，你必须想起来。也许这对你来说不重要，但对我们来说非常重要，你得想起来。这是唯一能保护你的方法。"

她得多说点儿，我想问清楚。

"保护我什么？"

没人回答我。

突然隧道里传来一阵脚步声，声音在墓室外的隧道里回荡。

谁来了？

马迪和阿尔芒？他们找到了我留下的纸片吗？我看到蒂埃里和我父亲突然变得很不安，他们也在想同一个问题。

谁会找到我们？

脚步声靠近了。

只有一个人。

是谁呢？

马迪？

一个影子走进来了，个子很高。

是一个大人。

他大步向前走。在看见他的脸之前，我就认出了他的轮廓。

让－路易·瓦雷利诺。

他的声音让我整个人吓呆了。

"不好意思，打扰这么温馨的家庭聚会……"

他没有拿武器，我父亲还有蒂埃里也没有反抗他。

"你在这里做什么？"父亲开口了，"你应该原地不动的。你搞砸了这一切。我们正在盘问这个小屁孩儿呢。"

小屁孩儿？

是我。

噩梦又开始了。瓦雷利诺反驳道:"我看是这个小屁孩儿要搞砸这一切。我可不想扮演食人魔的角色……但这个小笨蛋扮演了小拇指的角色。"

瓦雷利诺张开手,在煤气灯下,一堆红色纸片像雪花一样落在铁桌子上。

他转过身面向蒂埃里。

"你看你做的事情。你就不应该相信他的,他玩弄了你们所有人。幸好我跟在你们身后。"

不要思考。

得赶紧跑。

穿过拱门向前跑,跑到迷宫里。不到2米远,可以的。父亲、布丽吉特和蒂埃里,我的舅舅和舅妈,我的监护人们,他们都是这个杀手瓦雷利诺的同伙。

赶紧跑。

瓦雷利诺的手伸到我肩膀上,他似乎猜到了我的意图。

"坐下,小家伙。"

父亲递过来一把椅子。他跟蒂埃里还有瓦雷利诺一起站在椅子和出口之间。我被困住了,只能坐下来,一言不发。布丽吉特一句话也不说,退到后面的阴影里。

瓦雷利诺扯开了牛仔外套的纽扣,他拿出了好几张折起来的海报。

"这是《小岛人》的海报,"他露出了满意的微笑,"我把我能找到的都扯掉了。这些海报会让这个孤儿想起一些不该想起的事情。"

父亲不开口了。

"这些海报影响很大的。"瓦雷利诺继续说。

"其他人能找到我们吗?"父亲问道。

"不,我把痕迹都擦掉了。现在是安全的。"瓦雷利诺回复。

他转过身面向我,呼吸声很急促,面部表情看起来很狰狞。看得出来越狱逃亡的人生的确很辛苦。

"那么，你真的什么都不记得吗？我们换一种方式吧，爸爸和舅舅怎么看？"

我眼睛朝下看过去，他的腰上有一把枪。我还看见了一把刀，就是前天他差点儿刺中我的那把刀。我的手很自然地放在铁桌上，那里有瓦雷利诺扔下来的红色纸片。

我偷偷抓了几张在手里。

布丽吉特的声音战战兢兢："好了，我们先去地图上的红色十字架，也许科林会想起来什么。"

他们转身朝向布丽吉特。

就是现在！

我的手抓了一把离我最近的红色纸片。

"她说得对，"父亲开口了，"我们越靠近红十字架，就越安全。"

瓦雷利诺缓缓拿出枪，把枪口对准我的太阳穴。

"好吧，如果你这样可以回忆起来的话。不过……"

他没有注意到我的手。

父亲在瓦雷利诺身后盯着我。他的眼神里没有关爱，没有同情。他的眼神是黑色的，空洞的。这不是一个父亲的眼神。我对他来说什么都不是。他一直在演戏。

这个站着的男人不是我父亲。

这个男人欺骗了我，从一开始就在撒谎。他代替了我父亲的位置，偷走了我父亲的脸。至于床头柜上那张合影，我不想去找原因。

"走吧，"蒂埃里突然很兴奋，"出发前，让－路易，你应该把桌子上的红色纸片收集起来。这个孩子又抓了一把在手里。"

瓦雷利诺嘀咕了一声，毫不费力地打开了我的手掌，把所有的红色纸片塞进他的口袋。他甚至懒得再次威胁我。

我不过是他们的棋子。

10年来？从我出生开始？

我彻底崩溃了！

蒂埃里弯下腰，关掉铁桌上煤气灯的光。墓室陷入黑暗中，只有手电筒发出的光。我站起来，感觉到瓦雷利诺的手枪抵在我背上。蒂埃里走在前面，布丽吉特紧随其后。瓦雷利诺用枪抵着我，让我跟在他们后面。

那个偷走我父亲的脸的人跟在最后面。

60. 陷阱尽头

2000 年 8 月 20 日，星期日，凌晨 1 点 29 分

莫尔塞岛，修道院大街

马迪停下来，手里捏着红色纸片。

路灯的光照亮了她的脸。十字路口寂静如斯，过了好久，远处传来几声鸟叫。

马迪紧张地挥了挥手，朝德尔佩什走去。

"非常抱歉，美女，"他继续说，"我认识让·雷米 15 年了，我可以确定他是右边那个人。中间那个是他协会的成员马克西姆·普里厄。"

阿尔芒和马迪没回话，满脸狐疑。

"真是太超现实主义了。"阿尔芒低声说。

克拉拉最终开了口。

"我都起鸡皮疙瘩了。我不知道是因为这个故事太荒唐，还是晚上太冷了……我去找件外套。"

她朝 2 米远的车子走去，打开车门，弯下腰。阿尔芒趁机欣赏克拉拉优美的曲线。克拉拉问道："那件该死的外套去哪儿了？"

阿尔芒把眼神从克拉拉身上挪开，观察德尔佩什和马迪的表情。他们似乎在思考。

"找到了！"女秘书说道。

克拉拉直起身来，把裙角的褶皱顺了顺，关上车门，朝他们走来。

阿尔芒的眼睛没有追随克拉拉的身影，他盯着车门上的 LOGO "小岛人"，仔细观察那些拼成问号形状的贝壳碎片。

尽管没风，但远处传来了荒凉的半岛上海浪拍打岩石的回声。

"我知道了！"他突然大喊，"天啊！我明白他们在干吗了，这些浑蛋！这是一场惊天大骗局啊！"

所有人都看着阿尔芒。

"小家伙，你解释一下。"德尔佩什问道。

"等会儿，"阿尔芒很激动地说，"现在最重要的是要找到科林。越快越好。在他落入陷阱之前。"

马迪摊开手里的纸片。

"路上有标记！"

"是的，"德尔佩什说，"你能在路上解释吗？"

他们穿过了省道，来到修道院大街。阿尔芒一直沉默不语。

"所以你不解释一下吗？"德尔佩什问道。

阿尔芒没回复，他集中注意力找线索——红色纸片。马迪和克拉拉也一样。他们每隔 30 米就能找到一些纸片。然后他们来到了圣 - 安托万十字架的下面。又走了几米，他们来到修道院的铁门前，努力寻找红色纸片。

"死胡同！"德尔佩什说道。

"他们在里面！"马迪确认。

德尔佩什打开车灯，照亮了废墟。

"也许吧……"

"肯定是的！"阿尔芒坚持，"没有其他出口。"

"锁着的。"德尔佩什说。

"所以呢？"马迪问。

她观察了一下铁门，大概 1.8 米高，但是有一些纵向的栏杆可以让人爬上去。

"谁都可以爬过去！"她说道。

德尔佩什本来想反对，但是克拉拉已经做好了准备，她把裙子撩起来，然后将柔软的身体俯身靠在最矮的栏杆上。她的姿态让大家目瞪口呆。只见她一只脚又一只脚，稳稳地落在另一边，然后整理了一下裙子的褶皱。

她就这样进了修道院！

记者和两个青少年惊呆了。

"现在轮到谁了？"她问道。

阿尔芒试着跨在栏杆上，但是他需要马迪和德尔佩什的帮助。他们使尽全力推他上去。阿尔芒晃晃悠悠，终于克服了心理障碍，稳稳落在另一边。马迪毫无困难地翻了过去。德尔佩什也在克拉拉目光的注视下，灵活地越过了障碍。

他们来到另一边，没开口说话。德尔佩什手里拿着手电筒，寻找线索。他们转了好长时间，没发现任何纸片的线索。

什么都没有！

他们来到了地下隧道的入口，德尔佩什的手电筒照亮了那三级台阶。

"他们在里面，"阿尔芒说，"他们是破门而入的。"

"我们进去吧！"马迪说。

德尔佩什拉住了她的手。

"等一下！这是个名副其实的迷宫。如果科林·雷米在里面，我们完全不可能找到他。没有地图，只有一个手电筒，我们只能绕圈圈。"

马迪很愤怒。

"他说得对。"阿尔芒承认。

"卡萨！"克拉拉突然大喊，"卡萨知道。西蒙·卡萨诺瓦跟我说过他在加布里埃尔·博尔德里那里拿到了地图。"

"赶紧打电话！他应该没睡。"德尔佩什说道。

克拉拉把西蒙的电话号码熟记于心。她马上按了号码，只响了一声，西蒙就接了电话。

“卡萨，我是克拉拉。”

“快给我！”德尔佩什喊道。

克拉拉不想给他，后者把手电筒递给了她。

“卡萨诺瓦，我是德尔佩什。事情很急。你从加布里埃尔·博尔德里那里取回的文件里有小岛的地图吗？有地下隧道的地图吗？”

“我有啊！你问对了人。我面前就是一张小岛的地下隧道地图，还是让·雷米画的。我想那个疯狂马萨林的宝藏应该就在某处……”

“科林·雷米也是，而且他现在很危险。修道院地下隧道的入口在哪儿？”

西蒙沉默了一会儿，激动地开口：“从这个入口进去很容易迷路。地图上标明离这个入口不到100米处，有一个密室，大概长10米，宽10米。”

“你可以指引我们吗？”

“可以，不难。左拐左拐，再右拐，一个长廊的左边。”

“谢谢！”德尔佩什说道，“我们如果迷路再给你打电话！”

他对其他人说：“好了，我们先去找那个密室。如果没有人，我们就打电话给警察。克拉拉，你拿着手电筒，你走前面。”

女秘书没有抗议，她下了台阶。

“你们两个跟在后面。”

德尔佩什拿出了口袋里的枪，对着前方。他们在黑暗的走廊里前行。德尔佩什回忆起西蒙·卡萨诺瓦的提示。

左拐……左拐……

他瞪大了眼睛，武器放在胸前。过了几分钟，他们来到了墓室附近。德尔佩什示意保持安静，克拉拉谨慎地前行，用手电筒照亮了房间。德尔佩什紧随其后。手电筒照亮了地毯、椅子、铁桌子和烟灰缸。

巡视一番后，他们确定房间里没人。

他们走了进去。

"他们刚刚就在这里。"马迪说。

"你为什么这样想呢?"克拉拉问道。

"我不知道,就是感觉吧。"马迪回答。

"马迪说得对,"阿尔芒确认,"看烟灰缸里还有烟头没灭。"

克拉拉把手电筒对着铁桌子。

"克拉拉,你的手机还能用吗?"

克拉拉按了几下手机键。

"可以的!"

"好的,我们现在不能继续做蠢事了。"记者很严肃地说,"虽然我们在追踪科林,但我们不确定能否找到他。就算有卡萨诺瓦的地图也不行。我们得打电话给警察。"

马迪想抗议,德尔佩什举起了手。

"我们不能鲁莽行事,小家伙,你的小伙伴生命危在旦夕。我们应该早点儿打电话给警察的。现在每分钟都很宝贵。警察人数众多,他们可以翻遍整个地下迷宫。"

马迪叹了口气,阿尔芒也没办法。

"该死!你说得对,老家伙!只能这样做了!真是太糟心了!"

61. 隧道尽头

2000 年 8 月 20 日,星期日,凌晨 2 点 11 分

莫尔塞岛地下隧道

我看了一下手表。

我们已经在地下迷宫走了将近 45 分钟。我机械地跟在他们身后。

左拐……左拐……右拐……左拐。

我完全晕头转向。瓦雷利诺一直拿枪指着我。

没法逃跑。

再说能逃到哪里去呢？他们时不时停下来，拿出地图，把手电筒照在旧地图上，讨论一会儿，然后继续上路。我们走得越深，隧道的状况就变得越差。墙壁渗水，散发出来的味道让人难以呼吸。有时候墙面还会脱落下来，我们得踩在废墟上爬过去。有一次，他们遇上一条死胡同，得往回走，找另一条出路。

瓦雷利诺一路上咒骂了 10 分钟。每个人看起来都很紧张。

我已经放弃定位了，但是我明白了另一个事实。

那就是我们在往上爬。

有时候，我们得下几级台阶，但更多时候我感觉台阶是向上的。我在想，也许隧道不是很低，我们并没有完全在地下。如果我们继续爬高，说明我们正在靠近莫尔塞岛的地势最高点，也就是小岛的西南部，在圣－阿让港口和灯塔之间。

我们经过一条长长的走廊，尽头是用石头和泥巴铸成的狭窄的坑道。布丽吉特、蒂埃里和其他成年人很难通过这个只有 60 厘米宽度的出口，但是我爬过去完全没问题。布丽吉特照亮了右边的小通道。

"就是这里。"蒂埃里说。

"别高兴得太早。"瓦雷利诺反驳。

我瞪大了眼睛。隧道中间放着一把腐坏的梯子。布丽吉特第一个爬上去，然后掀开一个木头挡板。蒂埃里紧随其后，还有那个我没法称作爸爸的男人。

让－路易·瓦雷利诺一直跟在我后面。

我把头伸进挡板里。布丽吉特和蒂埃里用手电筒照亮了里面。上面是一个布满灰尘的房间，墙壁是厚厚的灰石板。房间里有一个被遗弃多年的烟囱。墙上挂着木质的工具，地面散落着一些铁器：铲子、镰刀、生锈的旧桶等。左边的桌子上布满了蜘蛛网，旁边有几把椅子，一个闲置的木头碗柜。

我感觉来到了一个被遗弃的农场。

里面很黑,手电筒突然照亮了整个房间。过了一会儿,有一束灯光射进来,我突然明白了,是灯塔的光!

那灯塔应该不远。1公里?我更加确信我们在往莫尔塞岛高处爬。

瓦雷利诺忙着勘察房间的门窗,想确保没法轻易从里面打开。灯塔的光又亮了,我趁机看了看出口。有两扇木头门不知道通往何处。没有百叶窗,但是积攒了厚厚的灰尘,整个房间灰扑扑的。

蒂埃里把袖子卷起来,擦了擦桌子,然后把父亲的地图平铺在上面。

"过来,科林。"

他的声音不再那么凶巴巴。

"你看,我们在这里,小岛的西南部。在吕西安·韦尔热荒废的农场里。你肯定没听说过他。他在"一战"前开发了修道院这块土地。他是租的,但是他的农场就在不远处,小岛的南部,就是这里。你父亲10年前在给你的这张地图上画了一个红色的叉。我们可以得出结论,他想告诉你疯狂马萨林的宝藏就在这里。"

"那得问他啊!"我开口。

那个假装是我父亲的人不说话。瓦雷利诺几乎是吼出声的:

"拿到这张地图后,我们从中午开始,把这个该死的农场翻了个底朝天。结果什么都没找到!所以……"

他想用脏脏的手掐住我的喉咙,但是蒂埃里阻止了他。

"冷静点儿,让-路易。没必要这么粗暴。"

他转过身看着我,勉强挤出个微笑。我恨他,比瓦雷利诺还有这个假父亲更恨他。

"科林,"舅舅的嘴巴像抹了蜜,"我们进了死胡同。你父亲以为找到了宝藏。他10年前把地图留给了你。他还给你留下另一个线索,埋藏在你的记忆深处。你只需要回想起来，这一切就结束了。"

我没回复他。

灯塔的光再次射进来。那个假父亲转过身来，忙着用铁铲子在墙上敲打试探。瓦雷利诺粗暴地把我推到椅子上，再一次用手枪抵住我的脸。

"小兔崽子，现在是凌晨 2 点。整个法国的警察都在找我们。你知道的。你想拖延时间，那我就跟你解释一下接下来会发生什么。首先，我们会撤掉梯子，堵上隧道的出口。你记得那个狭窄的出口吗？就算他们派 100 个警察，他们也没法上到这个农场来。然后，我们等到天黑。如果再过两个小时，也就是到凌晨 4 点，你还是想不起任何事情……那你就没用了。我们也不会跟你一起等到天亮，等警察来抓我们。我们会连夜逃跑，不是从地下隧道逃跑，而是从农场大门逃跑。附近有一艘船停靠在安静的海湾边。小兔崽子，我们都想带着宝藏逃跑。但如果实在找不到，也没办法……但我们也不会留下任何线索。你明白吗？我们已经拿回了公证员那里所有跟我们相关的证据。现在你自己决定吧，我让你一个人待会儿。"

他拿走了对着我的手枪，继续说：

"蒂埃里，马克西姆，你们去把隧道出口堵住，然后把梯子拿上来！"

马克西姆？

这就是那个顶替我父亲的人吗？

马克西姆·普里厄？

他最好的朋友？

这怎么可能？

两个男人从挡板下去，我听到脚底传来哐当的声音。

他们把隧道堵住了。

人们再也找不到我了。

瓦雷利诺坐在离我 3 米远的地方，神色凝重，手枪不离手。布丽吉特看着脏兮兮的窗户。灯塔的光时不时照亮她苍白的脸，就像是幽灵一样。

时间一分分过去了。

我一点儿都不想回忆过去，然而最后一顿饭的画面还是涌上来。

我试着去驱赶这些回忆。我想清空过去，但我并不蠢。瓦雷利诺说得很清楚，如果我想不起来，我对他们来说就没用了。但如果我想起来，把宝藏给他们，又有什么区别？

殊途同归。

我没有抱任何幻想。他们早就打算除掉我，不管是否能找到疯狂马萨林的宝藏。

漫长的等待。

蒂埃里和马克西姆·普里厄上来了。

"搞定了，现在安全了。"

屋子里一片寂静。灯塔时不时射进来一束光。

得想办法逃出去。跟他们撒谎是唯一的出路，但是我得找个好的借口。

又是长时间的沉默。

布丽吉特打破了沉默。

"他什么都不会说的！你们不明白他的记忆是乱七八糟的吗？他完全迷惘了。你们想让他回想起什么？"

"你是什么意思？"瓦雷利诺轻蔑地问。

"跟他说明真相，"布丽吉特回复，"他有权利知道真相。现在能改变什么呢？至少让他的记忆恢复正常。"

几个小时前还是我父亲的马克西姆·普里厄开口了。

"她说得没错。这样行得通。反正没什么损失。"

"好吧。谁来说明？"瓦雷利诺回复。

"我来吧，"布丽吉特毫不犹豫，"我来吧，让－路易，我们可以去那边说吗？"

她眼神飘向其中一扇木门。

"去吧。"瓦雷利诺说道。

布丽吉特站起来。

我跟在她身后。

一瞬间，我以为布丽吉特想背叛她的同伙，她在想办法帮我逃脱。门背后有个出口。一旦跟她单独在一起，她就会让我逃走。布丽吉特一点儿也不像她平时的样子，她不是有这么多想法的人。但我感觉得到她讨厌瓦雷利诺。

她打开了门。

我的希望落空了。

是一间食物储藏室。高 2 米，宽 1 米。四面是厚厚的墙壁。房间里堆满了木头箱子，里面是落满了灰尘的酒瓶。这个杂货间就像是几十年没有动过一样。

"坐下来。"布丽吉特对我说。

我坐在一个酒箱子上，布丽吉特也是。她没有关门，但是我们享受了一定程度的私密。

布丽吉特低下头，没有看我。

"我有个大秘密要告诉你，科林。"

62. 阴谋

2000 年 8 月 20 日，星期日，凌晨 2 点 23 分

莫尔塞岛，圣 - 安托万修道院遗址

不到一刻钟，修道院遗址旁亮起了十几盏警灯。警察们毫不费力地打开了铁门。其中两个警察和一个心理医生来到马迪和阿尔芒身旁，找他们收集证词。

其中一个警员在听取了迪迪埃·德尔佩什的证词后，给西蒙·卡萨诺瓦打了电话，后者以最详尽的方式给他描绘了小岛的地下图纸，但是电话上还是说不清楚。一辆警车从南特出发，配备了复印和传真设备，准备以最快的方式把图纸信息传到莫尔塞岛上去。

格朗维尔警察局的警察和马萨林监狱的守卫集合起来，开始探索地下隧道，一米又一米往前进。

不光是因为科林的性命危在旦夕，警察还认为科林·雷米的消失跟逃犯让－路易·瓦雷利诺有关。

20分钟后，警察们盘问完毕。杜瓦尔神父也赶到现场，把他们安排在一个矮凳上。他们感觉自己毫无用处。杜瓦尔神父不开口，他猜测两个青少年不想跟他说话。

还不是时候。

德尔佩什来找他们。他抱着克拉拉的肩膀，像是在给她取暖。马迪发出一声冷笑。

"我们出局了，你不会也是吧？"

"这样更好，不是吗？"德尔佩什说。

"你什么都不在乎，"阿尔芒说，"你有了头条就足够了。其他的报社还没来，明天的头条就是……"

德尔佩什从口袋里拿出香烟，是马迪不认识的牌子，嘉润。他抽了一口烟。

烟草的味道让阿尔芒咳嗽。

"小家伙，"德尔佩什回复，"说到头条，你还没有让我相信你们认识的让·雷米和我认识的让·雷米长得不一样呢。"

"我没有让你相信，"阿尔芒傲慢地说，"我是彻底明白了！"

他停顿了一会儿，观察着警察们的动向，他们不停地来来往往，然后继续说："我是看到你车上的LOGO明白的。"

杜瓦尔神父很吃惊，马迪更是瞪大了眼睛。

阿尔芒不会又在吹牛吧？

克拉拉笑了。德尔佩什又抽了一口烟。

"你说吧，我在听……"

"你们可以坐下来……其实非常简单，但很曲折。我只是把两个线索串联起来。很显然，被科林认成父亲的那个人是马克西姆·普里厄，是他父亲最好的朋友。另一点就是你刚刚说的，这个马克西姆是个电脑高手，他很擅长修图。科林曾经对我们说过，他对他父亲唯一的印象就是书桌上的一张全家福。他父亲、母亲和他一起在修道院前面。"

"我明白你的意思了，"德尔佩什说，"你认为普里厄篡改了科林·雷米床头柜上的照片，他当年只有6岁。但这个说不通，6岁的科林应该记得他父亲的长相啊。如果把照片上的父亲换了脸，他应该能马上察觉的。"

"如果这张照片是一步步改好的，那就说得通！你们也说过，这个马克西姆是个修图高手。对他来说，这是小菜一碟！首先，科林6岁时，先在床头柜上放一张他父亲真正的照片，他能认出来的照片。然后换上另一张照片，一天天给他洗脑，其他人脸都不变，只有父亲的脸变了，但是肉眼无法看出其中的差别，就像是画面变形的游戏。"

"这也可以？"克拉拉不敢相信。

"我觉得这太蠢了，"马迪评论，"你们觉得这说得通吗？"

德尔佩什熄灭了烟头。他吹了一声口哨表示赞同。

"技术上来说是可行的，"他回复，"只需要几百张照片，就可以毫无困难地从一张脸换到另一张脸，而且无法察觉其中的差别。对一个6岁的孩子来说，这张照片是他唯一的纪念，就算是跟他记忆中的形象有冲突，他也会选择相信这张照片，等他见到马克西姆，自然会把他当成是他父亲……"

"我不相信。"克拉拉温柔地回答。

她在发抖，德尔佩什抱住了她。

"克拉拉，想象你认识的人在你年幼时去世了，比如舅妈或者祖母……"

"我9岁的时候，祖母去世了。"

"你还记得她吗？"

"当然了……"

"她的脸长什么样？"

"当然记得，如果我集中注意力的话。"

"仔细回想一下。我肯定你脑海里回想起来的画面是你在她死后看到的生前照片的合集。你借助手头的照片回忆起她的样貌，不是吗？"

克拉拉想了一会儿。

"就算是这样，可是对科林来说，这是他父亲啊！"

"他当年才6岁。你当年是9岁，那是你的祖母，是一回事……不，问题不是偷梁换柱的技术性问题，而是谁做的？为什么？"

德尔佩什又点燃了一支烟。杜瓦尔神父第一次开口了，他说得很慢。

"如果你说的是真的，那么只有抚养了科林10年的舅舅和舅妈可以做出这种事来。在今晚之前，这还是个令人笑掉牙的揣测。但是今晚蒂埃里和布丽吉特也消失了，跟科林同时消失的。警察已经展开了调查。"

"就是他们干的！"马迪大喊，"科林从来就不信任他们。他们是唯一可以操作这件事的人。他的舅舅和马克西姆策划了修图一事。等到科林不在家，他的舅妈负责更换床头柜上的照片，反正她也不上班！几百张照片？这群浑蛋花了一两年时间就篡改了科林的记忆。"

"再说，马克西姆·普里厄和让·雷米本来就长得像。"德尔佩什补充说，"两个都是棕色头发。最关键的是为什么要这么麻烦，花10年时间来布局？"

"这很明显啊！"阿尔芒大叫。

他咳了一声。

"你就不能把烟灭了吗？太呛人了！"

德尔佩什赶紧把烟灭了。

"继续说，男孩儿。为什么很明显？"

"10年前，科林的父亲让·雷米给岛上的公证员巴尔东下达了非常详细的指令：科林要在他的书房取回那份遗嘱，在他面前朗读，还要马上打电话给警察。只有一个人能阻止科林打开这个文件，只有一个人能推翻他父亲10年前的指令，那就是他复活的父亲！"

"天啊！"克拉拉尖叫。

记者把手放在他肩上。

"小朋友，如果我再点一支烟，你会介意吗？"

警车刚刚出发前往高速。交通突然变得通畅，但是西蒙知道在接下来的时间里，他在原地更有用。警察拿走了小岛的地图，没有问他问题。他们扫描了地图每个角落，然后发传真给莫尔塞岛。太好了！

这可是千钧一发的时刻啊！

他想到了康迪斯，她应该还在岛上某个地方熟睡，或者蜷缩在另一个男人的怀抱里，对白天的工作地点在深夜发生的骚动毫不知情，逃犯就在她脚底……

西蒙没有被打败，他还有文件要研究。警察没有盘问他。他们错了。岛上所有人都在寻找一样东西，那就是疯狂马萨林的宝藏。

如果能发现宝藏所在地，就能找到科林·雷米、瓦雷利诺和他的同伙们……然而找到疯狂马萨林的关键就藏在这些文件里：信件、地图、地质剖面图、气象数据、土壤分析报告、植被报告等。

西蒙开始认真研究这些文件。他必须找到疯狂马萨林！他翻看了让·雷米收集的上百页档案，在其中一份地质剖面图上停留了很长时间。

是某种直觉吗？

他又翻看了一份气象数据，对比了其他相关文件。

脑袋里突然有了一个想法。

会不会是这样？

好像不可能，太蠢了，这在莫尔塞岛是不可能的……在小岛上是不可能的。但是大部分线索都证明这是可能的……要从头开始验证其可能性！

得抓紧时间！

七　秘密

63. 秘密

　　布丽吉特低着头好长时间，没法说出一句话。储藏室就像是一个忏悔室，收集被判死刑之人生前最后的夙愿。

　　她终于抬起了头，慢慢地开口：

　　"科林，也许你不知道，但我跟你的母亲安娜是很好的朋友，她是我的大姑子。我们俩是莫尔塞岛考古协会这些年来仅有的女性。我们年纪一样大，所以我们很亲近。我想你对协会应该有所了解。马克西姆给你解释过，他在海鸥湾假扮你父亲时，他没撒谎。这样他的复述才能保持前后一致。他跟你说的话就是你父亲会说的话，如果你父亲还在世的话。你父亲是个好人，正直单纯的人。他拒绝出卖修道院这块地，跟塞米提公司抗衡。然后发生了事故，死了三个工人……"

　　这些我都知道了。我还在想办法逃跑。拿上一个酒瓶，敲碎它就可以做武器。

　　太好笑了！

　　布丽吉特清了清嗓子。

　　"我接下来要说的故事，你可能就不知道了。你父亲一个人扛下了所有的责任，然后消失在海上，留下一封诀别信。大家都以为他死了，我们也是。为了缓解你母亲的压力，蒂埃里和我把你带到巴黎大区蓬图瓦兹的公寓。我不知道你是否记得。"

我尽量不去想她告诉我的这一切，想找办法逃跑，只能违心地回答说："记得一点点。"

"你母亲那天晚上来找我们。她非常沮丧。"

我回想起母亲最后的画面，她在我的浴缸和床边讲的最后几句话。舅妈的讲述让我回想起那些不可磨灭的画面。她继续说：

"吃过饭后，她问我们是否可以打电话。是无绳电话，她跑到阳台去打，但是……"

她闭嘴了，她很难继续下去。我感觉这通电话引起了轩然大波。

"然后呢？"

布丽吉特又咳嗽了。

"但是我们的卧室里有分机。蒂埃里拿起听筒偷听。你母亲在跟让交谈，就是你的父亲。他没死，躲起来了。他在偷偷调查事故，那其实是一场谋杀。他有证据指向让-路易·瓦雷利诺，他是市长的手下。还有他的同伙们……"

她没法继续说下去，眼泪流了下来。我从没见过她如此动情。

"他的同伙们是谁呢？塞米提的成员吗？小岛上的恶棍吗？"

布丽吉特笑了。

"不，科林，比这个简单。关于这个小岛上的恶棍的传说只是个寓言。塞米提的成员是一群股东，只想发财。他们投资房地产，当然不会顾及环境，但是他们也不是罪犯。不，这件事是三个人策划的。让-路易·瓦雷利诺，他是首脑，还有你父亲的两个好友，大学校友马克西姆·普里厄和他的小叔子蒂埃里。"

"为什么呢？"我开口问。

布丽吉特沉默了一会儿。在隔壁的房间里，我听到了马克西姆和瓦雷利诺低声说话，两个人都很严肃。

布丽吉特深呼吸，继续讲：

"这很复杂，牵涉到很多事情。马克西姆和蒂埃里一直很嫉妒你父亲，他们活在他的阴影下，听从他的指挥。他们想钱想疯了。塞米提的房地产计划会带来巨大的收益，如果马克西姆和蒂埃里能说服你父亲卖掉这块地，他们可以获得丰厚的酬金。你要知道那个时候，他们根本没想过谋杀，甚至是偷窃，仅仅想卖地拿钱而已。但瓦雷利诺是个大浑蛋，你父亲跟欧洲建筑合作，以此来对抗塞米提，然后瓦雷利诺就擅作主张把起重机下面的隧道给挖空了。"

"还有马克西姆和蒂埃里的协助，关于地下隧道的细节。"我用平静的口吻补充说。

"是的，他们也是帮凶，你说得对。但他们只是想威胁一下你父亲，不想出人命。但是事与愿违，马克西姆和蒂埃里将被指控为实施谋杀的共犯。命运的齿轮就此转动，停不下来了……"

我还是很冷静地问道："那天晚上在电话里，我父亲对我母亲说了什么？"

"他问她是否是一个人。然后就像我刚才说的，他提到他有证据指控瓦雷利诺和他的同伙们。他要你母亲不要相信任何人，要谨慎行事。你父亲猜测背后有更大的阴谋，他把所有证据放在一个文件夹里。他准备把文件交托给莫尔塞岛的公证员巴尔东先生，他信任他。如果你父亲或者母亲任何一方出事了，他的指令很清楚：公证员必须在 10 年后，他儿子科林满 16 岁时告诉他事情真相，把修道院这块地交给他。你父亲很多疑，他做得没错！"

布丽吉特默默流泪。我脑子顿时清晰了很多。挂了电话后，母亲来到我床头。那时候，她知道父亲还活着，她是这样说的："科林，你爸爸去了远方，很远的地方。但不要悲伤，要耐心点儿。你会再见到他的。某一天，你会与他相遇。"

他当时还活着！从那时起我就确信是这样。怒火从我心中升起，我想拿上一瓶酒，敲碎它，然后刺进瓦雷利诺的喉咙里，还有其他人也一样。我愤怒地开口："是你们杀了我母亲！"

"不！"布丽吉特尖叫道，"不，科林！你母亲挂了电话，去卧室里看望你。然后她重新上路，准备回莫尔塞岛。她有很多事情要处理：继承、诉讼。你父亲在法律上已经死亡。我们那时很恐慌。我们给瓦雷利诺打电话，告诉了他一切，但是我们绝对没想过要害死你母亲。她可是蒂埃里的姐姐啊！我最好的朋友！科林，那是一场事故。她很疲惫，已经是深夜，又下着雨。我们劝过她不要那么晚出门。那真的是一场事故，一场可怕的事故。"

我注意到她深呼一口气。

"你也许是真诚的，但我不相信巧合。让－路易·瓦雷利诺杀了我母亲，在去莫尔塞岛的路上。我希望他没有向你和蒂埃里承认这事。"

布丽吉特忍不住颤抖。

"不，科林，让－路易·瓦雷利诺没有向我们承认这桩罪行！是的，他是个人渣，但是不至于犯这种罪……不，这不可能。"

我冷漠地反驳她："你们也不去调查，就认定是一场普通的交通事故，这样心里好过点儿，不是吗？既然让－路易·瓦雷利诺今天准备干掉我，那么10年前他怎么没可能杀掉我母亲呢？"

布丽吉特沉默了片刻。

"我不知道，我不想知道。我一直认为那是一场事故。蒂埃里和我都是这样推理的。在你母亲去世后，马克西姆·普里厄和让－路易·瓦雷利诺联系了我们。你父亲去了莫尔塞岛，把文件交托给公证员，然后在海上自杀了。他这一次是真的死了。我们几天后找到了他的尸体，还可以认出他的模样来。我跟蒂埃里都在场。是的，科林，不用怀疑了，你父亲已经死了。"

下坠。

下坠。

空无一物。

布丽吉特继续说："你成了孤儿，抚养权自然归我们，但是我们四个很担心那颗会在10年后爆炸的定时炸弹。那份你16岁就要打开的文件，里面包含了我们的犯罪证据。这件事情使让－路易·瓦雷利诺和马克西姆·普里厄发疯了。这份文件可以让他们坐牢，更别提疯狂马萨林的宝藏，你父亲宣称已经找到了。所有的线索都在那份文件里。一笔巨大的财富啊！他们几个好些年都在地下隧道里找来找去。如果不是想找宝藏，他们早就离开这片遗址了。最初的几个月，普里厄和瓦雷利诺都想偷偷潜入巴尔东家中。他们贿赂他，威胁他，甚至是敲诈他。但是他们太了解这个疯狂的塞尔日·巴尔东。他们知道巴尔东会完全贯彻让·雷米的指令，于是，马克西姆·普里厄想出了一个疯狂的主意！"

她缓了口气。她一直低着头，不敢直视我，眼泪还在流淌。她的妆全部花了。此时的她跟我童年记忆里那个冷漠的布丽吉特相差甚远。我的视线又飘到箱子里的红酒瓶上。

布丽吉特继续说，没有抬头。

"一个彻头彻尾的疯狂计划。马克西姆本来是开玩笑的，但是瓦雷利诺当真了。你似乎一直相信你父亲没死。你母亲最后的叮嘱，保姆关于他死亡的谎言，都给了你这样的错觉。于是，我们安插了很多细节，比如时不时用现在时讨论你的父亲，在记事本里留下他的地址，给莫尔塞岛寄几张明信片，吊着你的好奇心。你明白我的意思吗？"

不，我不想明白！

我尖叫道："那我父亲的脸是怎么回事？马克西姆·普里厄是怎么偷走他的脸的？"

布丽吉特笑了出来。

"很容易的。马克西姆擅长修图，这是他的职业。他给我提供了400张照片，几乎是一样的。就是10年来你在床头柜上看到的照片。其中，第一张照片是你父亲真正的模样，你认识的样子。最后一张是马克西姆·普里厄。在这两张照片之间，用了将近400张照片来过渡，毫无破绽。我每隔3天换一张照片，等你去上学的时候。就这样持续了3年半，直到你9岁。"

她陷入回忆中。

"这后来成了一种习惯。我每次打扫房间时就换一张照片，同时收拾脏衣服和换床单。太疯狂了！9岁半时，你已经忘记了你父亲真实的长相，而是换上了马克西姆的模样。陷阱已经布好。我们还让你发现了其他的照片和视频，在那里面看不到你父亲真实的长相，要么他不在，要么就是背面，为的就是不想冒险激活你真实的记忆。很抱歉，科林……虽然我把你抚养长大，但是……"

我冷漠地打断她的话。

"莫尔塞岛的墓地里，我父亲的头像被人抹去，也是为了不让我发现他的真面目是吗？"

"是的，马克西姆·普里厄干的。但他还不敢挖开你父亲的坟墓，去偷他的戒指。科林，我希望你理解我。那真的不是谋杀。这10年来，我们就只有一个目的：等你满了16岁，去公证员那里拿回文件，但不要打开，而是直接交给马克西姆·普里厄。我们都是无辜的。我们没有偷，没有谋杀，没有见血。"

她长长地叹了口气。

"至少我是这样认为的。瓦雷利诺和普里厄是这样跟我讲的。"

"那么6个月前客厅的夏令营宣传单也是故意放的吗？"

"是的，"她不好意思地回答，"我们肯定你会选择去莫尔塞岛帆船夏令营。一旦上了岛，马克西姆就安排他自己在你生日前跟你见面。他付钱给一个醉酒的水手，让他给你讲述一个故事。我对此都不知情。蒂埃里和我今天才知道后来的一切。"

"其他事情呢？"

"瓦雷利诺越狱，谋杀他的同伙，朝他背后开了两枪！瓦雷利诺在你跟马克西姆重聚的那天晚上故意袭击你们，就是为了让你害怕，让你妥协。让你不要相信任何人，只相信他。然后……"

布丽吉特双手抱头。

我继续说下去："当然了，他们没跟你讲他们会如何处决我。他们不需要我，毫不犹豫地要干掉我。我是最后的证人。"

"我真的不知道，科林。我不知道，10年前……这只是一场阴谋，一场令人发指的阴谋，但没有想谋杀谁。"

"我知道……你也身不由己。"

布丽吉特再次蜷缩起来。

"瓦雷利诺也想干掉我。普里厄也疯了。当我得知他们毫不犹豫地把你跟其他两个朋友活埋时……"

我又一次打断了她。

"你没有跟警察说实情，你还在跟我撒谎。你在医务室留意到疯狂马萨林宝藏的线索，然后你转过身就告诉你的同伙。"

"不，只是跟蒂埃里一个人说了……"

她颤抖不已，没法说出一个字。我心里没有恨，一片明朗。

现在只剩下一个问题。

"那么，不是我父亲把手伸到那个杰茜卡裙子下的？是马克西姆·普里厄？"

"没错，不是你父亲。马克西姆那时候对那个女孩儿很着迷，追了她好几个星期，直到工地丑闻爆发。听我说，你父亲不可能背叛你母亲。他们很相爱，羡煞身边的人。虽然遭遇了这么多不幸，但科林，你是被爱包围的孩子……"

布丽吉特第一次盯着我的眼睛。

"科林，你现在知道了真相，我希望你能帮我回想起疯狂马萨林的线索……如果你想不起来，他们会杀死你。"

"无论如何，他们都会杀了我。"

我站起来，决定回到大房间。

瓦雷利诺是这一切的始作俑者。他肯定杀了我母亲。再说，我拿酒瓶戳他的主意也没那么蠢。布丽吉特不会反对我，我有预感。我只需要把碎片藏在身后就行。如果运气好，我可以划破他的颈动脉。如果我杀了瓦雷利诺，那么马克西姆·普里厄会对我下手。

管他的，也许是背后一枪，也许是胸前一枪。

也许他们都会投降，放我走。他们很害怕瓦雷利诺。

无所谓。

我盯着布丽吉特的眼睛看，然后弯下腰去抓酒瓶。她什么都没说，也没做。我要赶紧敲碎酒瓶，不能出声。这是最麻烦的。

马上行动。

我向前走，使劲撞上一箱酒。瓦雷利诺从隔壁房间冲过来。

"发生了什么事情？"

布丽吉特赶紧把我扶起来。

"没事。他受惊了，失去了平衡。"她赶紧解释。

瓦雷利诺用怀疑的眼神看着我，手里还拿着那把枪。

"够了，悄悄话说完了。回大厅来。"

我缓缓向前走。

瓦雷利诺站在我面前，离我 2 米远。我背后有一个碎掉的酒瓶。布丽吉特在我身后肯定看到了。

但她什么都没说。

这一次她是我的同伙。

瓦雷利诺也注意到我放在背后的手。我要再向前几步，等到还有几厘米的距离。

然后出手。

刺穿杀死我母亲的杀手的喉咙。

64. 黑夜中的微光

2000 年 8 月 20 日，星期日，凌晨 2 点 36 分

莫尔塞岛，圣 - 安托万修道院遗址

德尔佩什、克拉拉、杜瓦尔神父和马迪保持着沉默。每个人都在思考阿尔芒提出的假设。

既疯狂又现实。

突然从修道院遗址里传来一阵骚动。

"他们找到了！"马迪大喊。

德尔佩什冲上去跟其中一个监狱守卫交谈了一会儿。

"虚假情报，"他很失望地说，"他们只是收到了西蒙用传真机发过来的地下隧道完整图纸。现在可以开始探索整个地下迷宫。如果科林在里面，他们肯定能找到他。"

"是吗？"阿尔芒不太相信。

克拉拉弯腰看着这个青少年说："要对他们有信心。这是他们的专业。他们有地图……"

阿尔芒甚至不想看克拉拉衬衣走光露出的部分。

"他们并不都是笨蛋。"他退了一步。

"为什么这么说？"德尔佩什问。

"如果你们接受了我的假设，那就说明这是一个长达 10 年的阴谋。我看着他们下到隧道，所有警察都在追捕他们，他们难道不会提前想好出路？"

"他们不知道警察有一份详细的地图。"德尔佩什补充说。

"他们知道警察在出口处等着他们。这些地下隧道就是一个陷阱。我确定这三天来，瓦雷利诺一直躲在地下，同时大家都在地面找他。现在警察们都下隧道了，普里厄、瓦雷利诺和科林肯定会逃到地面。"

德尔佩什不得不服他。

"他智商 140。"马迪说。

克拉拉也点头称赞。

"他说得没错。我们得跟警察说说。"

"我想他们不会听从一个 15 岁小孩儿的意见。"德尔佩什反驳。

修道院地面的人都走光了。

　　警察局和监狱的守卫都手持武器下到隧道，就像是准备扑向诱饵的蚂蚁。

　　"就算你是对的，"记者说，"我们也做不了什么，只能等啊。"

　　紧接下来又是一阵沉默。

　　马迪看着巨大的圣－安托万十字架的轮廓。突然，这道轮廓变得很清晰，好像是突然被照亮一样。

　　是车灯吗？

　　奇怪。

　　过了几秒钟又亮了。

　　"那是什么灯？"马迪问道。

　　杜瓦尔神父打破了沉默。

　　"是灯塔的光。很远，但是可以照亮小岛的最高点。"

　　马迪几乎是尖叫。

　　"神父，你有望远镜吗？"

　　杜瓦尔神父听到有人叫他神父很开心。

　　"是的，在营地里。"

　　"那么在灯塔上可以看到整个小岛吗？"她问道。

　　"不，"杜瓦尔回答，"只能看到一小部分，也就是小岛的最高点，被照亮的地方。"

　　"小岛还有其他最高点吗？"阿尔芒继续问，"一个更好的观察站？"

　　"不，"杜瓦尔神父否认了，"但是……"

　　"我可以拿到钥匙，"德尔佩什回复，"保安是我的老朋友。我们可以去圣－阿让港口取。"

　　"我们冲进去。"马迪大喊。

　　"冷静点儿，孩子们，"德尔佩什让他们冷静下来，"在灯塔上看不到什么，尤其是深夜。我们的机会很小。"

　　"那你们为什么来呢？"

　　克拉拉解开了外套，替记者回复。

"因为伟大的迪迪埃·德尔佩什不想跟其他记者在一起。过几个小时，隧道入口就会被国家媒体堵住。但是德尔佩什早就去到别处……所以为什么不去灯塔呢？"

1分钟后，5个人坐在德尔佩什的车上。记者开车。杜瓦尔神父刚刚超过100公斤，坚持坐前排。阿尔芒抢着坐在后排中间，然后两旁是克拉拉和马迪跟他挤着坐。

德尔佩什很快将车停靠在营地院子里。杜瓦尔神父下去拿他的望远镜，然后气喘吁吁地回来。

他们继续开车，留下一群被吓呆且不安的青少年，由悠悠和斯蒂芬妮看护。

他们冲到圣-阿让港口。德尔佩什把车停在港务督察长办公室门口，按响了喇叭。他在手机上打了几个字，整栋大楼的灯亮了。过了几秒钟，一个睡眼惺忪的家伙打开了门，递给德尔佩什一串钥匙。他跑回车子里。

"好了，我拿到钥匙了。"

他们一口气冲到灯塔。德尔佩什把车停在大坝边上。

"这是1834年建的，"杜瓦尔神父说道，"高53米。不是法国最高的灯塔，但是……跟海牙的古里灯塔还有罗克角的格朗维尔灯塔一样高。"

他们走了20多米。整个建筑物都被照亮了。他们走了一段石子路来到灯塔下面。从下往上看，十几个圆圆的天窗，土黄色墙面，就像是一件巨大的制服上整齐排列的纽扣。

德尔佩什用那串钥匙倒腾了一会儿。最后，门打开了。

"223级台阶。"杜瓦尔神父说。

"小姐，请走。"阿尔芒做出一副绅士模样。

65. H11.08

杀死我母亲的杀手的脸就在我眼前。

我往前走了不到 1 米，走得很慢，低下头，做出顺从的模样，避免跟瓦雷利诺眼神对视，但我感觉到他就在我正对面。

就是现在！

我把手背在身后，带着怒气，使尽全力一下子伸到前方，把碎掉的玻璃瓶口刺向面前这个恶魔的喉咙。

就差几厘米。

瓦雷利诺似乎预判到了我的袭击。

他跳到了一边，一只铁手捏住了我的手腕。

他的手捏得很紧。

"放下。"瓦雷利诺用尖锐的声音说道。

我还在反抗。

他捏得更紧了。虽然很痛，但我还在反抗。最后，我扔掉了碎酒瓶。瓦雷利诺毫不费劲地把我推到椅子上。他阴森的目光看向布丽吉特，后者蜷缩在阴暗的角落里不说话。我没法指望她会出手相助。

瓦雷利诺冷笑。

"我猜测你现在知道真相了。你想逞英雄，我可以理解。但是你要明白你做的是无用功。"

他把还在地上滚的碎酒瓶口踢到了对面的墙上。我的眼睛一直盯着酒瓶。瓦雷利诺看着手表。

"你快点儿啊！时间所剩不多。你得集中注意力回忆起我们要找的，我们可没有一整晚来浪费……"

让我集中注意力？

那可没必要。突然,我脑子里一片明朗。

修道院废墟的最后一餐,其他人都在尖叫。我看见父亲弯下腰,在桌子下低声对我说:"看啊,科林,看啊,宝藏就在那里。疯狂马萨林。"

就在我眼皮底下。

我想起来了。但是我需要时间来找到另一个武器。我低着头,环视周围。

什么都没有。

只有烟囱旁边有一些生锈的耙子和一把大镰刀。那把大镰刀看起来倒是很锋利。但是如何在四个大人中间突破重围,抓起大镰刀,打倒他们呢?

太可笑了,估计不可能。

我得想另一个办法。

撒谎。

灯塔的灯光再次照亮了农场。窗户上积了厚厚的灰尘。在外面几乎看不见室内微弱的手电筒光,没人会怀疑里面有人。警察肯定几天前就搜索过这个废弃农场。

时间一分分过去了,灯塔的光有规律地射进来。

"我们这是在浪费时间,"瓦雷利诺突然大喊,"我们全部找过了,毫无收获。这里没有宝藏!我们得趁还有时间赶紧逃跑。疯狂马萨林这事就是个闹剧,是让·雷米一手杜撰的。"

"让找到过,"马克西姆·普里厄冷静地回答,"我们只是太蠢了,找不到而已。"

普里厄弯下腰,用手指点着我的太阳穴。

"科林,就在你脑子里,我们要找的东西就在你脑子里。你父亲在你脑袋里藏了个秘密,我们都知道。你快点儿想起来啊!老天爷,这是你唯一的机会!"

试一试吧，不要紧。

毕竟，我又能有什么风险？

"我想起了……一幅画。"我结结巴巴地开口。

瓦雷利诺和蒂埃里突然转过身。

"什么？"

我继续说："我想起了一幅画，就像是个密码。但是我不知道这意味着什么。也许没什么意义。"

"快说，"马克西姆很激动，"快说，我们都能明白的。"

"就是个密码。最后一餐，他在桌子下面的地板上用手指画了个图案，他让我看过之后就擦掉了。"

"快画啊！"普里厄很不耐烦。

"我得想想，就像是一幅画。"

没经过同意，我站起来，朝窗户走去。瓦雷利诺想阻止我，但是普里厄拦住了他。

"让他画吧。"

瓦雷利诺狐疑地拿起武器。我抬起手指，让他们明白我只是想在布满灰尘的窗户上画幅画。

马克西姆·普里厄朝我走来，如果苗头不对，他随时准备阻止我。我把手指润湿后，在窗户上找了一块空白的地方，在灰尘最厚的区域写下这几个字：

H11.08

"就这个？"普里厄很吃惊。

我点点头，然后马上离开了窗户。

"这是什么闹剧？"瓦雷利诺很气愤，"他在忽悠我们！"

蒂埃里开口了。

"不一定。让是可以设计出这种密码的人。"

马克西姆一边想一边出声。

"H11，也许是时间，11点……指向太阳的反方向。无论如何，这是个坐标。但是 08 是什么意思？"

"步数吗？"蒂埃里回答，"或者是海拔。小岛上有个点正好位于海上 8 米处吗？"

马克西姆·普里厄把地图展开，然后弯下腰跟蒂埃里一起查找。

瓦雷利诺叹了口气。

"你们在浪费时间。他在玩弄你们，这个小兔崽子。他是在争取时间。"

灯塔的光穿过积满了灰尘的窗户，照亮了农场。字母 H 和四个数字瞬间被照亮了，就像是火把。

H11.08

我唯一的希望。

如此渺小。

要是有人能留意到这个信息就好了，从外面倒着看……

就能明白了……

莫尔塞岛上只有一个人能做到。

66. 眩晕

2000 年 8 月 20 日，星期日，凌晨 2 点 57 分

莫尔塞岛，锁链灯塔

阿尔芒跟不上克拉拉。金发女秘书爬 200 多级台阶，气都不喘的。她应该经常在健身房练习踏步。

阿尔芒气喘吁吁，整整 223 级台阶啊！

马迪在后面推他。

"你快点儿啊,浑蛋!"

"别那么急啊!"阿尔芒嘀咕,"杜瓦尔神父还落后 20 级台阶呢,再说望远镜在他手里……"

爬了几分钟后,所有人都登上了灯塔。阿尔芒平复了一下呼吸。尽管半夜很冷,杜瓦尔神父还是出了很多汗。灯光很刺眼。德尔佩什打开另一扇门,是通往外面的。

他们往外走了一步。

理论上,灯塔是禁止公众参观的。他们现在明白为什么了。灯塔高 23 米,可以俯视整个小岛。只有一个不到 1 米高的铁栅栏防止跌落。德尔佩什、克拉拉和马迪来到扶手旁,弯下腰。

360 度全景,一望无垠。

右边就是圣-阿让港口和彩色的霓虹灯,还有被灯光照亮的马萨林雕像。左边是海鸥湾。前方是下莫村,有几个房子还亮着灯。再前面就是农场和别墅区。更远的地方是小岛另一端,圣-安托万十字架。半岛上是马萨林监狱,白色的探照灯很亮。拉芒什海峡的航标标出了暗礁,盎格鲁-诺曼底小岛上还有人生活。

一阵清风吹到脸上,可以听到海浪敲打水泥柱的声音。

"真是太美了!"克拉拉说,"这是我第一次爬上来,看这些灯光……"

杜瓦尔神父走上来,把望远镜递给德尔佩什。

"你的视力肯定比我好。"

德尔佩什开始巡视整个小岛。马迪转过头看着阿尔芒,后者靠在门上。

"你在干吗?"

她看到阿尔芒的腿在发抖。

"你没看到下面吗?我可不想掉下去。"

"你恐高吗?"

"是的……"

"来，我牵着你的手。"

"算了，我在这里看得很清楚。"

马迪叹了口气。

"你真是蠢，没危险的。"

"你狠！"

过了几分钟，德尔佩什放下了望远镜。

"什么都没有，"他说，"没有任何线索。我看了四周的道路和住宅，但毫无收获。太黑了。如果他们在阴影里，根本找不到他们。"

"给我。"克拉拉说。

女秘书也巡视了一番，她也一无所获。然后轮到杜瓦尔神父。

"我可以看看吗？"马迪问道。

杜瓦尔神父把望远镜递给她。克拉拉在发抖，冷风吹着她的脸和手。小女生开始巡视。

"太神奇了，我居然可以看到修道院遗址里警车的车灯。什么都看得到！"

"只有被照亮的地方。"德尔佩什说。

过了好几分钟，小女生放下了望远镜。

"什么都没有，"她承认，"除了警车车灯，小岛上其他人都在睡觉。"

她转过身看着阿尔芒。后者还是靠在楼梯上，他没有踏出门。

"你要看看吗？"

"不了，我说过了！"

"算了，"杜瓦尔神父冷静地说，"恐高是无法控制的，这个梯子比较危险。"

"那我们能做什么？"马迪抗议道，"我们什么都没找到！"

"我们什么都找不到的，"德尔佩什回复，"我们都试过了。再说也许警察已经找到了科林。"

克拉拉咬紧了牙关。德尔佩什把她拥入怀中给她取暖。

"好吧，我们下去吧，"记者说，"要再想个办法。"

阿尔芒第一个下台阶，后面跟着马迪、克拉拉和杜瓦尔神父。德尔佩什用钥匙锁住了外面那扇门，跟上其他人的脚步。

67. 疯狂马萨林

2000 年 8 月 20 日，星期日，凌晨 3 点 13 分

丰特奈 - 勒孔特市休息站

高速休息站没人了，车道又顺畅了。

西蒙·卡萨诺瓦感到冷。一阵风吹过来，吹散了加布里埃尔·博尔德里的文件。

他把文件捡起来，然后走进了加油站。

霓虹灯光很刺眼。柜台后一个疲惫的女孩儿朝他微笑。她很年轻，应该是来打工的大学生。整个晚上客流不断，她很不耐烦地在等替班的人。她斜着眼睛看西蒙。本来换作平时，西蒙也许会上前跟她聊天，但是他现在脑子里一团糟。他去自动咖啡机给自己倒了一杯咖啡。

一欧元。

很难喝，但是热的。

他观望了一下四周。加油站里没有可以坐的地方，只有几张小圆桌，用来放咖啡杯。西蒙看了一眼垃圾桶里的空杯子，再次打开文件。

他的思路没错，他很确定。

他只需要最后一次确定所有信息。他感受到女收银员投来的好奇的目光。

今晚没空，美女。

他首先又读了一遍小岛的土壤分析报告。小岛主要的土壤成分是腐殖质石灰土。"一种在石灰质基岩上形成的深色表层土，这种沙壤土富含腐殖质；该土壤下方的岩石处于不同程度的风化状态。"西蒙看不懂这段话，但是这种土壤在法国北部很罕见。

西蒙打开文件夹，从里面拿出一张很大的地图，是小岛的地质图。小塑料圆桌放不下地图。他折起部分地方，重点看不可动工区域，就是1914年吕西安·韦尔热开发的那块地，也是嗜血者工地所在地。这块土壤很特别："腐殖质石灰土，酸性低；黏土状基材，排水良好，定期供水。"

这是什么意思呢？

他在回忆他上过的地理课。他收起地图，翻看其他文件。吕西安·韦尔热的材料里有一份他的财产清单。里面有他还在世时买过的材料清单，在那个年代是非常大的支出。他又读了一遍吕西安·韦尔热的信：我收到了你的"宝藏"，我不知道莫尔塞岛居然有这种财宝……您会收到其他的包裹。类似的我发现了十多个，估计还有更多。但是这一切被该死的战争耽搁了。但您要明白这没关系。

原来如此。

还有嗜血者这个名字。这就是证据啊！

他再次读了一遍塞维涅夫人的信：意大利的马萨林赢得了整个宫廷的倾慕。他的口才、渊博的知识还有政治谋略，尤其是来自莫尔塞小岛的财富让人羡慕不已。他用这份独一无二的财富拉拢了整个法国贵族，这份取之不尽的财富让法国宫廷羡慕不已。没有这份财富，路易十四就不可能风光起来。

不，他没错！让·雷米收集的这些证据很清楚了。

西蒙合上文件夹，急着出门。他经过年轻的女收银员，后者露出俏皮的笑容。西蒙在夜风里清醒了一下，然后拿出手机。

响了几声。

"喂？"

"克拉拉。"

"卡萨。"气喘吁吁的声音回复。

"克拉拉,你在哪儿?"

"在爬楼梯,223 级台阶,我晚点儿给你解释。"

"克拉拉,我想我搞懂了疯狂马萨林的秘密。小岛的土壤很特别,是很罕见的土质。特别是修道院附近的土地,只在法国某些地方才有。我跟你说细节……"

"这块土地的特别之处在哪儿?"克拉拉表示怀疑,她在下楼梯。

"这块土地可以跟顶级的葡萄种植地媲美,比如:波尔多产酒区、勃艮第产酒区。克拉拉,我有证据! 1914 年的年轻农民吕西安·韦尔热就是葡萄种植者。疯狂马萨林是一瓶名酒!"克拉拉突然停下来。只有几盏小油灯照亮了楼梯,跟在克拉拉身后的杜瓦尔神父差点儿摔跤。

"神父,您了解葡萄酒吗?"

"还算了解。"杜瓦尔神父有点儿吃惊。

克拉拉把电话递给他。

"您来听吧,您比我懂。"

神父接过了电话,没时间抗议。

"喂,我是杜瓦尔,夏令营负责人。"

"您了解葡萄酒吗?"

"我家酒窖有上千瓶葡萄酒……"

"好的!"西蒙很激动地说,"疯狂马萨林其实是指红酒! 嗜血者就是根据它的颜色来命名的。从中世纪开始,它是最顶级的葡萄酒之一! 它一直由传教士来酿造,是马萨林发现的。后来在大革命时期被遗忘。这块产地越变越小,直至完全被人遗忘。1914 年,年轻的农民吕西安·韦尔热在莫尔塞岛重新酿造起红酒……"

"这是有可能的。"杜瓦尔神父平复了呼吸,"莫尔塞岛位于香槟区和阿尔萨斯区南部。海洋性气候,早上的雾气拦住了霜冻,南部阳光充足,是非常好的葡萄种植地。好比泽西岛就是很好的白葡萄酒产酒区。只不过莫尔塞岛的土壤是非常肥沃的,如果我们找到了适合的葡萄苗……天啊……那种出来的葡萄可不得了！"

"吕西安·韦尔热是最后一个在莫尔塞岛酿酒的人！"卡萨诺瓦大喊，"他的农场位于小岛西南部最高处，那里被遗弃了很久。我这个月经过了好几次。让·雷米 10 年前发现了其中一瓶红酒，估计其他的红酒还留在吕西安·韦尔热废弃的农场里。"

杜瓦尔神父手上大滴大滴的汗珠浸湿了手机。

"谢谢，我们继续找。晚点儿给你打电话。"

神父挂了电话。他把电话还给克拉拉，然后把望远镜递给德尔佩什。

"我们再上去吧，不，还是你们上吧……我爬不动了！你们这次上去要找到这个地方：吕西安·韦尔热的旧农场。它位于灯塔的轴心线上，不到 1 公里远。"

德尔佩什喘了口气，靠在水泥墙上休息了一会儿，然后继续往上爬。

"我这年纪也快不行了！"记者叹气。

"别抱怨！"克拉拉说，"我们还没下到最下面呢。"

他们身后是马迪和阿尔芒。他们第二次爬上灯塔。

德尔佩什把望远镜对准了废弃的农场。克拉拉和马迪在他身边，很不耐烦。阿尔芒拒绝去外面。

"所以？"克拉拉冻得瑟瑟发抖。

"什么都没有！"记者气急败坏，"什么都没有！很安静，没有灯光，没有人影，街上没人。这条线索没用。"

"我能看看吗？"马迪问。

"你来吧，"德尔佩什回答，"你快点儿，我们不能待很长时间。冷死了。"

克拉拉点点头。马迪把望远镜对准废弃的农场时，正好灯塔的灯光扫射到了那里。过了一会儿，她放下了望远镜。

"唉，什么都没有。"

"我们下去吧。"记者说。

"好吧。"马迪叹了口气。

她把望远镜递给德尔佩什。其他人都往楼梯走去，小女生紧随其后。

他们又下了100多级台阶，突然马迪开口了：

"有个奇怪的地方……一个数字，80.11H，这是什么意思啊？"

还有4级台阶。

阿尔芒突然大叫。

"什么？你说什么？"

马迪停下了脚步，转过头，看着他。

"在农场的窗户上，我看到一个数字：80.11H。"

"80！"阿尔芒叫得更大声了，"11点！这是我跟科林之间的游戏！他在里面！该死，没错，他就在农场里！"

68. 最后的葬礼

2000年8月20日，星期日，凌晨3点21分

莫尔塞岛，吕西安·韦尔热农场废墟

起初我以为又是灯塔的光。但是这次它没有转圈，而是固定在农场这个角度，照亮了整个房间。

瓦雷利诺跑到窗户边，手里拿着武器。为了能更清楚地看到外面，他把手放在额前遮挡，但是外面的强光太刺眼了。

"天啊，发生了什么事？"马克西姆·普里厄大喊。

"我不知……"

瓦雷利诺没时间说完整句话。一个夸张的男生声音通过大喇叭传到房间里。

"瓦雷利诺、杜库雷,打开门投降。你们被包围了。"

瓦雷利诺用胳膊肘把窗户敲破了,躲在暗处观察农场四周的环境。他转过身对着蒂埃里和普里厄。

"警察!有十几辆警车。该死,他们是怎么找到我们的?"

他向我投来威慑的目光。

蒂埃里走向前,几乎暴露在窗户前。

"我们完了,让-路易。我们被瞄准了。我们做不了牛仔,投降吧!"

瓦雷利诺跑到挡板那里,就是通往地下隧道的挡板。

他打开了板子。

我听到下面传来很大的声音。警察试图挖通之前被瓦雷利诺和他的同伙们堵住的隧道。

"我们被夹击了,"马克西姆·普里厄很生气,"死定了!"

"不,"瓦雷利诺大叫,"我们还有机会。"

他转过身看着我,眼睛里射出疯狂的光芒。

马克西姆·普里厄不安地看着他。

"结束了,让-路易,你想带着人质去哪儿?"

"逃出去,船就在1公里外。我们可以的……"

"然后呢?"普里厄问道,"上船之后呢?你认为警察没有船吗?没有直升机吗?"

大喇叭的声音再次穿透了农场的墙壁。

"请缴械投降。你们没有任何逃跑的机会。我们控制了所有出口。先让科林·雷米出来,然后其他人扔下武器,举起双手再出来。"

"完了完了,让-路易,"马克西姆·普里厄说,"都怪你,我们这10年来瞎折腾,从破坏隧道到绑架科林·雷米。你当初说过,不会有人出事的。你还记得吗,让-路易?很抱歉,我要投降了……"

普里厄还挤出了一个笑容:"无论如何,我没有杀死任何人。我甚至没有武器。"

"我也投降。"蒂埃里冷漠地说道。

布丽吉特什么都没说。她站在烟囱旁边。

普里厄来到门口，准备打开门。

"等一下！"瓦雷利诺大喊。

他把枪对着他的同伙们。

"等一下！"他的声音更加尖锐，"你们想投降就去吧，我是不会去的。"

他把枪指向我，示意我站起来。我没有别的办法，只能服从。他抓住了我的胳膊把它扭在身后，我疼得直哆嗦。

他稍微松了一下。

"快走，打开门。我们一起出去。"

外面的警察不会开枪吧？他们肯定安排了神枪手。但是他们不怕打到我吗？

但是我宁愿被打中，也不想跟这个疯子一起逃跑。

瓦雷利诺看着他的同伙。没有人动，没有人敢跟在他后面。

"打开门！"他大吼。

他再次扭动了我的手臂。我用左手掰动门把手，但门没开。

"踢一脚。"他下命令。

我使劲踢了一脚，门稍微打开了点儿。瓦雷利诺再次压住我的手臂，避免我采取其他行动。

一道强光刺得我睁不开眼睛。我听到了一些声音。

"别开枪！他有武器。他手里还有那个孩子。"

瓦雷利诺一言不发，推着我走。我往前走了1米。

为什么这些警察不敢开枪呢？

瓦雷利诺一直贴着我，推着我缓缓前进。

"开枪啊！"

突然我那扭曲的手臂自由了。

一片安静。

瓦雷利诺的手松开了，手枪掉在了草地上，本来贴紧我的身体滑落下去。

瓦雷利诺倒在了我脚底的草地上。

地上一摊血。

我转过头，背对警察的探照灯。

布丽吉特站在我面前，被白色的强光照着，惊慌失措。她手里拿着烟囱旁边放着的生锈的镰刀，血从刀柄上流下来。

蒂埃里和普里厄在后面笑着，双手举过头。布丽吉特只能看见我的影子。她的嘴巴里念叨着：

"为了安娜，为了你妈妈。"

一切发生得很快。十几个穿着防弹背心的警察冲上来，马克西姆·普里厄、蒂埃里和布丽吉特被押送到一辆警车里。警铃声又响起来了。

一个穿着制服的棕色头发女警察过来找我，把我拉到一边。她应该是个心理专家。她很专业，给我提了几个问题，观察我的状况。其他人把瓦雷利诺的尸体装在袋子里运走。

小岛人的车子停在我身边几米处，我还以为会有记者来提问。

这么快?

令人吃惊的是马迪和阿尔芒从后门下来。

"80分，11点!"阿尔芒大叫，"科林，你就是个天才。我们两个都是天才!"

马迪什么都没说。她笑着看着我，然后把我拥入怀中，抱了很久。我感觉到她的心跳，就像是三天前保姆抱我时一样的温暖。我心慌意乱。这份拥抱远超过普通朋友的界限。马迪最终松开了我，她看起来跟我一样慌乱。

"科林，你活着真是太好了。"

阿尔芒露出灿烂的笑容。他圆圆的脸上戴着眼镜，细胳膊细腿，这一切都让我安心。

"你现在是亿万富翁了啊，"阿尔芒继续说，"名副其实的亿万富翁，哇哦……女孩子们都要找上门了……"

好像是为了验证他的预言，一个金发美女穿着紫色紧身裙朝我走来，她有点儿像是侦探片里的角色，就是年纪大了点儿。阿尔芒赶紧介绍。

"这是克拉拉，一个资源丰富的女秘书。不过科林你别想了，她喜欢年纪大的。"

克拉拉露出了满口的白牙。

"迪迪埃·德尔佩什先走了，他回报社了。他想出一个特刊。"

我做了个鬼脸。

"你欠他的！"克拉拉确认。

她把手机递给我。

"这个人你不认识，但是他想跟你说话，你也得好好感谢他才行。"

我接过电话。

"科林·雷米？"一个年轻活泼的声音，"我是西蒙·卡萨诺瓦，小岛公路安全负责人，你还记得吗？我很高兴你还活着。"

"谢谢。"我不太明白。

"我想我得去睡会儿了。但是我明天早上会到莫尔塞岛。我有些关于修道院的事情，还有关于你父亲的回忆要亲手转交给你。是来自于他最好的朋友加布里埃尔·博尔德里的。"

"谢谢。"我觉得有点儿尴尬。

"科林，我可以请你帮个忙吗？"

"当然可以。"

"拿一瓶疯狂马萨林出来醒酒，我想我值得喝一杯吧。"

"没问题。"

他挂了电话，我觉得有点儿蠢，把电话还给克拉拉。她若有所思地看着我。

"这个西蒙·卡萨诺瓦有点儿钻牛角尖，像头驴子一样固执。但他不是蠢货……他是个帅哥。科林，我觉得是他救了你的命。"

我不知道该说什么好。

她转过身，整理了一下裙子，又把手机贴在了耳边。

"她的背更美，不是吗？"阿尔芒说道。

我没回复。

我想安静一会儿，一个人待着。

"科林！"

我认出来是杜瓦尔神父的声音。我转过身。他满脸通红，手里拿着布满灰尘的酒杯，从农场里找到的，另一只手里拿着一瓶酒。

嗜血者 – 莫尔塞岛 –1914

神父在酒杯里醒酒，姿势很娴熟。

"科林，我实在忍不住了。"

我不知道该怎么回复。

"所以呢？"阿尔芒问道。

"早几年就应该开了喝。这瓶珍贵的酒整整保存了 80 年，时间也太长了。木塞本来需要定期更换……"

"酒变酸了吗？"阿尔芒很担心。

杜瓦尔神父喝了一口，在嘴里含了很久，不紧不慢地回答：

"我一个月前刚喝过 1986 年的爱士图尔酒庄的酒，一瓶要 150 欧元。说句实在话，跟圣 – 安托万产酒区的酒相比，那简直是酸酒。"

马迪叹了口气。

杜瓦尔神父弯下腰，对我说："这个酒保存得很好，科林。马萨林是对的。因为这块土壤非常罕见，在整个法国都很少见。一个被历史遗忘的产酒区，直到你父亲重新发现。如果你决定再次开发这块土地，重新种植葡萄，我的孩子，你将会名利双收！"

我点点头，不知道该回答什么。

我看看四周，一脸窘迫。马迪对我微笑，我喜欢她的笑容。

"谢谢大家，谢谢！但我需要一个人待会儿。"

我没再多说一句话，走远了几米。我走过农场的斜坡，来到最高处。我找到了一片丘陵，那里有一棵死去的树。

我坐在土堆上。这里可以看见大海、灯塔和小岛东南部的岩石。海浪拍打着黑色的岩石。

我闭上眼睛，再次睁开。

我感觉很好。

可以听见海浪的声音。眼前是一望无垠的大海。

远处的地平线变红了。

太阳已经升起来了。我肯定睡着了一会儿。

新的一天，新的生活。

现在，我只需要读一下父亲留给我的诀别信，这是之前放在公证员那里的，警察找回来后又给了我。

无所谓了。

我感觉很好。

我得来这里，丈量我青春的废墟。

我早就接受了这个事实，那就是父亲已经死了。我是个孤儿。

我终于完成了这场葬礼。

花了整整 10 年时间。

父亲死的时候是个英雄。

妈妈说得对。她的预言是对的。某一天，你会与他相遇。

我再也没见过他。

但是今天，我再次找到了他。